www.tredition.de

Why-Not

Die Sklavin des Patriziers

www.tredition.de

Verlag und Druck:
tredition GmbH, Halenreie 40-44, 22359 Hamburg

ISBN
Paperback: 978-3-7482-7602-9
e-Book: 978-3-7482-7603-6

Why-Not

Die Sklavin des Patriziers

Eine erotische Erzählung

Übersichtskarte

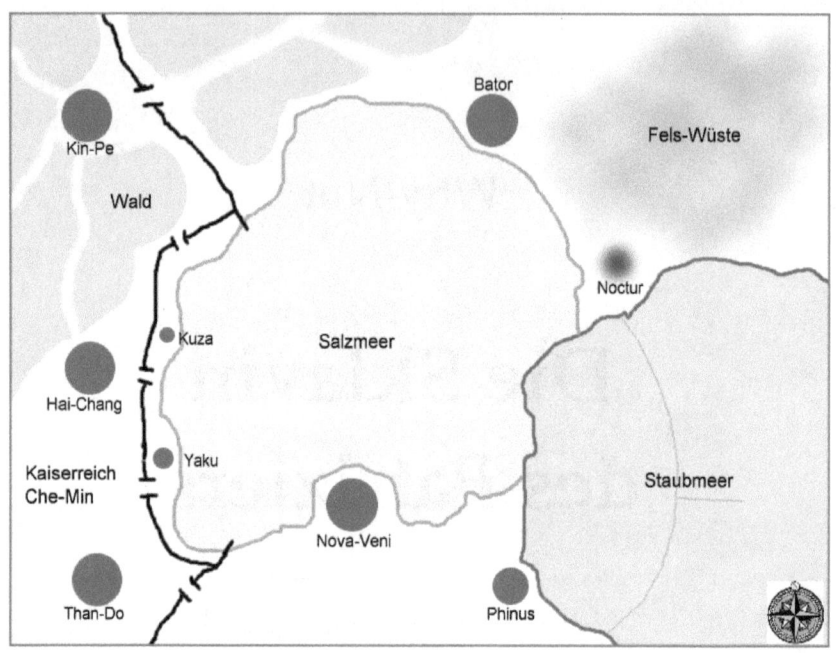

1

»Schiffbrüchiger backbord voraus!«

Flavius traf fast zeitgleich mit dem Kapitän beim Rudergänger ein. Dieser warf Flavius einen kurzen, fragenden Blick zu, den er mit einem leichten Nicken beantwortete.

»Bergen Sie den Schiffbrüchigen«, wies Kapitän Rufus den Steuermann an.

»Schiff klar zur Halse!«, rief dieser laut aus.

Das Schiff schoss am Schiffbrüchigen vorbei, fiel vom Kurs hart am Wind ab und drehte langsam nach steuerbord. Die einzige Möglichkeit, direkt bei dem Schiffbrüchigen zu halten war, einen weiten Kreis zu fahren und das Segelschiff so gegen den Wind zu lenken, dass es seinen Schwung genau an der Stelle aufgebraucht hatte, an der der Mann im Wasser lag. Erneut passierten sie den im Wasser treibenden Mann, diesmal allerdings in noch größerer Entfernung und auf entgegengesetztem Kurs. Das Schiff ging mit dem Heck durch den Wind und das große Dreieckssegel wölbte sich in die andere Richtung.

»Klarmachen zur Wende in den Wind und zur Bergung auf backbord!«, war das nächste Kommando des Steuermanns. Sie verloren bereits deutlich an Fahrt. Schließlich fuhr das Schiff nur noch mit seinem Schwung gegen den Wind und direkt auf den Schiffbrüchigen zu.

»Etwas weiter steuerbord, sonst gibt es gleich nichts mehr zu bergen«, wies Kapitän Rufus nach einem Blick über die Backbordreling seinen Steuermann halblaut an. Der Steuermann reagierte sofort und drehte das Ruder etwas nach steuerbord, um den Schiffbrüchigen nicht zu überfahren. Sie kamen genau neben ihm zum Stehen.

»Saubere Arbeit«, lobte Flavius den Steuermann, während zwei Matrosen bereits damit begonnen hatten, den Mann aus dem Salzwasser zu bergen. Er musste schon Stunden dort zugebracht haben, denn sein Gesicht und auch seine Kleider waren bereits salzverkrustet. Aufgrund des enormen Salzgehaltes war es zwar fast unmöglich, in dem Wasser unterzugehen, dafür litt man in dieser Lake allerdings bereits nach wenigen Minuten unter den Ablagerungen, die die Haut stark reizten und einen innerlich austrocknen ließen. Dementsprechend war der Zustand des Geretteten erbarmungswürdig. Es war erstaunlich, dass er überhaupt noch bei Bewusstsein war.

»Bringt ihn unter Deck und gebt ihm erst mal zu trinken«, wies der Kapitän die Matrosen an.

»Wir haben nicht genug Wasser an Bord, um ihm das Salz abzuwaschen. Und er braucht einen Arzt. Ich glaube nicht, dass wir gegen den Wind rechtzeitig in Yaku eintreffen werden.«

»Das habe ich auch schon befürchtet, Kapitän«, sagte Flavius mit einem Seufzer. »Nehmen Sie wieder Kurs auf Bator. Wir liefern ihn dort ab.«

Der Kapitän nickte kurz und gab dem Steuermann entsprechende Order. Kurz danach segelten sie wieder vor dem Wind zurück nach Bator, das sie vor drei Stunden erst verlassen hatten.

»Wie geht es unserem Passagier?«, wollte Flavius eine halbe Stunde später wissen, als sich Bator bereits am Horizont abzeichnete. Mit dem Wind kamen sie viel schneller voran, nur halt leider nicht in die Richtung, in die sie eigentlich wollten.

»Den Umständen entsprechend«, antwortete der Matrose, der gerade vom Schiffbrüchigen kam. »Er hat viel Wasser verloren. Und das Salz hat Augen und Atemwege ziemlich verätzt. Wenn es wenigstens nur Kochsalz wäre ...«

»Hat er sich schon dazu geäußert, wer er ist und wieso er im Wasser trieb?«

»Er heißt Sato und war Passagier auf einem Schiff, das überfallen wurde. Die Seeleute wurden alle getötet. Und ihn hat man ins Wasser geworfen. Die Piraten fanden es besonders witzig, dass er von hier langsam in Richtung Staubmeer treiben würde.«

»Das hört sich nicht nach den üblichen Piraten von Kuza an. Mord ist schlecht fürs Geschäft. Eine tote Crew kann man kein zweites Mal überfallen. Normalerweise geben sie sich mit der Hälfte der Ladung zufrieden. Allerdings habe ich auch noch nie gehört, dass sie so weit östlich zuschlagen.«

»Er sagte, es seien andere Piraten gewesen. Für die Ladung haben die sich gar nicht interessiert. Sie haben sie einfach über Bord geworfen. Sie wollten nur das Schiff.«

»Seltsam. Und ziemlich beunruhigend.«

Flavius ging zur Brücke und schaute dem Rudergänger zu, wie er allmählich die Manöver zum Anlegen in Bators Hafen einleitete. Er schätzte die Ruhe und Präzision, mit der die Mannschaft sein Schiff steuerte. Kurz vor den massigen, salzverkrusteten Mauern des Hafens von Bator kam das Schiff fast zum Stillstand. Taue wurden den Hafenarbeitern zugeworfen, die an diesen mittels einer Winde das Schiff zu seinem Ankerplatz dirigierten.

»Schon wieder zurück?«, wollte der beleibte Hafenmeister von Flavius wissen, als sie schließlich angelegt hatten.

»Wir haben einen Schiffbrüchigen aufgelesen. Sato ist sein Name.«

Der Hafenmeister wurde sehr ernst und dienstbeflissen. Er wies zwei Arbeiter an, sofort mit einer Tragbahre zu erscheinen.

»Wie ist das denn passiert?«, wollte er wissen.

»Soweit ich mitbekommen habe, ist er von unbekannten Piraten überfallen worden. Genaueres weiß ich allerdings selbst nicht. Der Mann muss bereits Stunden im Salzwasser getrieben haben.«

Bei der Erwähnung unbekannter Piraten verdüsterte sich die Miene des Hafenmeisters schlagartig. Offenbar war das nicht der erste Zwischenfall dieser Art. Und offensichtlich wollte er auch nicht, dass diese Nachricht sich verbreitete.

»Bitte bewahren Sie Stillschweigen über diese Angelegenheit. Sie und Ihre Mannschaft. Und kommen Sie bitte nachher – am besten so in zwei Stunden – in mein Büro in der Hafenmeisterei. Oder wollen Sie gleich wieder auslaufen?«

Flavius begann, neugierig zu werden. Und es war sicher nicht verkehrt, mehr über die Bedrohung durch unbekannte Piraten zu erfahren, auch wenn er ziemlich sicher war, mit seinem Schiff allen Piraten davonsegeln zu können.

»Ich werde in zwei Stunden da sein.«

Der Hafenmeister wandte sich bereits zum Gehen, während Sato auf einer Trage vom Schiff gebracht wurde. Dann drehte er sich noch einmal zu Flavius um.

»Ach ja, Hafengebühren zahlen Sie natürlich keine.«

»Danke, dass Sie gekommen sind«, eröffnete eine Dame mit befehlsgewohnter Stimme die Unterhaltung, nachdem Flavius das Büro des Hafenmeisters aufgesucht hatte. Letzterer saß etwas verkrampft an seinem Schreibtisch, während besagte Dame in einem Sessel am anderen Ende des Büros Platz genommen hatte. Flavius setzte sich in einen Sessel ihr gegenüber.

»Wenn es um das Auftauchen geheimnisvoller Piraten geht, ist es auch in meinem Interesse, mehr zu erfahren. Zumal diese sich offenbar deutlich unprofessioneller verhalten als ihre Kollegen aus Kuza.«

Die Dame musterte ihn aufmerksam und unverhohlen.

»Sie reden weder wie ein Seemann, noch wie ein Kaufmann. Wer sind Sie? Entschuldigen Sie. Ich sollte mich zunächst einmal dafür bedanken, dass Sie Sato das Leben gerettet haben. Aber ich weiß gerne, mit wem ich es zu tun habe.«

Flavius lächelte.

»Das geht mir nicht anders. Auch mir ist es lieber, wenn ich meine Gesprächspartner einordnen kann. Vermute ich richtig, dass ich mit Ihnen Aluna, die Herrscherin von Bator, vor mir habe?«

Einen Moment schaute sie ihn verblüfft an. Dann lächelte auch sie.

»Spätestens jetzt weiß ich zumindest, dass ich einen scharfsinnigen Gesprächspartner habe. Wie sind Sie darauf gekommen? Und mit wem habe ich das Vergnügen?«

»Tja, so eingeschüchtert, wie unser werter Hafenmeister hinter seinem Schreibtisch sitzt, müssen Sie eine sehr bedeutende Persönlichkeit hier sein. Ihr Auftreten unterstreicht diesen Eindruck. Die Brosche, die Ihren vermeintlich unscheinbaren Umhang zusammenhält, würde einen Seemann ein Jahr lang ernähren können. Und da Bator bekanntlich von einer Frau regiert wird, die es vorzieht, öffentlich kaum in Erscheinung zu treten, lag es zumindest nahe.«

»Was mich betrifft«, fuhr Flavius nach einem Moment fort, »bin ich tatsächlich sowohl Seemann als auch Kaufmann. Außerdem bin ich einer der Patrizier von Nova-Veni, wenn auch einer der weniger bedeutenden – Flavius Secundus.«

»Dann war Satos Mission ja doch zumindest teilweise erfolgreich. Wenn auch anders als geplant. Ich hatte ihn damit beauftragt, bei den Herrschenden von Nova-Veni um Unterstützung für den Kampf gegen diese neue Bedrohung zu werben. Denn ich denke, es ist im Interesse unserer beiden Handelsstädte am Salzmeer, wenn die Hauptrouten relativ sicher sind. Deswegen will ich auch nicht, dass die Angelegenheit publik wird. Das würde nur die Preise nach oben treiben, ohne etwas an der Bedrohung zu ändern.«

»Weitere verschollene Schiffe und Seeleute werden Sie kaum geheim halten können. Und eine Bedrohung, die den Herrschenden zwar bekannt ist, aber geheim gehalten wird, fördert auch nicht gerade Handel und Wohlstand. Das ist eher der Nährboden für Aufstände und Revolutionen.«

Aluna schaute ihn nachdenklich an.

»Das Schiff, mit dem Sato nach Nova-Veni aufbrach, war das bestbewaffnetste, das wir hatten. Ich sehe im Moment keine Möglichkeit, etwas gegen diese Bedrohung zu unternehmen.«

»Vielleicht ist das ein Fall, bei dem der Feind des Feindes ein Freund sein kann«, antwortete Flavius nachdenklich. »Die Piraten von Kuza werden sicher nicht glücklich darüber sein, dass es jetzt eine Bedrohung gibt, die möglicherweise die gesamte Handelsschifffahrt auf dem Salzmeer lahmlegt. Vielleicht lässt sich ja eine Vereinbarung mit ihnen treffen, dass sie – gegen eine angemessene Beteiligung an den transportierten Gütern – für die Sicherheit sorgen. Schließlich haben sie die größte Flotte bewaffneter Schiffe auf dem Salzmeer.«

»Vorher sollten wir allerdings versuchen, von Sato zu erfahren«, fuhr Flavius nach einer kleinen Pause fort, »wieso ein gut bewaffnetes Schiff den Piraten in die Hände fallen konnte.«

»Ich hatte schon von dem Scharfsinn und dem Erfindungsreichtum des Flavius Secundus gehört«, meinte Aluna anerkennend. »Ganz offensichtlich waren diese Gerüchte nicht übertrieben. Aber Sie haben recht, wir sollten uns mit Sato unterhalten, sobald er dazu in der Lage ist. Ich hoffe, das wird bereits morgen sein. Bitte seien Sie bis dahin mein Gast. Für Ihre Mannschaft lasse ich ebenfalls geeignete Quartiere herrichten.«

»Die Seeleute bleiben am liebsten auf dem Schiff. Ich nehme Ihre Einladung gerne an.«

»Dann lasse ich Ihrer Crew Lebensmittel ans Schiff bringen.«

»Sie möchten sie lieber unter Kontrolle haben, damit sie nichts von dem Vorfall ausplaudern, richtig?«

Aluna machte ein Gesicht, als sei sie beim Griff in den Honigtopf ertappt worden. Dann nickte sie ernst.

»Meine Mannschaft ist zuverlässig und verschwiegen. Ich werde sie anweisen, nichts von dem Vorfall zu erzählen. Das wird reichen. «

2

Alexander atmete tief durch. Dort vorne war der Eingang zur Residenz der Herrscherin von Bator. Zwei Wachen standen an der Tür, und zwei weitere waren im Innenraum zu erkennen. Noch einmal prüfte er seine Ausrüstung. Der Helm lag eng an und hatte Kontakt mit seinen Schläfen. Sehr bequem war das nicht, aber darauf kam es auch nicht an. Das Kästchen, das an einem Band um seinen Hals hing, war eingeschaltet und die Verbindung zum Helm war intakt. Der rasiermesserscharfe Dolch war an seinem Platz. Es gab für ihn keinen Grund mehr, noch länger im Schatten dieses Gebäudes zu kauern und zu warten. Er hätte es lieber noch weiter hinausgezögert, denn er hasste seinen Auftrag. Zwar war er einer der Besten im Umgang mit dem Helm, aber er war kein Meuchelmörder. Zumindest noch nicht, dachte er deprimiert. Vielleicht hätte er sich ungeschickter mit dem Helm anstellen sollen. Vielleicht wäre dann ein anderer für diese Mission ausgewählt worden. Vielleicht ...

Es half nichts. Die Göttin selbst hatte ihn auf diese Mission geschickt. Und der Göttin widersprach man nicht. Jedenfalls nicht öfter als genau einmal in seinem Leben. Ob er einfach verschwinden sollte? Diese Welt außerhalb Nocturs, die er jetzt erstmals betreten hatte, schien deutlich mehr Möglichkeiten zu bieten als Gehorsam oder Tod. Er schaute sich um. Es sah aus, als würde gegenüber, in einem anderen Häuserschatten, noch jemand lauern. Wahrscheinlich wurde er überwacht. Und wenn sein Überwacher den Eindruck bekäme, dass er sich drücken wollte ...

Alexander unterdrückte einen Seufzer und stieß sich von der Häuserwand ab. Vorsichtig schaute er sich um. Niemand schien Notiz von ihm zu nehmen. Obwohl ... dort schaute jemand direkt in seine Richtung. Alexander zog einige ziemlich alberne Grimassen. Der andere reagierte nicht. Er änderte seine Blickrichtung auch nicht, als Alexander zur Seite trat. Offenbar stierte dieser Mann nur zufällig in seine Richtung und war mit seinen Gedanken ganz woanders. Kein Grund für Alexander, sein Vorhaben aufzugeben. Leider. Langsam näherte er sich jetzt direkt dem Eingang zur Residenz. Die Soldaten nahmen keine Notiz von ihm. Er konzentrierte sich darauf, nur ein unbedeutender Lufthauch zu sein, während er langsam und leise zwischen den beiden Wachen hindurchtrat. Auch an den nächsten beiden Wachen konnte er unbemerkt vorbeilaufen. In Noctur hatte es ihm Spaß gemacht, Wachen und Beobachter auszutricksen. Es war ein Spiel gewesen. Eine Herausforderung. Aber jetzt? Er versuchte zu verdrängen, was er vor sich hatte. Erst einmal hatte er herauszufinden, wohin er eigentlich musste. Langsam schlich er durch die Gänge und belauschte die Gespräche der Vorübergehenden. Schließlich erfuhr er, wo der Überlebende des Piratenüberfalls untergebracht worden war. Offenbar war er, dieser Sato, bereits wieder auf dem Weg der Besserung.

Mit jedem Schritt, den Alexander in die Richtung des Krankenquartiers zurücklegte, schien eine größere Last seine Schultern zu beschweren. Schließlich erreichte er die Tür. Ein Soldat stand davor Wache. Und die Tür war geschlossen. Irgendwie musste er da hinein. Er stellte sich vor, wie aus dem Zimmer leise nach dem Soldaten gerufen wurde. Und tatsächlich öffnete der Soldat die Tür und trat einen Schritt in das Zimmer. Während er lauschte, ob tatsächlich jemand nach ihm rief, war Alexander bereits an ihm vorbeigeschlüpft. Der Soldat zuckte mit den Schultern und verließ den Raum wieder, um vor der Tür seinen Posten einzunehmen.

Alexander griff nach seinem Messer und trat an das Krankenbett heran. Der Überlebende sah sehr mitgenommen aus, bleich und fleckig von den Verätzungen, die die Salzlake an seinem Gesicht und den Händen verursacht hatte. Alexander versuchte sich einzureden, er würde Sato von seinen Qualen erlösen, wenn er jetzt das Messer einsetzte. In gewisser Weise schien ihm das Röcheln des Mannes recht zu geben. Trotzdem konnte er sich nicht überwinden, zuzustechen. Krampfhaft presste er den scharfen Dolch an seine Brust. Er musste es tun. Und er musste es jetzt tun. Wenn man ihn erwischte, hätte man sicher keine Skrupel, kurzen Prozess mit ihm zu machen. Plötzlich hörte er Schritte draußen auf dem Gang. Alexander zog sich in den Schatten einer schweren Gardine am Fenster zurück. Der Kontrast zu dem einfallenden Licht würde ihn an dieser Stelle auch ohne den Helm beinahe unsichtbar machen.

»Irgendwelche Vorkommnisse?«, wollte Aluna von dem Soldaten an der Tür wissen.

»Nichts Wichtiges. Einmal dachte ich, er habe gerufen. Aber er schläft noch.«

»Dann werden wir ihn jetzt wohl wecken müssen«, sagte Aluna eher an Flavius gerichtet. »Die Ärzte sagen, er habe sich wieder soweit erholt, dass er berichten kann, was passiert ist.«

Der Soldat gab die Tür frei und ließ Aluna und Flavius eintreten. Diese gingen direkt auf das Krankenbett zu. Das Salzwasser hatte Sato so übel mitgespielt, dass er wohl erst in einigen Wochen vollständig wiederhergestellt sein würde. Fast sanft griff Aluna nach seinem Arm und rüttelte daran. Stöhnend schlug Sato die Augen auf. Sie waren stark gerötet.

»Tut mir leid, dass wir dich bei deiner Genesung stören müssen«, begann Aluna leise. »Aber wir müssen unbedingt wissen, was sich auf See ereignet hat. Wieso konnte das Schiff sich gegen den Überfall nicht wehren?«

Sato schaute fragend auf Flavius.

»Er hat dich gerettet«, beantwortete sie die unausgesprochene Frage.

»Sie kamen ganz plötzlich«, begann Sato mit krächzender Stimme. »Von einem auf den anderen Augenblick war das Schiff an unserer Seite und die Männer wurden angegriffen. Von Piraten, aber auch von Geistern. Ja, ich weiß, das klingt verrückt. Aber es waren auch Angreifer dabei, durch die die Schwerter der Matrosen einfach hindurchglitten.«

Flavius schaute Sato sehr nachdenklich an. Plötzlich glitt ein Schatten über sein Gesicht. Mit unbewegter Miene ging er zum Fenster und öffnete es. Als er dabei wie zufällig an dem Vorhang vorbeiging, schlug er plötzlich hart auf denselben ein. Aluna und Sato schauten ihn mit Unverständnis an. Als vom Vorhang ein Schmerzensschrei ertönte, war allerdings auch Aluna alarmiert und rief nach den Wachen.

Der Soldat, der vor der Tür gestanden hatte, kam sofort mit gezogenem Schwert hereingestürzt. Weitere Soldaten hörte man bereits den Gang entlang rennen. Polternd fiel ein merkwürdig aussehender Helm zu Boden, und ein junger Mann erschien aus dem Nichts. Er hatte einen großen Dolch in der Hand und richtete ihn unsicher auf Flavius, während er sich den Brustkorb hielt, den Flavius offenbar vorher mit seinen Schlägen getroffen hatte. Das Gesicht des Attentäters spiegelte Entsetzen und Angst wieder. Dann richtete er den Dolch auf sich selbst. Flavius griff mit der linken Hand nach der des Mannes und schlug ihm mit der rechten gegen die Schläfe. Das Messer entglitt dem Eindringling, als er bewusstlos zusammensackte.

Aluna war aschfahl im Gesicht, zeigte sich ansonsten allerdings umsichtig. Sie schob die Waffe mit dem Fuß aus der Reichweite des jungen Mannes und wies die Wachen an, ihn mitzunehmen und in Ketten zu legen.

»Woher wussten Sie, dass ein Attentäter im Raum war? Ich konnte ihn nicht sehen.«

Flavius hob den Helm und das Kästchen auf, das er dem bewusstlosen Eindringling abgenommen hatte.

»Ich spürte Gefahr, als wir das Zimmer betraten, und ich kann mich auf meine Instinkte verlassen. Ich wusste nur nicht, worin die Gefahr bestand. Es hing ein leichter Schweißgeruch in der Luft. Erst dachte ich, er käme von dem Kranken, aber er kam vom Fenster. Als Sato dann von dem plötzlich auftauchenden Schiff erzählte, erinnerte mich das an etwas, das mir mal ein alter Mann erzählt hat. Damals habe ich es für Spinnerei gehalten. Es ging um Fähigkeiten, mit denen man Suggestion auslösen kann, sodass Menschen Dinge sehen, die nicht existieren, oder Dinge, die existieren, nicht wahrnehmen. Der Rest war nur eine Vermutung.«

»Wem das Attentat wohl gegolten hat? Sato hätte er bereits vor unserer Ankunft töten können. Aber das sollte sich ja herausfinden lassen, da Sie den Selbstmord des Attentäters verhindert haben.«

»Besonders professionell war er jedenfalls nicht – worüber ich sehr froh bin. Sonst hätte ich ihn nicht so leicht überwältigen können. Ich hatte eher das Gefühl, dass er die Tat mehr fürchtete, als den Tod. Sonst hätte er versucht, seinen Auftrag zu Ende zu bringen.«

»Seltsam, dass Sie das erwähnen. Auch ich hatte den Eindruck, dass er nicht wirklich gefährlich war. Mal sehen, was beim Verhör herauskommt.«

Mehr zu sich selbst ergänzte Aluna: »Er könnte einen reizvollen Sklaven abgeben.«

»Ich wusste gar nicht, dass es in Bator Sklaven gibt«, bemerkte Flavius mit einer hochgezogenen Augenbraue.

»Wie auch in Nova-Veni ist es bei uns nur der Elite gestattet, sich Sklaven zu halten«, gab sie mit einem süffisanten Lächeln zurück.

Auch Flavius grinste jetzt wie ein ertappter Schuljunge.

»Vielleicht sollte ich mich mal auf dem hiesigen Sklavenmarkt umsehen.«

»Normalerweise steht der Markt Fremden nicht offen. Aber wenn Sie möchten, arrangiere ich das. Erst haben Sie Sato gerettet und jetzt den Attentäter überwältigt. Ich stehe ohnehin in Ihrer Schuld. Und mir ist es lieber, diese durch solche Gefälligkeiten zu begleichen, als durch Entgegenkommen bei den Verhandlungen über die Aufteilung der Abgaben, die wir an die Piraten von Kuza zahlen müssen, wenn sie uns helfen.«

Flavius lachte.

»Ich sehe schon interessante Verhandlungen auf uns zukommen.«

Aluna wies ihre Soldaten an, alle wichtigen Eingänge und Türen der Residenz verschlossen zu halten und zu bewachen und besonders auf unsichtbare Eindringlinge zu achten, damit diese nicht unbemerkt passierten. Der letzte Teil ihres Befehls führte zunächst zu einigen Irritationen. Als die Soldaten nach einer Verschwiegenheitsverpflichtung einige Details des vorangegangenen Vorfalls mit dem Attentäter erzählt bekamen, nahmen sie auch diese Anweisung sehr ernst und führten sie gewissenhaft aus.

Alexander erwachte mit Dröhnen im Kopf und Schmerzen im Brustkorb. Als er sich bewegte, rasselten Ketten. Wie er gleich darauf feststellte, befand er sich angekettet in einem dunklen Verlies. Er erinnerte sich an jede Einzelheit bis zu dem Moment, als ihm sein Gegner die Faust an die Schläfe geschlagen hatte. Wieso hatte dieser ihn überhaupt wahrnehmen können? Und was würde jetzt mit ihm geschehen? Auf Rettung brauchte er nicht zu hoffen. Höchstens darauf, dass ein anderer Attentäter ihn töten würde, bevor er etwas erzählen konnte. Zumindest würde ihn die Göttin nicht für sein Versagen bestrafen können. Ob das einen Unterschied machte, wusste er allerdings nicht. Er hatte keine Vorstellung, welches Schicksal ihn hier erwartete, falls kein Attentäter der hiesigen Gerichtsbarkeit zuvorkäme.

Die Tür zu seinem Kerker öffnete sich, und einige Personen kamen herein. Die Frau und den Mann, der ihn überwältigt hatte, erkannte er. Drei weitere schienen Soldaten oder Kerkermeister zu sein. Zunächst jedenfalls hielten sie sich im Hintergrund. Ob man ihn foltern würde? Wahrscheinlich. Zumindest, wenn man Zweifel an seinen Aussagen haben sollte. Er hatte allerdings nicht vor, zu lügen oder etwas zu verschweigen. Dazu gab es für ihn keinen Grund. Der Göttin gegenüber empfand er keine Loyalität. Sie hatte befohlen, und er hatte gehorcht, hatte gehorchen müssen.

Die Frau trat auf Alexander zu. Nicht so weit, dass er ihr hätte gefährlich werden können. Sie blieb außerhalb der Reichweite, die ihm die Ketten ließen. Obwohl er gar keinen Grund hatte, sie anzugreifen. Im Schein der Karbidlampe, die die Besucher mitgebracht hatten, sah sie sehr schön aus. In jenem Zimmer, in dem er sie das erste Mal gesehen hatte, war er viel zu sehr mit seinem inneren Konflikt beschäftigt gewesen, um darauf zu achten. Jetzt, nachdem diese Last von ihm genommen war, musterte er sie ausgiebig. Auch sie hatte etwas von der Aura der Macht, die die Göttin immer umgab, allerdings nicht deren eisige Kälte.

»Ich werde dir jetzt einige Fragen stellen und du tust gut daran, sie alle ehrlich und ohne Ausflüchte zu beantworten«, sprach sie ihn an. Sie schaute ihm dabei in die Augen. Er mochte diese Augen, die ihn aufmerksam musterten.

»Warum bist du in meine Residenz eingedrungen?«

»Ich sollte den Schiffbrüchigen töten.«

»Warum?«

»Er sollte keine Details über den Überfall verraten können.«

»Wer hat dich damit beauftragt?«

»Die Göttin.«

»Welche Göttin?«

Alexander stockte. Wie meinte sie das? Gab es mehr als eine Göttin?

»Wie heißt die Göttin?«, mischte sich der Mann ein, der ihn überwältigt hatte.

»Nyx.«

Die Frau und der Mann schauten sich verständnislos an.

»Woher kommst du?«

»Aus Noctur.«

»Wo liegt das?«

Diesmal schaute Alexander sie verständnislos an. Wieso wussten sie nicht, wo Noctur lag?

»Es liegt zwischen den beiden Meeren und der Felswüste.«

»Wenn du Sato töten solltest«, kam es wieder von dem Mann, »warum hast du es nicht getan, bevor wir in den Raum kamen?«

»Ich ...«

Es fiel ihm schwer, es zu erklären. Es war keine Angst gewesen.

Und er wollte nicht, dass diese Frau ihn für einen Feigling hielt. Er wollte niemanden töten, der ihm nie etwas getan hatte, den er nicht einmal kannte. Eigentlich wollte er überhaupt niemanden töten. Hätte er das in Noctur gesagt, hätte man über ihn gelacht oder ihn dafür bestraft. Wahrscheinlich beides. Er schaute die Frau hilflos an. Wie konnte er es ihr erklären? Sie wartete wortlos auf seine Antwort. Auch der Mann sagte diesmal nichts, sondern wartete einfach nur ab.

»Ich ... ich habe noch nie jemanden getötet.«

Seine beiden Befrager nickten sich zu.

»Was hat es mit dem Helm auf sich?«, wollte jetzt der Mann wissen.

»Er macht unsichtbar.«

»Wie funktioniert das?«

»Das weiß ich auch nicht. Ich muss mir nur vorstellen, dass andere mich nicht sehen.«

»Dann verstärkt der Helm deine Gedanken?«

»Ja.«

»Kann jeder den Helm benutzen?«

»Nein. Er wird auf den Träger abgestimmt. Und man muss üben, damit umzugehen.«

»Und du kannst gut mit ihm umgehen?«

»Ja«, antwortete Alexander mit etwas Stolz in der Stimme.

»Wurdest du deshalb ausgewählt, Sato zu töten?«

»Ja«, kam es diesmal traurig von ihm.

»Wozu war das Kästchen, das du umhängen hattest?«

»Der Helm braucht Energie, um zu funktionieren.«

»Das ist eine sehr kleine Energiequelle.«

»Ja. Sie ist sehr wertvoll. Es gibt nur noch wenige.«

»Schiffstechnik«, murmelte Flavius halblaut. Aluna schaute ihn irritiert an.

»Was würde mit dir passieren, wenn du nach Noctur zurückkehren würdest?«

»Ich habe versagt. Die Göttin würde mich bestrafen.«

»Wie?«

»Sie würde mich zerreißen.«

Als sie die Zelle wieder verlassen hatten, waren Aluna und Flavius sehr nachdenklich.

»Was hat es mit dieser Stadt Noctur auf sich?«, wollte Flavius wissen. »Ich habe von dieser Stadt noch nie etwas gehört.«

»Das geht mir genauso. Und was den Ort betrifft, an dem sie sich befinden soll: Diese Gegend ist so unzugänglich, dass manche Eltern behaupten, dort wohne der Höllenhund – oder sonst irgendeine Fantasiegestalt.«

»Andererseits würde es ja zu den anderen Anhaltspunkten passen. Das Dreieck aus Felswüste, Salzmeer und Staubmeer liegt südöstlich von hier. Und damit näher am Ort des Überfalls auf dem Salzmeer, als irgendeine andere, bekannte Ansiedlung. Wenn es wirklich irgendwo eine unbekannte Stadt gibt, dann dort.«

»Ich denke, er hat die Wahrheit gesagt«, meinte Flavius nach einiger Zeit.

»Das war auch mein Eindruck«, meinte Aluna. »Was war das eben mit der ›Schiffstechnik‹? Das war doch Ihr Ausdruck, als die Sprache auf die kleine Energiequelle kam.«

»Eine sehr kleine, sehr starke Energiequelle, von der es nur noch ganz wenige gibt - das hört sich für mich so an, als sei es Technik, die noch von den Alten Schiffen stammt. Oder aus der Fliegenden Stadt, falls in diesem schwebenden Gebilde überhaupt noch Menschen leben. Jedenfalls kenne ich sonst keine Quelle der Hochtechnologie, die wir zur Zeit der Landung hatten.«

»Es ist doch schon Jahrtausende her, dass die Schiffe hier gelandet sind. Wieso soll es heute noch etwas aus der Zeit geben, das weiterhin funktioniert?«

»Die Technik war damals viel weiter entwickelt als heute. Und teilweise war sie für die Ewigkeit gemacht. Nach den Zeiten der Barbarei sind wir zwar wieder dabei, frühere Errungenschaften neu zu erfinden – wie vor kurzem die Elektrizität – aber es wird noch Jahrzehnte, vielleicht Jahrhunderte dauern, bis wir in die Nähe der damaligen Technologie kommen.«

Für einen Augenblick hielt er nachdenklich inne. Dann erschien ein verschmitztes Lächeln auf seinem Gesicht.

»Ich beschäftige mich schon sehr lange mit den theoretischen Grundlagen jener Zeit. Physik, Chemie, Materialwissenschaften, Elektrizität, Elektronik, Nanotechnologie und so weiter. Aber bevor wir das Wissen aus jener Zeit, das nie wirklich verloren ging, wieder nutzen können, müssen wir einige Industriezweige neu entwickeln. Und wir haben hier andere Rohstoffe zur Verfügung als die, mit denen die Menschen die ursprünglichen Industrien betrieben haben. Ich suche seit Längerem nach einem Energieträger, der die Rolle übernehmen könnte, die früher das Erdöl innehatte.«

»Ich habe schon gehört, dass Sie ein Tüftler und Erfinder sein sollen. Allerdings auch ein Geheimniskrämer. Mir scheint, dass das maßlos untertrieben war. Versuchen Sie etwa, in Nova-Veni ein Zentrum der Hochtechnologie zu errichten?«

Flavius lachte.

»Um so etwas aufzubauen, reichen die Möglichkeiten von Nova-Veni bei weitem nicht aus. Und auch nicht meine Lebensspanne. Ich möchte helfen, die Grundlage für eine Entwicklung zu legen, die den Menschen mit der Zeit wieder die Möglichkeiten zurückgibt, die wir mit der Bruchlandung auf diesem Planeten verloren haben. Aber das kann weder Nova-Veni alleine, noch Bator. Nicht einmal das Kaiserreich Che-Min hat dafür alleine die Mittel. Wenn daraus mal etwas werden soll, geht es nur gemeinsam.«

»Beruhigend zu wissen«, stellte Aluna fest, obwohl ihre Zweifel offensichtlich noch nicht ausgeräumt waren. Sie war sich sicher, dass Flavius keine Skrupel hatte, seine wissenschaftlichen Erkenntnisse auch dafür einzusetzen, seiner Stadt wirtschaftliche oder militärische Vorteile zu verschaffen. Aber das hatte er ja nicht bestritten. Vielleicht sollte auch sie etwas mehr Mittel in die Forschung stecken.

Andererseits schien Flavius auch rational genug zu denken, um keinen militärischen Großmachtfantasien nachzuhängen. In jedem Fall würde sie es vorziehen, ihn als Verbündeten und nicht als Gegner zu haben.

»War Ihr Interesse am hiesigen Sklavenmarkt eigentlich ernst gemeint?«, wechselte sie das Thema.

»Auf jeden Fall. Wann findet denn der nächste statt?«»Noch heute Nachmittag. Ich werde Sie zwar nicht begleiten können, aber ich werde veranlassen, dass Sie Zutritt erhalten.«

Lächelnd dachte sie daran, welche Möglichkeiten sich mit dem Gefangenen ergeben könnten. Sobald sie sicher war, dass von ihm keine versteckte Gefahr ausging, würde sie die Sache in Angriff nehmen.

Am Nachmittag führte der Hafenmeister Flavius zu dem Haus, in dem der Sklavenmarkt von Bator abgehalten wurde. Nach einigen Formalitäten zog er sich dann wieder zurück. Ein Händler – er bezeichnete sich als Vermittler – führte Flavius durch die Hallen.

»Haben Sie bestimmte Wünsche oder Vorstellungen?«

»Nichts Bestimmtes. Ich möchte mich einfach mal umsehen.«

»Natürlich. Kein Problem. Interessieren Sie sich eher für männliche oder weibliche Sklaven? Arbeitssklaven oder solche fürs Vergnügen? Eine bestimmte Altersgruppe?«

»Wo kommen eigentlich diese Sklaven her?«

»Das ist unterschiedlich. Manche haben ein minder schweres Verbrechen begangen, andere konnten ihre Schulden nicht bezahlen.

Soll ich Sie durch alle Hallen führen? Oder interessieren Sie sich nur für bestimmte Sklaven?«

»Ich denke, weibliche Sklaven fürs Vergnügen sollten meinen Interessen am nächsten kommen. So etwa ab zwanzig Jahren.«

Der Vermittler führte ihn in eine bestimmte Halle, in der einige, überwiegend gut aussehende Sklavinnen angeboten wurden. Sie standen auf kleineren Podesten und zeigten mehr oder weniger offensichtlich, welche Vorzüge sie besaßen. Eine stellte allerdings eine Ausnahme dar. Sie war breitbeinig an einem Pfahl fixiert und geknebelt.

»Was ist denn mit dieser da los?«, wollte Flavius wissen.

»Die ist so eine Art Ladenhüter. Sie sieht zwar gut aus, ist allerdings störrisch und aggressiv. Wenn man sie nicht festbindet, tritt und spuckt sie.«

»Wie ist sie denn hierher gekommen?«

»Sie wurde bei einem Diebstahl erwischt.«

Flavius ging auf die gefesselte Schönheit zu. Der Vermittler begleitete ihn. Die Augen der Sklavin schienen ihn zu durchbohren.

»Wie heißt sie?«

»So, wie Sie sie nennen wollen. Wie Sie sehen, ist sie bei guter Gesundheit. Sie hat stramme Schenkel und feste Brüste.«

Der Vermittler ließ es sich nicht nehmen, seine Worte durch eher unsanfte Berührungen der Sklavin zu untermalen. Diese stemmte sich gegen ihre Fesseln und warf ihm hasserfüllte Blicke zu. Er grinste. Flavius empfand den Vermittler zunehmend als unsympathisch. Er selbst ging ganz dicht an die Sklavin heran.

»Ich werde dir jetzt den Knebel abnehmen und dir ein paar Fragen stellen. Wenn du nach mir spuckst, wirst du es bereuen, denn ich werde dich dann kaufen, um dich zu bestrafen. Hast du das verstanden?«

Sie nickte. Und er nahm ihr den Knebel aus dem Mund.

»Wie heißt du?«

»Letitia.«

Sie schien irritiert, dass er sich für ihren Namen interessierte.

»Wie alt bist du?«

»Einundzwanzig.«

»Gefällt es dir hier?«

»Nein, natürlich nicht«, fauchte sie.

»Warum gibst du dir dann so viel Mühe, nicht gekauft zu werden?«

Sie schwieg und schaute zu Boden.

»Was wäre dir lieber? Weiter hier zu bleiben? Oder jetzt von mir gekauft zu werden?«

»Warum fragen Sie mich das? Sie können doch sowieso machen, was Sie wollen.«

»Natürlich. Aber ich möchte es trotzdem von dir wissen.«

»Damit Sie nachher sagen können, ich hätte es ja so gewollt?«

Flavius lächelte, während der Vermittler ganz offensichtlich nicht verstand, worin der Sinn dieser Unterhaltung bestand.

»Stimmt genau. Überlege dir deine Antwort also gut.«

Sie schaute ihn eine Weile nachdenklich an. Dann grinste sie und sagte: »Dann möchte ich lieber meinen Knebel wiederhaben.«

Flavius lachte und erfüllte ihr den Wunsch.

»Was kostet diese Sklavin?«

»Wenn Sie diese Sklavin haben wollen, wird die Herrscherin von Bator die Rechnung bekommen.«

»Gut. Dann bringen Sie mir die Sklavin morgen zu meinem Schiff.«

Er grinste die Sklavin an. »Gefesselt und geknebelt.«

Für einen Moment schaute sie ihn empört an. Dann begriff sie, dass sie es war, die diese Entscheidung getroffen hatte.

3

»Sie haben sich gestern also eine Wildkatze zugelegt«, begrüßte Aluna Flavius zu einem abschließenden Gespräch am nächsten Morgen. Sie konnte sich ein breites Grinsen nicht verkneifen.

»Weiß der verhinderte Attentäter schon von Ihren Plänen mit ihm?«, konterte Flavius schmunzelnd.

»Na gut, lassen wir dieses Thema«, lenkte Aluna ein. »Wie wollen wir jetzt fortfahren? Eine militärische Expedition zum mutmaßlichen Standort von Noctur ist angesichts der Geographie jener Gegend nicht sehr aussichtsreich.«

»Ich werde zunächst in Nova-Veni über diese Entwicklung berichten. Im Gegensatz zu Ihnen vertrete ich die Stadt nicht alleine. Außerdem werde ich versuchen, mehr über diese eigenartige ›Unsichtbarkeits-Suggestion‹ herauszufinden. Wir dürften beide spezielle Verbindungen nach Kuza unterhalten, sodass wir schon einmal anfragen können, wie sich die dortigen Piraten in dieser Angelegenheit verhalten wollen. Verhandlungen über die genauen Konditionen sollten wir allerdings besser abgestimmt führen. Sonst werden wir womöglich beide übervorteilt. Aber dazu brauche ich erst ein Mandat des Rates der Patrizier von Nova-Veni.«

»Und ich werde wohl den Schiffsverkehr von und nach Bator auf ein Minimum einschränken müssen.«

»Das gleiche werde auch ich dem Rat empfehlen.«

Nachdem er sich verabschiedet hatte, ging Flavius zu seinem Schiff zurück. Die nächsten Wochen versprachen arbeitsreich und wenig einträglich zu werden. Kaum hatte er das Schiff erreicht, wurde auch seine Sklavin angeliefert – wie vereinbart in Fesseln und geknebelt. Dass sie in einen Umhang gehüllt war, hatte sie wohl dem rauen Wetter zu verdanken, das allmählich die kühle Jahreszeit einläutete. Er hatte gar nicht daran gedacht, dass man ihm die Sklavin sonst nackt überbracht hätte. Seine Mannschaft warf sich vielsagende Blicke zu, als er Letitia kurzerhand über die Schulter nahm und in seine geräumige Kabine trug. Aus eigener Kraft hätte sie das Schiff nicht betreten können, da nicht nur ihre Hände, sondern auch ihre Füße zusammengebunden waren.

»Wir legen gleich ab. Kurs direkt auf Nova-Veni.«

Man konnte Kapitän Rufus ansehen, dass er lieber, wie ursprünglich geplant, Yaku angefahren hätte. Diese Ansiedlung – die Bezeichnung ›Stadt‹ würde Yaku nicht gerecht – war bei den Seeleuten sehr beliebt, da sie fast nur aus Bordellen, Kneipen und Glücksspielstätten bestand. Die Hauptklientel von Yaku waren allerdings nicht die Seeleute, sondern die Bewohner des Kaiserreichs Che-Min. Hinter den hohen Mauern, die das Kaiserreich umschlossen, waren derlei Vergnügungen – zumindest offiziell – streng verboten. So bildete Yaku, das genau wie Kuza direkt vor der großen Mauer entstanden war, eine Art Ventil für die Bewohner der sittenstrengen Städte Than-Do, Hai-Chang und Kin-Pe. Die fünfzig Meter hohe, schwarze Mauer bildete damit nicht nur die Grenze des Kaiserreichs, sondern auch die der streng geregelten Moral einerseits und der ungezügelten Vergnügungen andererseits.

»Keine Sorge, die Fahrt nach Yaku steht weiterhin an. In gewisser Weise sogar dringender als vorher. Aber zuerst muss ich nach Nova-Veni.«

Der Kapitän veranlasste alles Nötige, und wenige Minuten später glitt das Schiff aus der Hafeneinfahrt von Bator ins offene Salzmeer. Nachdem der Kapitän die Kajüte Flavius' verlassen hatte, wandte dieser sich seiner Neuerwerbung zu. Er dirigierte sie zu einem Raum, der direkt an seine große Kabine mit dem breiten Heckfenster grenzte. Aufgrund ihrer Fesselung konnte sie dabei nur kleine Tippelschritte machen.

»Da wir gegen den Südwestwind kreuzen müssen, wird unsere Fahrt mindestens eine Woche dauern. Ausreichend Gelegenheit, einander kennenzulernen. Es stört dich doch nicht, wenn ich dir den Umhang abnehme. Hier drin sollte es für dich nicht zu kalt werden.«

Letitia schaute ihn säuerlich an. Antworten konnte sie nicht, da sie noch immer geknebelt war. Flavius nahm ihr den Umhang ab, sodass sie bis auf die Fesseln nackt vor ihm stand.

»Nimm doch Platz und mache es dir bequem«, meinte er schmunzelnd zu ihr und drückte sie so auf ein Bett, dass sie auf dessen Kante zu sitzen kam. Das Bett nahm den größten Raum in der kleinen Kajüte ein. Außer einem Schrank gab es noch einen Tisch und zwei Stühle. Einen der beiden zog Flavius neben das Bett und setzte sich ihr gegenüber. Sie saß kerzengerade und ziemlich verkrampft auf der Kante, was nicht nur auf ihre Fesselung zurückzuführen war.

»Ich hoffe, du fühlst dich wohl hier. Denn die nächsten Tage wird das der einzige Raum sein, in dem du dich aufhalten wirst. Vielleicht sollten wir uns erst einmal bekannt machen. Dass du Letitia heißt, hast du mir ja schon gesagt. Ich bin Flavius. Du wirst mich allerdings mit ›Herr‹ anreden. Ich hoffe, wir werden das nicht allzu intensiv üben müssen. Als Lernhilfe habe ich hier nämlich nur eine neunschwänzige Katze, die bisher auf diesem Schiff ein ziemlich eintöniges Dasein fristet. Die Mannschaft gehorcht mir auch ohne solche Zwangsmittel. Daran solltest du dir ein Beispiel nehmen.«

Bei der Erwähnung der auf Schiffen üblichen Peitsche schaute sie ihn erschreckt an. Der Gedanke daran, bei Ungehorsam ausgepeitscht zu werden, machte ihr Angst. Aber gleichzeitig jagte diese Vorstellung ihr auch einen gar nicht unangenehmen Schauer über den Rücken.

»Ich habe dich zwar zu meinem Vergnügen erworben, werde dich aber nicht dazu zwingen, mir sexuell zu Diensten zu sein. Du wirst entscheiden, ob und wann du dich mir ganz schenkst. Das wird allerdings die einzige Entscheidung sein, die ich dir in nächster Zeit überlasse.«

Flavius kam zu ihr herüber, drückte sie mit ihrem ganzen Körper aufs Bett und rollte sie auf den Bauch. Dann begann er, sie am Rücken, an den Beinen und über den Hintern zu streicheln. Zu Anfang ließ sie es angespannt geschehen. Doch nach einiger Zeit räkelte sie sich dabei wohlig auf dem Bett.

Plötzlich erklangen aufgeregte Rufe auf Deck. Und das Schiff änderte schlingernd den Kurs. Flavius sprang auf.

»Ich fürchte, du musst jetzt alleine weitermachen«, sagte er grinsend zu der gefesselten Sklavin, als er die Kabine verließ.

»Was ist denn los?«, wollte er von Kapitän Rufus wissen, als er die Brücke betrat. Dieser zeigte mit blassem Gesicht steuerbord voraus. Dort waren mehrere Seeungeheuer durch die Wasseroberfläche gebrochen und starrten angriffslustig auf das Schiff, das gerade damit begonnen hatte, ihnen auszuweichen. Ungläubig schaute Flavius auf das Getier, das sich unter spritzenden Fontänen zurück ins Wasser warf, um gleich darauf wieder aufzutauchen. Plötzlich gefroren seine Gesichtszüge.

»Lassen Sie augenblicklich wieder den alten Kurs setzen, Kapitän!«

Dieser schaute ihn einen Moment unschlüssig an, gab dann aber dem Rudergänger den Befehl weiter. Schlingernd ging das Schiff wieder auf Kollisionskurs mit den Seeungeheuern. Man konnte sowohl dem Steuermann, als auch dem Kapitän deutlich ansehen, dass sie das für einen Fehler hielten.

»Schauen Sie sich die Ungeheuer genau an, Kapitän.«

Dieser tat es, konnte allerdings nicht erkennen, worauf Flavius hinauswollte.

»Sie sehen doch, wie das Wasser spritzt, wenn das Getier sich hineinwirft, oder?«

Rufus nickte. Er konnte aber noch immer nicht erkennen, was Flavius ihm zeigen wollte.

»In welche Richtung wird das Spritzwasser weggeweht?«

Der Kapitän schaute angestrengt auf die tobenden Ungeheuer.

Plötzlich begann er, langsam und ungläubig den Kopf zu schütteln.

»Das darf doch nicht wahr sein. Es wird gar nichts weggeweht, obwohl wir kräftigen Südwestwind haben. Bei allen Seeteufeln, was ist das?«

»Das ist eine Illusion. Ich wusste nicht, dass wir so schnell angegriffen werden. Sonst hätte ich Ihnen bereits davon erzählt, was sich in Bator zugetragen hatte. Jemand manipuliert unsere Gedanken und versucht, uns einen anderen Kurs aufzuzwingen.«

Flavius schaute angestrengt in die Richtung, in die die Kursänderung das Schiff gebracht hätte, konnte allerdings nichts erkennen.

»Irgendwo da draußen ist ein Piratenschiff, das versucht, uns einzuholen. Sato – der Schiffbrüchige, den wir aufgelesen haben – erzählte, dass die Piraten ganz plötzlich aus dem Nichts auftauchten und sein Schiff enterten, bevor irgendjemand etwas dagegen unternehmen konnte. Und viele der Piraten waren mit den Schwertern nicht zu bekämpfen. Jetzt weiß ich, was er sah. Neben den richtigen Piraten kamen solche Illusionen auf das Schiff, wie diese Seeungeheuer. Die Matrosen auf dem Schiff wussten nicht, gegen wen sie kämpfen sollten und wurden überrannt.«

Er überlegte einen Moment.

»Durch unsere Kursänderung vorhin sind wir vorübergehend langsamer geworden. Hätten wir den Kurs noch weiter geändert, um diesen Illusionen da vorne auszuweichen, wären wir mit dem Schiff direkt gegen den Wind gesegelt und stehen geblieben. Das Piratenschiff muss auf die Stelle zugesegelt sein, an der wir zum Stehen gekommen wären. Jetzt versuchen sie wahrscheinlich, uns luvseitig zu überholen und uns so den Wind aus den Segeln zu nehmen. Setzen Sie einen Kurs weiter leewärts. Wir müssen weiter vom Wind abfallen, um schneller zu werden und die Piraten nicht zwischen uns und den Wind kommen zu lassen.«

Der Rudergänger wartete den Befehl des Kapitäns gar nicht erst ab und änderte den Kurs zwei Strich nach steuerbord. Rufus nickte ihm nur zu.

4

»Ich glaube, das wäre eine gute Gelegenheit, einige der Besonderheiten dieses Schiffs außerhalb von Manövern auszuprobieren. Lassen Sie die gesamte Mannschaft unter Deck antreten, soweit sie hier nicht benötigt wird. Zwei Mann sollen bereits das Öl zum Sieden bringen.«

Wenige Augenblicke später waren alle Mann unter Deck angetreten.

»Dies ist keine Übung, auch wenn es so aussehen mag. Wir werden von einem unsichtbaren Gegner verfolgt. Dem gleichen, der auch das Schiff gekapert hat, von dem wir vor ein paar Tagen einen Schiffbrüchigen aufgelesen haben.«

Ein ungläubiges Raunen ging durch die Mannschaft.

»Wir haben gute Chancen, mit diesem Gegner fertig zu werden, wenn jeder das macht, was wir bereits einige Male geübt haben. Alle gehen sofort auf ihre Posten für den Kampf und warten auf weitere Befehle.«

Kurz darauf war jeder an seinem Platz und wartete angespannt auf das, was wohl kommen würde. Einer der beiden Matrosen, die sich um das Öl kümmern sollten, meldete, dass es jetzt heiß genug sei. Der Geruch des heißen Pflanzenöls weckte bei Flavius leichtes Verlangen nach frittierten Kartoffelstäbchen.

»Zwei Liter davon in jede der beiden speziellen Heckkanonen füllen!«

»Öl geladen und verriegelt!«, meldeten kurz danach die Matrosen.

»Einen Messbecher Salzlake in die andere Einfüllöffnung!«

»Salzlake geladen und verriegelt! Beide Heckkanonen feuerbereit!«

Flavius stellte sich neben die beiden Matrosen, die jetzt als Kanoniere für eine sehr spezielle Waffe fungierten. Er schaute auf das Kielwasser des Schiffes und versuchte, das Piratenschiff zu erkennen. Inzwischen müsste es hinter ihnen sein, nachdem sie den luvseitigen Überholversuch der Piraten vereitelt hatten. Ganz sicher war er nicht, aber er musste es riskieren. Bei seinem Versuch, die Suggestion zu überwinden und das Schiff zu erkennen, spürte er einen zwar nur leichten, aber doch unangenehmen Druck im Kopf. Es fühlte sich an, als würde sich ein leichter Kopfschmerz anbahnen. Flavius fragte sich, ob das nur Einbildung war oder ob er tatsächlich die Beeinflussung spüren konnte. Dann riss er sich wieder aus seinen Gedanken.

»Kanonen im Winkel von dreißig Grad nach oben.«

Die Kanoniere nickten ihm zu. Flavius gab Rufus ein Zeichen und dieser ließ halbblaut weitergeben, dass alle sich festhalten sollten.

»Feuer!«

Über einen Mechanismus ließen die Kanoniere die kalte Salzlake im Innern der Kanone mit einem Schwung ins siedende Öl fallen. Das Wasser in der Lake dehnte sich explosionsartig als Wasserdampf aus und riss dabei das siedende Öl mit aus dem Kanonenrohr. Die Salzmischung aus der Lake, die auch Phosphor, Fluor, Chlor und Sauerstoff in gebundener Form enthielt, reagierte mit dem heißen Öl und brachte es grell leuchtend zum Brennen. Diese brennenden, flüssigen Fackeln schossen aus den beiden Kanonen in einem flachen Bogen heckwärts über das Wasser und stoppten abrupt, als sie das Piratenschiff trafen. Nicht nur die Ungeheuer verschwanden schlagartig. Auch das Piratenschiff wurde plötzlich sichtbar. Teile des Schiffs und der Segel standen in Flammen. Auch unter den Piraten hatten die Flammenzungen Tribut gefordert. Aus zwei Kanonen am Bug des Piratenseglers wurden Kugeln auf das flüchtende Schiff abgeschossen. Durch den enormen Rückstoß der beiden Heckkanonen war dieses

Schiff allerdings ein deutliches Stück nach vorne katapultiert worden, sodass die Kugeln der Piraten wirkungslos hinter dem Schiff ins Wasser schlugen. Das brennende Piratenschiff verfolgte sie allerdings weiterhin, wenn sich der Abstand auch allmählich vergrößerte.

»Das Schwert tiefer herablassen und die Schürzen hochholen!«

Jetzt würde sich zeigen, ob die Schiffskonstruktion, die Flavius ausgetüftelt hatte, sich auch unter schwierigen Bedingungen bewähren würde. Dieses Schiff hatte einen viel flacheren Rumpf, als die meisten vergleichbar großen Segler. Um den typischen Tiefgang vorzutäuschen, waren unterhalb des eigentlichen Rumpfes bewegliche Schürzen untergebracht. Diese wurden jetzt mit Kurbeln in den Rumpf eingefahren. Bei größeren Geschwindigkeiten konnte sich dadurch der Rumpf aus dem Wasser heben und wie ein Surfbrett auf der Wasseroberfläche entlang gleiten. Nur das tiefe und breite Schwert mit dem Ballast unter dem Schiff verhinderte, dass der Segler dabei zum Spielball des Windes wurde. Bevor diese nur unter Wasser sichtbare Metamorphose des Seglers abgeschlossen war, ließ Flavius noch eine Tonne mit einem mechanischen Zeitzünder aus einer Klappe am Heck ins Wasser rollen. Tonne und Piratenschiff trieben langsam aufeinander zu. Zwischenzeitlich hatten die Piraten begonnen, die Backbordseite ihres Schiffs auf den flüchtenden Segler auszurichten. Offensichtlich wollten sie mit allen Kanonen ihrer Breitseite eine Salve auf Flavius' Schiff abfeuern, bevor es außer Reichweite war. Die Tonne mit dem Zeitzünder trieb derweil langsam am Heck des Piratenschiffs vorbei.

»Auf Halbwindkurs drehen!«, rief Flavius dem Steuermann zu.

Ohne die Schürzen reagierte das Schiff sehr schnell. Vor- und Hauptsegel zeigten prall gefüllt nach steuerbord. Der Segler nutzte den Südwestwind jetzt optimal aus. Die Schiffsunterseite klatschte auf den Wellen entlang. Das Schiff schien eher zu fliegen als zu schwimmen. Und die Breitseite der Piraten schlug klatschend an der Stelle ein, an der sich das Schiff noch kurz vorher befunden hatte.

»Wir nähern uns der nördlichen Küste, wenn wir diesen Kurs beibehalten. Sollen wir nicht langsam wieder auf unseren eigentlichen Kurs gehen? Die Piraten dürften uns nicht mehr einholen können.«

»Das nicht, Kapitän Rufus, aber ich habe den Piraten noch eine Überraschung dagelassen, die wir besser aus größtmöglicher Entfernung erleben.«

Wie aufs Stichwort schoss in der Nähe des Piratenschiffs eine Feuersäule aus der Tonne in die Luft. Sie sah zwar spektakulär aus, schien aber keinen Schaden anzurichten. Dann plötzlich explodierte diese Säule. Von dem Piratensegler war von einem Moment auf den anderen nichts mehr zu sehen. Nur einzelne Holzstücke und Segelfetzen flogen durch die Luft. Dafür traf eine Druckwelle so hart das dahinjagende Schiff, dass dessen Segel fast zerrissen. Und eine riesige Welle dehnte sich ringförmig um den Ort der Explosion aus. Diese Welle sah aus, wie eine dreißig Meter hohe, fast senkrechte Wand. Und sie war nur wenig langsamer, als das über die Wasseroberfläche rasende Schiff. Schließlich brach die Monsterwelle schäumend in sich zusammen.

»Ich denke, das war's. Jetzt, Kapitän, können Sie uns wieder auf Kurs bringen.«

Rufus schaute ihn schockiert an.

»Mit dieser Waffe kann man eine ganze Flotte versenken. Oder eine kleinere Stadt auslöschen.«

»Dafür habe ich sie konstruiert. Um eine angreifende Flotte zu vernichten.«

Mit diesen Worten drehte Flavius sich um und ging er wieder unter Deck. An der Treppe schaute er noch einmal zurück zu Rufus, der weiterhin wie angewurzelt an Deck stand.

»Kapitän, wenn wir wieder auf Kurs sind, lassen Sie bitte die Schürzen herunter, damit das Schiff ruhige Fahrt aufnimmt. Das ständige Aufschlagen auf der Wasseroberfläche ist nicht nur sehr ungemütlich, es belastet den Schiffsrumpf auch über Gebühr.«

Danach war Flavius in seiner Kajüte verschwunden. Rufus ließ die Schürzen wieder ausfahren und den Rudergänger vor dem Südwestwind Richtung Nova-Veni kreuzen.

»Manchmal macht mir dieser Flavius richtig Angst«, meinte Rufus später, als er mit einer Tasse heißem Tee auf der Brücke neben dem Steuermann stand.

»Ich glaube, wir sollten froh sein, dass er auf unserer Seite ist – oder wir auf seiner.«

Aluna hatte den Attentäter ausführlich auf ansteckende Krankheiten untersuchen lassen. Er war bei guter Gesundheit, und es ging keinerlei versteckte Gefahr von ihm aus. Danach betrat sie alleine seine Zelle, darauf bedacht, nicht in die Reichweite seiner Ketten zu gelangen.

»Was glaubst du, wird jetzt mit dir geschehen?«, wollte sie von dem Eindringling wissen.

»Ich nehme an, ich werde sterben.«

In seiner Stimme war zwar ein leichtes Bedauern, aber keine echte Angst zu erkennen. Eher Resignation.

»Das wäre eine Möglichkeit. Es gibt noch eine andere.«

Er schaute sie fragend an.

»Wie heißt du eigentlich?«

»Alexander.«

»Alexander, du wirst nicht sterben, sondern mein Sklave werden.«

Sie hatte ihn nicht gefragt, sondern es einfach festgestellt. Er fragte sich, was es wohl bedeutete, ihr Sklave zu sein. Sie sah attraktiv aus. Und sie hatte eine Ausstrahlung, die etwas in ihm zum Klingen brachte. Aber es ging schließlich nicht darum, ob sie nähere Bekanntschaft schlossen. Sie hatte ihm soeben verkündet, dass er ab sofort ihr Eigentum sei. Und jetzt schaute sie ihn an, als versuche sie, seine Gedanken zu lesen. Ob sie sich wirklich für seine Gedanken interessierte? Oder ging es ihr nur darum, sich an seiner Verwirrung oder gar Angst zu erfreuen? Hatte er denn Angst? Er wusste es nicht. Es war demütigend, jemandes Eigentum zu sein. Und es war ein unangenehmes Gefühl, nicht zu wissen, was auf ihn zukommen würde. Andererseits – und das verwirrte ihn – empfand er auch eine gewisse Erregung bei dem Gedanken, ihr ausgeliefert zu sein.

»Vielleicht lasse ich für dich einen Käfig bauen und diesen in meine Gemächer stellen.«

Hielt sie ihn für ein wildes Tier? Oder machte sie sich gerade über ihn lustig? Zumindest beobachtete sie ihn mit einem dünnen Lächeln. Ja, er war sich sicher, dass es ihr Spaß machte, ihn zu verwirren und zu erschrecken. Was war das für eine seltsame Frau? Und was war er für ein seltsamer Mann, dass ihn das auch noch erregte?

»Bis später«, verabschiedete sie sich lächelnd und ließ ihn mit seiner Verwirrung alleine.

5

Als Flavius die kleine Kajüte betrat, flog ihm ein Kissen ins Gesicht. Letitia hatte es mit ihren gefesselten Beinen zur Tür geschleudert. Sie schaute ihn wütend an.

»Was sind denn das für Sitten?«, fragte er lachend. »Ist dir etwa langweilig geworden?«

Er drehte sie wieder auf den Bauch und schob dabei das Kissen unter ihr Becken, sodass ihr Hintern nach oben gereckt war. Dann schlug er mit der flachen Hand mehrfach zu, was nicht nur ihre Kehrseite, sondern auch ihr Gesicht rötete. Während es auf ihrem Po die Abdrücke seiner Hand waren, die für die Farbe sorgten, färbte ihr Gesicht die Zornesröte. Ihren lautstarken Protest verwandelte der Knebel in ein unverständliches Grummeln, während sie versuchte, sich ihm zu entziehen. Aufgrund ihrer Fesseln war es für ihn allerdings ein Leichtes, das zu verhindern.

»Du siehst hinreißend aus, wenn du wütend bist«, stachelte er ihren Ärger noch zusätzlich an. »Vielleicht sollte ich dich häufiger übers Knie legen, auch wenn kein Anlass vorliegt.«

Schlagartig wich die Farbe wieder aus ihrem Gesicht. Blass und mit aufgerissenen Augen sah sie ihn an. Er ließ zu, dass sie sich auf die Bettkante setzte, und grinste breit, als sie auf ihrem geröteten Hintern erst etwas hin und her rutschte, bevor sie eine bequeme Position gefunden hatte.

»Schätzchen«, sagte er und fasste ihr unter das Kinn, »dir sollte inzwischen doch eigentlich klar sein, dass jede deiner Handlungen Folgen hat. Was hast du denn erwartet, was passiert, wenn du mich mit einem Kissen bewirfst?«

Sie schaute verlegen zu Boden.

»Irgendwie sind die Unterhaltungen mit dir ziemlich einseitig, findest du nicht?«

Von ihr kam ein kurzes Nicken und er nahm ihr den Knebel ab. Ihr war deutlich ihre Verunsicherung anzusehen.

»Haben Sie wirklich vor, mich nur so zum Spaß zu schlagen?«

Einerseits machte ihr dieser Gedanke Angst, andererseits spürte sie dabei auch ein unbekanntes Kribbeln in ihrem Bauch.

»Lass es mich so sagen: Du wirst sehr deutlich spüren, ob es als Vergnügen oder als Strafe gedacht ist.«

Sie presste die Beine zusammen. Wieso erregte es sie, wie er mit ihr umging? Eigentlich sollte sie wütend auf ihn sein. So, wie auf den widerlichen Verkäufer vom Sklavenmarkt. Aber dieser Flavius verhielt sich ihr gegenüber anders. Zwar machte auch er ihr unmissverständlich klar, dass er in der stärkeren Position war, aber er behandelte sie nicht mit Verachtung. Nur widerwillig gestand sie sich ein, dass sie ihn und seine Art, mit ihr umzugehen, mochte.

»Was war eigentlich vorhin los? Nicht nur, dass Sie mich einfach so liegen ließen ...« Sie zog einen Schmollmund. »Anschließend rumpelte es hier in der Kabine ziemlich. Ich dachte schon, wir würden untergehen.«

»Das hätte auch passieren können. Wir wurden von Piraten angegriffen. Aber keine Angst, die Gefahr ist erst mal vorbei. Und was das Liegenlassen betrifft: Ob und wie ich dich liegen lasse, ist allein meine Entscheidung.«

Nur mühsam unterdrückte sie ihren Protest. Der würde zu nichts führen – außer vielleicht dazu, dass sie wieder geknebelt würde. Er hatte recht. Nur er entschied, was passierte. Und sie hatte es zu akzeptieren, ob ihr das gefiel oder nicht. Wobei sie wieder irritiert feststellte, dass es ihr auf eine schwer erklärbare Weise durchaus gefiel. Zugeben würde sie das allerdings nicht. Er schaute sie sonderbar an. Irgendwie abwartend. Als erwartete er irgendwas Bestimmtes von ihr. Aber was? Plötzlich war es ihr klar. Und sie musste sich beherrschen, nicht zu grinsen.

»Ja, Herr.«

Seinem zufriedenen Gesichtsausdruck nach zu schließen, hatte sie das Richtige getan.

»Streck' mal deine Füße aus«, forderte er sie auf, während er sich auf den Stuhl am Bett setzte. Sie tat es, ohne zu zögern. Sorgsam begann er, ihre Fesseln zu lösen. Nachdem er die Stricke an ihren Beinen gelöst hatte, forderte er sie auf, aufzustehen und ihm den Rücken zuzudrehen. Dann löste er auch die Fesseln, die ihre Hände hinter ihrem Rücken fixierten. Sie rieb sich die Handgelenke und bückte sich, um auch ihre Fußgelenke zu massieren. Als ihr klar wurde, dass sie eine ziemlich aufreizende Pose einnahm, erstarrte sie. Verunsichert schaute sie nach oben in sein Gesicht. Er schaute sie interessiert, aber nicht gierig an.

»Leg dich aufs Bett. Du darfst dir aussuchen, ob du auf dem Bauch oder auf dem Rücken liegen möchtest.«

Unsicher setzte sie sich auf die Bettkante. Was hatte er vor? Wie sollte sie sich hinlegen? Schließlich lag sie mit geschlossenen Beinen auf dem Rücken und schaute ihn mit einer Mischung aus Unsicherheit und Erwartung an. Zu ihrer Überraschung begann er damit, ihre Fußgelenke zu massieren. Kurze Zeit später spürte sie die Druckstellen der Fesseln nicht mehr. Dann widmete er sich auf gleiche Weise ihren Handgelenken.

Später wanderten seine Hände über ihren ganzen Körper. Sie blieben nicht lange an einer Stelle, sondern waren ständig in Bewegung. Sie schloss die Augen und genoss seine Berührungen. Allerdings wehrte sie sich gegen die aufkommende Erregung. Was hatte er ihr gerade eröffnet? Nur er würde entscheiden, was er ihr zukommen ließ. Und sie wollte nicht wieder frustriert herumliegen müssen, weil er ihr nicht mehr gönnte. Obwohl ... Jetzt, ohne Fesseln, war sie nicht mehr unbedingt auf ihn angewiesen.

Andererseits würde er sie wohl bestrafen, wenn sie ihn hinterginge. Selbst diese Vorstellung schürte ihre Erregung. Und bevor es ihr bewusst wurde, ging ihr Atem bereits schwerer. Sinnlich räkelte sie sich auf dem Bett.

Immer öfter spielte er jetzt mit ihren Nippeln, die sich sofort aufgestellt hatten. Schließlich spreizte sie ihre Beine. Zu ihrer Enttäuschung ging Flavius zunächst gar nicht darauf ein. Nur sehr zögerlich dehnte er seine Erkundungen auch auf die Innenseiten ihrer Schenkel aus. Wann immer er dabei ihrer Scham nahe kam, hielt sie erwartungsvoll die Luft an, um gleich darauf wieder enttäuscht auszuatmen, wenn seine Hände sich ein anderes Ziel für ihre Aufmerksamkeit suchten. Als eine Hand dann doch endlich über ihr Lustzentrum strich, sog sie geräuschvoll die Luft ein und krallte ihre Hände in die Bettdecke, auf der sie lag. Immer öfter verirrte sich jetzt eine Berührung zwischen ihre Beine. Und sie musste sich zusammenreißen, nicht mehr von ihm zu verlangen. Sie war sich sicher, dass er dann sofort aufhören würde. Es blieb ihr also nichts anderes übrig, als zu nehmen, was sie bekam, und zu hoffen, dass er sich nicht entschloss, vorzeitig damit aufzuhören. Doch genau das tat er, als sie nur noch aus Erregung bestand. Sie schaute ihn flehend an. Und es kostete sie viel Beherrschung, nicht zu betteln oder gar zu fordern.

Flavius hatte sich auf den Stuhl am Bett gesetzt und schaute sie lächelnd an. Letitia hatte keinen Zweifel daran, dass er genau wusste, was er ihr antat.

»Du bleibst so liegen, wie du bist, und rührst dich nicht.«

Dann stand er auf und verließ die Kajüte. Mit einem halblauten Schrei machte sie ihrer Enttäuschung Luft, während sich ihre Finger in das Laken krallten. Dann lauschte sie seinen Schritten. Nachdem diese immer leiser geworden waren, verstummten sie schließlich. Außer den Geräuschen des fahrenden Schiffs konnte sie nichts hören. Zunächst näherten sich ihre Hände nur zögerlich dem vor Verlangen glühenden Körper. Nur kurz gönnte sie sich die Stimulation, nach der sie sich sehnte, um gleich danach wieder so dazuliegen, wie er sie verlassen hatte. Mit der Zeit wurden ihre Berührungen allerdings immer länger und intensiver. Schließlich hielt sie es nicht mehr aus und machte selbst dort weiter, wo Flavius so abrupt aufgehört hatte. Zunächst lauschte sie dabei weiterhin nach seinen Schritten. Wenn er jetzt zurückkommen würde, bekäme sie mächtig Ärger. Doch je weiter ihre Lust sich steigerte, desto geringer wurde ihre Vorsicht. Gerade in dem Moment, als ihr ein lautes, lustvolles Stöhnen entfuhr, öffnete sich die Tür der Kajüte und Flavius trat ein. Aber Letitia war alles egal. Sie war wie in Trance und nicht in der Lage, mit ihrem Tun aufzuhören. Erst nachdem sie zitternd von einem Orgasmus überrollt worden war und sich ihr Körper wohlig entspannte, nahm sie ihre Umgebung wieder bewusst war. Flavius schaute sie nachdenklich und mit einer hochgezogenen Augenbraue an. Sie ahnte – nein, sie wusste – dass ihr Ungehorsam unangenehme Folgen haben würde. Natürlich hatte er sie mit voller Absicht in Versuchung geführt. Jetzt, nachdem ihr Verlangen einer tiefen Entspannung gewichen war, bedauerte sie, nicht standhaft geblieben zu sein. Und das nicht nur, weil er sie dafür bestrafen würde. Ein bisschen tat es ihr auch leid, ihn enttäuscht zu haben. Sie fragte sich, ob er jetzt gleich mit ihr schimpfen und sie schlagen würde. Mit einem unterdrückten Grinsen überlegte sie, dass ihr dieser Orgasmus ein paar Schläge wert war.

»Du bist dir doch darüber im Klaren, dass ich dir das nicht ungestraft durchgehen lasse«, sagte er mit sanfter Stimme und einem leicht bedauernden Unterton. »Und ich dachte, du wüsstest inzwischen, dass Ungehorsam für dich immer unangenehme Konsequenzen hat. Aber offenbar brauchst du noch eine weitere Lektion.«

Er erhob sich und ging wieder hinaus. Letitia war verwirrt über seine Reaktion. Er hatte weder geschimpft noch geschrien und sie auch nicht geschlagen. Mit solchen Reaktionen hätte sie umgehen können. Genau genommen hatte sie damit gerechnet.

Doch so kam sie sich irgendwie schäbig vor. Außerdem begriff sie langsam, dass ihr eine viel unangenehmere Strafe bevorstand, als von ihm einige Schläge zu erhalten. Und das flaue Angstgefühl, was sich mit dieser Erkenntnis einstellte und immer stärker wurde, war für sie sehr unangenehm. Was konnte er vorhaben? Je länger sie darüber nachdachte, desto stärker war sie davon überzeugt, dass sie ihren Ungehorsam bitter bereuen würde.

Sie bemerkte, dass sich die Bewegungen des Schiffs veränderten.

Es kam zum Stillstand und sie hörte eine Ankerkette rasseln. Sollte das etwas mit ihrer bevorstehenden Strafe zu tun haben? Als Flavius zur Tür hereinkam, zuckte sie zusammen. Sollte sie sich bei ihm entschuldigen? Ihn um Gnade bitten? Aber sie spürte eine leise Enttäuschung bei dem Gedanken, dass er sich erweichen lassen könnte, obwohl sie inzwischen keinen Zweifel mehr daran hatte, dass die bevorstehende Strafe sehr hart für sie sein würde.

»Komm mit«, forderte er sie ruhig auf.

Als sie nach dem Umhang griff, wies er sie an, ihn in der Kajüte zu lassen. Notgedrungen folgte sie ihm nackt durch das Schiff und hoffte, möglichst niemandem von der Mannschaft zu begegnen.

»Mein Ungehorsam tut mir leid, Herr«, sagte sie zaghaft.

Flavius blieb stehen und schaute ihr aufmerksam ins Gesicht.

»Du erwartest doch nicht, dass ich dir deswegen deine Strafe erspare.«

»Nein, Herr«, gab sie zerknirscht zurück. »Ich werde mich bemühen, in Zukunft gehorsam zu sein.«

»Du wirst gleich Gelegenheit bekommen, das zu beweisen.«

Er drehte ihr wieder den Rücken zu und ging voraus. Sie folgte ihm zügig, wenn auch mit großem Unbehagen. Als sie sich einer

Tür näherten, hinter der lautes Stimmengewirr zu vernehmen war, hatte sie das Gefühl, mit jedem Schritt ein größeres Gewicht auf ihren Schultern zu tragen. Dem Geräuschpegel nach zu urteilen, musste die gesamte Mannschaft anwesend sein. Wenn sie wenigstens den Umhang hätte anlegen dürfen!

Als Flavius die Tür öffnete und eintrat, verstummten alle Unterhaltungen abrupt. Der Raum war relativ groß und – wie Letitia befürchtet hatte – mit der gesamten Mannschaft des Schiffs gefüllt. An den Wänden waren Tische aufgereiht. Davor standen Bänke, auf denen die Mannschaft Platz genommen hatte. In der Mitte des Raumes waren zwei Tische so zusammengestellt, dass sie eine Art Bühne bildeten. Letitia verspürte den immer stärker werdenden Drang, sich umzudrehen und wegzurennen, während sie Flavius zu den beiden Tischen folgte.

»Du wirst dich jetzt auf die Tische legen und der Mannschaft vorführen, was du vorhin trotz meines Verbots in der Kajüte gemacht hast«, sagte Flavius laut genug, dass jeder im Raum ihn verstehen konnte.

Letitia schaute ihn fassungslos an.

»Hattest du dir nicht vorgenommen, gehorsam zu sein?«, raunte er ihr leise zu.

Tränen schossen ihr in die Augen. Sie wusste, dass er ihr die Strafe jetzt gar nicht mehr erlassen konnte, nachdem er sie vor allen verkündet hatte. Trotzdem konnte sie sich nur mühsam beherrschen, ihn nicht auf Knien anzuflehen, es trotzdem zu tun.

»Wie soll ich denn hier in Stimmung kommen?«, flüsterte sie ihm verzweifelt zu.

»Wäre es dir lieber, wenn ich frage, ob unter den Männern jemand ist, der dir dabei helfen möchte?«

»Oh nein, nicht auch das noch!«

»Dann fang' jetzt an. Du darfst die Augen schließen, wenn dir das hilft. Und du hast so viel Zeit, wie du brauchst. Aber du kommst hier erst wieder raus, wenn du einen Orgasmus hattest.«

Mit diesen Worten trat er von ihr zurück und setzte sich auf eine der Bänke. Mit hochrotem Kopf legte sie sich auf die Tische. Besonders bequem war das nicht. Aber das war ihr geringstes Problem. Die Männer starrten sie an, und sie wandte ihren Blick schnell ab. Wie konnte Flavius ihr das antun? Wie konnte er sie vor der versammelten Mannschaft bloßstellen? Nie wieder würde sie einem Seemann in die Augen schauen können. Sollte sie sich weigern? Sie wusste, dass die Konsequenzen für sie dann noch schlimmer ausfallen würden. Zwar konnte sie sich nicht vorstellen, wie das möglich sein sollte, aber sie hatte auch keine Lust, es herauszufinden. Sie musste jetzt hier durch. Es gab keine Alternative. Mit jeder Minute, die sie wartete, wurde es schlimmer. Sie musste endlich anfangen. Jetzt!

Sie blinzelte ihre Tränen weg und schloss die Augen. Wie sollte sie sich denn jetzt und hier in Stimmung bringen? Lustlos fuhren ihre Hände über ihren Körper. Das war schlimmer als die Ausstellung auf dem Sklavenmarkt. Sie fühlte sich zutiefst gedemütigt und bloßgestellt. Durch die fast geschlossenen Augenlieder warf sie einen verstohlenen Blick auf Flavius. Er beobachtete sie aufmerksam. Sein Gesicht hatte allerdings keinen triumphierenden oder gar höhnischen Ausdruck. Es war ernst. Und Letitia glaubte, eine Spur Mitgefühl zu entdecken. Sie wollte wütend auf ihn sein, aber es gelang ihr nicht. Er zwang sie, sich seinem Willen zu unterwerfen. Aber er tat es nicht mit Verachtung. Sie konnte es zwar nicht erklären, aber sie spürte, dass es ihm nicht egal war, wie sie sich fühlte. Er wollte sie beherrschen, kein Zweifel. Aber er wollte sie nicht zerbrechen. Da war sie sich ganz sicher. Und der Gedanke, von ihm beherrscht zu werden und ihm hilflos ausgeliefert zu sein, hatte durchaus etwas Reizvolles für sie. Verwirrt bemerkte sie, wie dieser Gedanke und ihre ziellos auf ihrem Körper umherirrenden Hände ihre Lust langsam neu entfachten. Sie ließ ihren Gedanken freien Lauf und malte sich aus, was er alles mit ihr tun könnte. Selbst der aktuellen Demütigung konnte sie plötzlich etwas Lustvolles abgewinnen. Nicht die Bloßstellung an sich war erregend für sie, sondern die Erkenntnis, dass Flavius darüber entschied. Immer stärker glitt sie in die Erregung hinein. Dass sie von einer ganzen Schiffsmannschaft beobachtet wurde, nahm sie kaum mehr wahr, zumal diese sich ruhig verhielt. Schließlich spülte ein Orgasmus über sie hinweg. Nicht so aufwühlend, wie der vorangegangene, der durch Flavius' langsame Stimulationen vorbereitet worden war. Aber es war eindeutig ein Höhepunkt gewesen.

Während sie in eine tiefe Entspannung glitt, spürte sie, wie ihr eine Hand über die Wange strich und sich in ihren Nacken legte.

»Ich bin froh, dass du gehorcht hast«, flüsterte Flavius ihr zu.

Dann half er ihr auf.

»Schau in die Gesichter der Mannschaft«, forderte er sie eindringlich auf.

Verschämt und widerwillig riskierte sie einen kurzen Blick. Mit dem Abklingen ihres Orgasmus spürte sie wieder die Demütigung, der Flavius sie ausgesetzt hatte. Sie war überzeugt, nie wieder einem Seemann ins Gesicht schauen zu können, ohne sich dabei wertlos zu fühlen.

»Schau hin«, wiederholte er. »Einige sind erregt und viele gut gelaunt. Aber du wirst keine Verachtung in ihren Blicken finden. Sie respektieren, dass du gehorcht hast. Es war für jeden zu erkennen, dass du dich überwinden musstest, dass es eine Strafe war. Aber du hast das Gleiche getan, was jeder von ihnen Tag für Tag tut. Du hast mir gehorcht. Es gibt keinen Grund, dich zu schämen, wenn du sie ansiehst. Du kannst im Gegenteil stolz darauf sein, gehorcht zu haben.«

Stolz empfand sie allerdings überhaupt nicht. Die Demütigung steckte ihr schwer in den Gliedern. Auch, wenn Flavius ihr mit seiner letzten Bemerkung wieder Mut gemacht hatte. Es war eigenartig mit ihm. Er zögerte nicht, ihr Strafen zuzumuten, half ihr aber gleichzeitig auch, sie einigermaßen unbeschadet zu überstehen. Es war ihm nicht egal, wie sie sich dabei fühlte. Als er seine Hand um ihre Taille legte und mit ihr den Raum verließ, schmiegte sie sich unbewusst an ihn.

»Ich wusste gar nicht, dass so viele Seeleute auf dem Schiff sind«, sagte sie halblaut, als sie wieder seine Kabine betraten.

»Es sind sogar noch drei mehr als du gerade gesehen hast. Insgesamt besteht die Mannschaft aus vierundzwanzig Seeleuten. Dreimal so viele, wie nötig wären, dieses Schiff übers Salzmeer zu fahren. Dadurch kann es ohne Unterbrechung rund um die Uhr segeln.«

6

Erebos war nicht überrascht, als er von zwei Soldaten in Empfang genommen wurde. Schlechte Nachrichten verbreiten sich immer schnell. Und dass etwas bei dem Anschlag in Bator schief gegangen war, hatte er mit eigenen Augen gesehen. Am liebsten wäre er gar nicht erst zurück nach Noctur gereist. Aber damit hätte er sein Problem nur vertagt. So hatte er zumindest eine Chance, heil aus der Angelegenheit herauszukommen. Schließlich hatte er persönlich keinen Fehler gemacht. Trotzdem war das Überbringen schlechter Nachrichten immer eine ziemlich riskante Aufgabe. Er würde froh sein, wenn er nachher den Tempel wieder verlassen hätte. Falls er den Tempel wieder verlassen könnte!

Auch unter günstigeren Bedingungen war der Tempel nicht gerade ein Ort, an dem man sich gerne aufhielt. Die Säulen des Eingangsbereiches konnte er bereits sehen. Sie ragten deutlich über die normalen Gebäude hinaus. Ihr mattes Schwarz, das nur von wenigen silbernen Ornamenten unterbrochen wurde, wirkte ausgesprochen bedrohlich. Aber das war sicher auch beabsichtigt.Als er mit den Soldaten zwischen den riesigen Säulen hindurchschritt, kam er sich geradezu winzig vor. Sie durchquerten den Platz, auf dem normalerweise verschiedene Rituale und auch Opferzeremonien durchgeführt wurden, und erreichten eine Passage, deren Architektur ihm fast die Sinne raubte. Die Soldaten blieben stehen und bedeuteten ihm, hineinzugehen. Es war ihnen anzusehen, dass sie froh waren, nicht weitergehen zu müssen.

Die Passage sah aus, als hätte sie ein geisteskranker Riese mit bloßen Händen und spitzen Fingernägeln aus dem Felsen herausgehauen, der sich hinter dem Eingangsbereich des Tempels erstreckte. Es gab kaum gerade Flächen und keine rechten Winkel, die dem Auge Halt boten. Auch jede Form von Symmetrie schien der Erbauer verabscheut zu haben. Erebos musste aufpassen, nicht ins Stolpern zu geraten, da ihm bei jedem Versuch, die Umgebung zu erfassen, schwindelig wurde. Der Gang, dessen unvorhersehbaren Windungen er gefolgt war, vergrößerte sich schließlich und wurde zu einer ungeheuren Halle. Erebos war froh, dass große Teile derselben im Dunkeln lagen. Wenn die Konstruktion der Passage sich hier fortsetzte, würde er bei ihrem Anblick sicher nicht nur völlig die Orientierung, sondern auch den Verstand verlieren.

»Was ist in Bator geschehen?«, dröhnte die Stimme der Göttin in seinem Kopf. Wie aus dem Nichts erschien sie an einer unmöglichen Stelle und kam auf ihn zugeschwebt. Auch, wenn der Rest der Halle in ein gnädiges Halbdunkel gehüllt war, konnte er die Göttin so deutlich erkennen, als würde sie von allen Seiten angestrahlt. Von ihrer perfekten Figur und der schon schmerzhaften Schönheit ihres Gesichtes ließ Erebos sich nicht täuschen. Er hatte bereits bei offiziellen Zeremonien gesehen, wie sie mit Inbrunst und Geschick ihrem unglücklichen Opfer einen qualvollen Tod bereitet hatte.

»Alexander ist in den Palast gegangen, um seinen Auftrag zu erfüllen. Kurze Zeit später wurden alle Türen geschlossen und die Wachen ließen fast niemanden mehr hinein oder heraus. Durfte doch jemand passieren, stellten die Wachen mit großer Sorgfalt sicher, dass niemand mit hindurchschlüpfen konnte.«

»Der Attentäter hat also versagt?«

Die Stimme der Göttin hallte vor unterdrückter Wut wider.

»Ich vermute, dass er erwischt wurde. Ob er seinen Auftrag vorher noch durchführen konnte, weiß ich nicht.«

»Du vermutest! – Du weißt nicht! – Wozu bist du denn wohl da gewesen?«

Erebos wusste, dass sein Leben an einem seidenen Faden hing.

»Hätte ich versucht, hineinzugelangen, wäre auch ich erwischt worden. Und außerhalb des Palastes haben die Wachen niemandem etwas erzählt.«

Er überlegte fieberhaft, was er sonst noch berichten konnte, um seine Nützlichkeit unter Beweis zu stellen.

»Jemand von dem Schiff, das Sato gerettet hatte, war vorher noch in den Palast gegangen und erst viel später wieder herausgekommen. Sein Name soll ›Flavius‹ lauten – eine wichtige Persönlichkeit aus Nova-Veni.«

»Ich weiß«, zischte sie als Antwort. Sie schien mit ihren Gedanken bereits bei einem anderen Thema zu sein, was Erebos als gutes Zeichen wertete. Was immer sie von ihrer Wut abbrachte, vergrößerte seine Chancen, den Tempel lebend wieder zu verlassen. Etwas traf Erebos hart und schmerzhaft und schleuderte ihn in die Passage. Die Göttin schwebte tiefer in die Höhle hinein. So schnell er konnte, hetzte Erebos durch den chaotischen Gang in die Vorhalle. Die Soldaten waren verschwunden. Kurz danach hatte er den Tempel verlassen und saß in einer Spelunke, um seine Angst in reichlich Alkohol zu ertränken.

»Ich hatte dir ja gleich gesagt, dass du den anderen schicken solltest«, ertönte eine leise Stimme in der Nähe der Göttin.

»Stellst du etwa meine Unfehlbarkeit in Frage?«

Es zischte und neben Armedes brachen einige Felsbrocken aus der Wand.

»Hör' doch mit deinen albernen Demonstrationen der Stärke auf. Und mach' dich nicht lächerlich. Außer uns ist niemand hier. Und wir wissen beide, dass du keineswegs unfehlbar bist. Hättest du auf mich gehört, wäre die Mission erfolgreich verlaufen. Der Attentäter, den du ausgewählt hast, war zwar der Beste im Umgang mit dem Helm, aber er war zu weich für einen Mordauftrag.«

»Wenn der von dir ausgesuchte Kapitän diesen Sato getötet hätte, statt ihn nahe des Staubmeers auszusetzen, wäre es nie dazu gekommen.«

»Solange ich in Noctur bleibe, kann ich genauso wenig eingreifen, wenn etwas falsch läuft, wie du auch.«

»Für wie dämlich hältst du mich eigentlich, Armedes? Glaubst du, ich riskiere, dass du mit deinem Wissen den Feinden in die Hände fällst?«

Sie grinste Armedes mit gefletschten Zähnen an und kam ganz dicht an ihn heran.

»Und ich benötige deine Fähigkeiten viel zu sehr, als dass ich riskieren könnte, dir Gelegenheit zur Flucht zu geben.«

»Tja, dann wirst du dich wohl damit abfinden müssen, dass auch Leute, die ich ausgesucht habe, gelegentlich Fehler machen. Aber zumindest machen sie weniger Fehler, als ...«

Armedes spürte einen schmerzhaften Druck an seinen Armen und Beinen.

»Ich brauche zwar deinen Verstand«, zischte die Göttin ihn an, »aber das heißt noch lange nicht, dass du auch körperlich unversehrt bleiben musst. Was sollte mich daran hindern, dir Arme und Beine aus dem Körper zu reißen?«

»Du kannst mich nicht dazu zwingen, meinen Verstand und mein Wissen zu deinem Vorteil einzusetzen. Du weißt, dass du ohne mich deine Macht verlierst. Ich komme ohne dich gut zurecht. Du ohne mich jedoch nicht. Also behandle mich gut, damit es weiterhin auch mein Vorteil ist, dir zu ›dienen‹. Und jetzt lass mich gefälligst los, Nyx.«

Der Druck an seinen Armen und Beinen verschwand so plötzlich, wie er gekommen war.

»Übertreib' es nicht. Auch du wirst eines Tages ersetzbar sein, Armedes.«

Sie schwebte zu einem der zahlreichen Gänge, die aus dieser Albtraumhalle herausführten. Armedes rieb sich die Arme. Seine Auseinandersetzungen mit Nyx wurden allmählich gefährlich. Er würde sehr aufpassen müssen, nie ersetzbar zu werden. Andernfalls würde sie ihm mit Sicherheit ein ziemlich qualvolles Ende bereiten. Der Plan, den er verfolgte, um sich aus ihrer Umklammerung zu befreien, war ausgesprochen heikel. Denn wem er letztlich zum Vorteil gereichte, war völlig unklar. Nur deswegen ließ sie ihn überhaupt gewähren – weil sie sicher war, dass sie die Nutznießerin dieses Plans sein würde.

7

Es war jetzt einige Tage her, seit Aluna ihm eröffnet hatte, dass er zukünftig ihr Sklave sein werde. Danach blieb er im Kerker sich selbst überlassen, von den regelmäßigen Mahlzeiten abgesehen. Mit dem letzten Essen hatte sich allerdings etwas verändert, auch, wenn er die Veränderung noch nicht einordnen konnte. Irgendwie fühlte er sich schwach. Hatte man ihn vergiftet? Aber das ergab keinen Sinn. Warum sollte man ihn erst noch einige Tage verpflegen, um ihn dann zu töten?

Mehr und mehr spürte er, wie die Kraft in seinen Muskeln schwand. Besonders viel Bewegungsfreiheit hatte er durch die Ketten ohnehin nicht, aber jetzt konnte er nicht einmal mehr aufstehen und einige Schritte gehen. Die Ketten schienen plötzlich ein ungeheures Gewicht zu entwickeln. Erschöpft setzte er sich hin. Aber selbst das war ihm nach kurzer Zeit zu anstrengend. Schließlich lag er flach auf dem harten Zellenboden und musste sich bereits anstrengen, weiterzuatmen.

Wenig später sah er aus den Augenwinkeln, wie sich die Kerkertür öffnete. Zwei Wärter und zwei Soldaten kamen herein. Nachdem die Wärter ihm die Ketten abgenommen hatten, legten sie ihn auf eine Pritsche, die die Soldaten mitgebracht hatten. Dann wurde er mehrere Treppen hinaufgetragen. Besonders viel bekam er davon nicht mit. Er konnte den Kopf nicht heben, da seine Nackenmuskeln ihm den Dienst versagt hatten, und selbst die Bewegung der Augen kostete ihn unendlich viel Kraft.

Im Gegensatz zu seinem Körper war sein Geist allerdings hellwach. Alexander versuchte, anhand der Geräusche zu erkennen, was um ihn herum passierte. Er wurde mit seiner Pritsche in einem Raum abgestellt, in dem Wasser plätscherte. Und kurz darauf hörte er mehrere Frauenstimmen.

»Beeilt euch ein bisschen«, vernahm er die befehlsgewohnte Stimme Alunas. »Er braucht das Gegenmittel bereits in einer Viertelstunde. Sonst wird auch sein Herzmuskel gelähmt.«

Er wusste zwar noch immer nicht, was sie mit ihm vorhatten, aber sterben sollte er offenbar nicht. Das Atmen erschöpfte ihn allmählich so, dass er es am liebsten eingestellt hätte. Die Pausen zwischen seinen Atemzügen wurden immer länger, doch immer wieder sorgte der Atemreflex dafür, dass er erneut Luft holte.

Geschickt wurden ihm die Kleider ausgezogen. Nur gelegentlich erhaschte er einen Blick auf die Frauen, die sich um ihn kümmerten. Sie waren nur leicht bekleidet und schienen bester Laune zu sein. Allerdings gaben sie sich auch erkennbar Mühe, ihre Arbeit schnell zu verrichten. Er spürte, wie er in ein Bassin gelassen und am ganzen Körper gereinigt wurde. Es wurde wirklich nichts ausgelassen. Wenn er nicht so damit zu kämpfen gehabt hätte, weiter zu atmen, wäre ihm das sicher sehr peinlich gewesen. Er fragte sich, wie ihm das Gegenmittel verabreicht werden solle, da er nicht einmal mehr die Kraft hatte, etwas zu schlucken. Schließlich brachte er auch nicht mehr die Energie auf, seine Lungen mit Luft zu füllen. Langsam begann die Umgebung um ihn herum zu verschwimmen.

»Er bekommt ja schon einen roten Kopf«, hörte er wie aus großer Entfernung Alunas Stimme.

»Es hat aber nichts damit zu tun, dass mir das alles hier peinlich ist«, dachte er mit einem inneren Lächeln. Seine Gesichtszüge hatte er schon lange nicht mehr unter Kontrolle. Dann spürte er, wie Luft in seine Lungen gepresst wurde. Eine der Frauen hatte ihren Mund auf seinen gedrückt und hielt ihm die Nase zu, sodass er zwangsläufig die Luft einatmete, die sie ausstieß. Langsam verschwanden die Nebel vor seinen Augen wieder. Offenbar waren die Frauen mit seiner Reinigung fertig geworden, denn er war inzwischen wieder aus dem Wasser gezogen worden.

Sein nächster Atemzug war von einem heftigen Brennen im Hals begleitet. Er spürte einen heftigen Hustenreiz, hatte aber nicht die Kraft, ihm nachzugeben. Mit den nächsten Atemzügen verbreitete sich das Brennen in der ganzen Lunge, nahm an Intensität allerdings schnell wieder ab. Offenbar hatte er das Gegenmittel über die Luft zugeführt bekommen. Jedenfalls dauerte es nicht lange, bis er wieder aus eigener Kraft atmen konnte. Nackt, wie er war, wurde er wieder auf die Pritsche gehoben und von vier Frauen in ein anderes Zimmer getragen. Aluna beugte sich kurz zu ihm herunter und fühlte seinen Puls. Dann nickte sie und wies die Frauen an, ihn auf ein weiches Bett zu legen.

»Den Rest mache ich alleine. Ihr könnt jetzt gehen.«

Sie setzte sich neben ihn und fuhr mit einer Hand über seinen nackten Körper.

»Du siehst gut aus, Alexander. Ich glaube, ich werde viel Spaß mit dir haben. Aber wir wollen ja nicht, dass du übermütig wirst.«

Was meinte sie denn damit schon wieder? Er fühlte sich noch immer zutiefst erschöpft. Auch, wenn es ihn erkennbar zu erregen begann, nackt neben Aluna auf dem Bett zu liegen.

»So, so«, grinste sie, »eben noch zu schwach, alleine zu atmen, und schon machst du dir unziemliche Gedanken. Da sollte ich mich wohl ganz schnell vor dir in Sicherheit bringen.«

Sie tat so, als müsste sie einen Moment überlegen.

»Andererseits befindest du dich in meinen Gemächern. Da ist es nicht angebracht, dass ich mich in Sicherheit bringe.«

Sie holte eine schwere Eisenstange mit mehreren Ausbuchtungen neben dem Bett hervor und legte sie ihm so unter den Nacken, dass die mittige Ausbuchtung unter seinem Hals zu liegen kam.

»Jetzt machen wir mit dir erst mal etwas Gymnastik«, sprach sie zu ihm, wie zu einem kleinen Jungen. Dann begann sie, seine Beine so nach oben zu biegen, dass seine Fußgelenke ein gutes

Stück rechts und links neben seinem Hals in weiteren Vertiefungen der Stange zu liegen kamen. Er versuchte, sich gegen den Druck ihrer Hände zu wehren, aber seine Muskeln versagten ihm weiterhin den Gehorsam.

»Ich sehe, du begreifst bereits, was ich mit dir vorhabe.«

Sie legte auch seine Arme nach oben, sodass die Handgelenke ebenfalls auf dafür vorgesehenen Stellen der Stange zu liegen kamen. Alexander wünschte sich, er könnte sich bewegen. Denn die Stellung, in der sie ihn gleich fixieren würde, versprach sehr unangenehm zu werden. Spätestens, wenn seine Muskeln wieder funktionieren würden, gäbe das sicher heftige Krämpfe. Tatenlos musste er zusehen, wie sie eine zweite, spiegelbildlich gestaltete Stange an einer Seite in die erste einhakte und dann darüber klappte. Ein Schloss sicherte die Konstruktion.

»Ich gebe zu, diese Stellung ist sehr unbequem für dich. Dafür sieht sie allerdings ausgesprochen aufreizend aus. Und ich habe leichten Zugriff auf fast jede Stelle deines Körpers. Wenn du ganz brav bist, bekommst du von mir auch ein Mittel, das Muskelkrämpfen vorbeugt. Für einige Stunden wird die Droge, die du vorhin bekommen hattest, allerdings die gleiche Wirkung haben.«

Alexander schaute sie nur sprachlos an. Zum einen, weil sein Mund immer noch gelähmt war, zum anderen, weil er völlig verwirrt war. Hatte sie etwa vor, ihn für längere Zeit in dieser Fixierung zu lassen? Er würde sich praktisch nicht bewegen können, und selbst wenn ihm die Muskelkrämpfe erspart wurden, erschien ihm das doch sehr grausam.

Mit aufreizenden Bewegungen begann sie, sich vor ihm auszuziehen. Und obwohl es ihm sehr peinlich war, griff die Erregung wieder erkennbar nach ihm.

»Schön, dass ich dir gefalle«, meinte sie lächelnd und begann mit einer Hand, zwischen seinen nach oben gespreizten Beinen herumzuspielen. »Ich wusste doch, dass ich viel Spaß mit dir haben werde.«

8

Die Fahrt nach Nova-Veni verlief ohne weitere Vorkommnisse. Einmal zeigte sich ein Piratenschiff von Kuza am Horizont, das allerdings gleich wieder abdrehte. Flavius wusste, dass seine speziellen Handelsbeziehungen zu Yaku ihn auch vor den Piraten aus Kuza schützten. Nicht zum ersten Mal fragte er sich, wer in den beiden Siedlungen vor der großen Mauer die Fäden wirklich in der Hand hatte. Offiziell gab es in Yaku niemanden, der das Sagen hatte. Und in Kuza operierten angeblich ebenfalls alle Freibeuter auf eigene Rechnung. Trotzdem war ihm wiederholt aufgefallen, dass vieles dort einer gewissen Gesetzmäßigkeit zu folgen schien. Wer versuchte, die Geschäftsleute von Yaku zu betrügen, hatte verstärkt Probleme mit Piratenüberfällen. Und wer umgekehrt gute Beziehungen zu Yaku pflegte, hatte seitens der Piraten nichts zu befürchten.

Letitia hatte sich fest vorgenommen, Flavius nicht zu verärgern. Die letzte Strafe saß ihr noch sehr in den Gliedern. Andererseits war Flavius seit der Sichtung des Piratenschiffs aus Kuza in eher nachdenklicher Stimmung. Schließlich sprach sie ihn darauf an.

»Machen Sie sich Sorgen, Herr? Kann ich irgendwie helfen?«

Seine Antwort war ein warmes Lächeln. Er streichelte ihr übers Haar.

»Ich muss einige eitle und arrogante Leute davon überzeugen, dass es in ihrem Interesse ist, anderen zu helfen. Das kostet Zeit. Und ich muss mich dringend um bestimmte Nachforschungen kümmern. Außerdem vertrödeln wir hier auf dem Meer wertvolle Tage. Mir läuft die Zeit weg.«

»Kann man diese Leute nicht bei ihrer Eitelkeit packen? Dabei, dass sie die Wahl haben, strahlende Retter oder verachtete Feiglinge zu sein?«

Flavius' Gesicht hellte sich auf. Er gab ihr einen Kuss auf die Stirn.

»Darauf hätte ich eigentlich auch selbst kommen können. Mach es dir hier irgendwo bequem. Der Rest der Reise wird etwas ungemütlich.«

Gut gelaunt verließ er die Kabine und ging auf die Brücke. Kapitän Rufus bekam von ihm die Anweisung, die Schürzen des Schiffs hochkurbeln zu lassen und in höchstmöglicher Geschwindigkeit auf Nova-Veni zuzukreuzen.

Das Schiff jagte über die Wellenkämme und schlug dabei immer wieder hart auf dem dickflüssigen Meer auf. Die Dienstzeiten der Mannschaft wurden halbiert, da jedes Manöver bei dieser rauen und rasanten Fahrt sehr anstrengend war. Erst als Nova-Veni in Sichtweite kam, wurden die Schürzen wieder heruntergelassen und das Schiff nahm normale Fahrt auf. Ungeduldig beobachtete Flavius, wie das Schiff an den Anlegesteg herangezogen wurde. Er hatte sich bereits die offizielle Robe eines Patriziers von Nova-Veni angelegt.

»Machen Sie das Schiff wieder klar zum Auslaufen, Kapitän Rufus. Ich will, dass wir sofort in See stechen können, wenn ich hier fertig bin. Und lassen Sie meine Sklavin in meine Residenz bringen.«

Bevor das Schiff richtig zum Stehen kam, hatte er sich bereits über die Reling geschwungen und verließ den Anlegesteg mit ausgreifenden Schritten.

Forsch betrat er wenig später den Ratssaal, in dem gerade eine turnusmäßige Sitzung der Patrizier von Nova-Veni zu Ende ging.

In aller Kürze ließ er sich von seinem offiziellen Berater und Stellvertreter informieren, was sich seit seiner Abreise getan hatte. Es war nichts Bedeutendes dabei.

»Es tut mir leid«, ergriff er das Wort, »wenn ich die Herren noch einen Moment von ihrem wohlverdienten Mittagessen abhalte, aber ich habe in Bator von einer potenziellen Beeinträchtigung unseres Seehandels erfahren. Nichts, was für den Hohen Rat ein ernstes Problem darstellen sollte. Eher eine Formalie.«

Die anderen Oberhäupter der einflussreichen Familien von Nova-Veni schauten ihn irritiert an. Flavius ergriff eher selten das Wort – und schon gar nicht wegen einer Formalität.

»Es treiben neue Piraten ihr Unwesen auf dem Salzmeer. Sie scheinen nicht an Gewinn interessiert zu sein, da sie keine Schiffe ausrauben oder Tribut fordern. Sie versenken die Schiffe einfach. Und sie tun das vorwiegend auf der Route nahe dem Staubmeer, die bisher von den Piraten aus Kuza gemieden wurde.«

Diese Nachricht ließ Flavius erst einmal wirken.

»Das klingt doch nach einer ziemlich ernsten Angelegenheit«, ergriff Serenus, der Vorstand der einflussreichsten Familie das Wort.

»Wieso sollte das nur eine Formalie sein?«

Flavius lächelte in die Runde.

»Nun, ich habe eine Lösung, bei der uns nur geringe Kosten entstehen und die uns als strahlende Retter des Handels zeigt.«

Einen Moment genoss er die ungläubigen Gesichter seiner Ratskollegen.

»Wir könnten unsere Schiffe durch die Gewässer der Piraten von Kuza umleiten und entweder jeweils die Hälfte unserer Fracht an die Piraten abführen oder die Schiffe mit teurem Begleitschutz auf die Reise schicken.«

Unmut zeigte sich auf den Gesichtern. Das klang nicht nach geringen Kosten – und auch nicht nach strahlenden Rettern.

»Wir können aber auch«, fuhr Flavius nach einer Pause fort, »das Problem von den Piraten lösen lassen. Sie bekommen einen angemessenen Prozentsatz – vielleicht zehn Prozent – von der Fracht eines jeden Schiffes und garantieren als Gegenleistung, dass den Schiffen nichts passiert, auch, wenn sie nicht durch die angestammten Gewässer der Piraten fahren. Mit anderen Worten, wir lassen die Piraten das Problem für uns lösen. Über den Gewinnanteil der Piraten müssten wir natürlich noch mit ihnen verhandeln.«

»Warum schicken wir nicht einfach ein gut ausgerüstetes Kriegsschiff in die gefährdeten Gewässer und beseitigen selbst die neue Gefahr?«, kam es mit mühsam unterdrückter Aggression von Batavius, dem Vorstand des zweitwichtigsten Patrizierhauses. Man konnte ihm ansehen, dass er nicht vorhatte, Flavius die Rolle des klugen Ratgebers zu überlassen. »Das kostet uns zwar kurzfristig etwas mehr, ist langfristig aber sicher günstiger.«

»Bator hat bei einem solchen Versuch bereits sein größtes Schiff verloren. Wenn uns das auch passiert, wird der Preis der Piraten sicher noch höher ausfallen.«

»Sind unsere Kriegsschiffe denn so schlecht gerüstet? Na ja, Sie müssen es ja wissen. Schließlich sind Sie ja für die Verteidigung Nova-Venis verantwortlich. Vielleicht sollten wir erst einmal daran etwas ändern.«

»Genug!«, kam es entnervt von Serenus. »Ich will von diesen ewigen Rangeleien nichts mehr hören.«

An Flavius gewandt fuhr er fort: »Kann nicht Bator die Piraten bezahlen?«

»Sie werden sich angemessen beteiligen, wenn wir so vorgehen. Würden sie alleine dafür zahlen, würden sie uns über Steuern auf unsere Waren ›beteiligen‹.«

Serenus nickte bedächtig.

»Was ist, wenn die Piraten von Kuza mit den anderen nicht fertig werden?«, stichelte Batavius erneut.

»Dann sind beide Seiten hinterher geschwächt und wir können immer noch selbst versuchen, das Problem mit unseren Kriegsschiffen zu lösen.«

Die Diskussion ging noch einige Male hin und her. Schließlich wurde der Vorschlag von Flavius angenommen.

»Bleibt nur noch die Frage, wer mit Kuza verhandeln soll«, stellte Serenus fest.

Flavius lehnte sich zurück. Er hatte die besten Verbindungen in diese Richtung. Das wussten alle. Er brauchte also nur zu warten, bis sie ihn darum baten, diese Aufgabe zu übernehmen, auch wenn Batavius darüber vor Wut kochen würde.

So kam es dann auch. Es wurde noch ein Verhandlungsspielraum festgelegt. Dann war die Ratssitzung zu Ende, und die Ratsmitglieder waren froh, diese unangenehme Angelegenheit erst einmal ad acta gelegt zu haben.

9

Letitia war – nur mit ihrem leichten Umhang bekleidet – zur Residenz von Flavius gebracht worden. Die Straßen von Nova-Veni erinnerten sie zwar an Bator, die Gebäude der Stadt wirkten aber auf eine schwer definierbare Weise ungezwungener als die auf der anderen Seite des Salzmeeres. Vielleicht hing es damit zusammen, dass das Klima hier milder und wärmer war. Auch war die Luft nicht so salzgeschwängert, da der Wind beständig von der Landseite durch Nova-Veni wehte, während Bator immer von einer Meeresbrise bestrichen wurde.

Eine dichte Hecke umschloss das Grundstück der Residenz. Inmitten eines großzügig angelegten Parks befand sich das imposante Patriziergebäude des Flavius Secundus. Letitia wurde bewusst, dass ihr Herr eine wirklich bedeutende Person in dieser Stadt sein musste. Geahnt hatte sie es spätestens, als Flavius kurz vor der Landung des Schiffes seine offizielle Robe angelegt hatte. Feinstes, dunkelblaues Tuch mit roten Applikationen und goldenen Akzenten. Bereits ohne diese Bekleidung umgab ihn eine Aura der Autorität, aber in seinem Ornat hatte er beeindruckend ausgesehen.

Drei Seeleute hatten sie zum Eingang des Patrizierhauses begleitet. Hier wurde sie von einem Mann unbestimmbaren Alters in Empfang genommen und in ein geräumiges Zimmer im ersten Stock geführt. Es war schlicht und zweckmäßig eingerichtet. Irritiert bemerkte sie, dass die Fenster vergittert waren. Kurz nachdem der Mann, der kaum ein Wort zu ihr gesagt hatte, das Zimmer verließ, hörte sie, wie die Eingangstür abgesperrt wurde. Letitia wurde wieder bewusst, dass sie Flavius' Sklavin war. Sollte das ihr zukünftiges Zimmer sein? Sie schaute sich um. Außer einem Tisch mit zwei Stühlen und einem Schrank gab es keine Einrichtung, wenn man mal von dem weichen Teppich absah, auf dem sie stand.

Sie hätte zumindest ein Bett erwartet. Wobei sie sich gleich fragte, wie lange Flavius wohl darauf verzichten würde, mit ihr schlafen zu wollen. Grundsätzlich abgeneigt war sie nicht. Zumal er ihr gesagt hatte, dass er sie nicht dazu zwingen wolle. Aber es war ihr auch klar, dass das kein selbstloses Entgegenkommen von ihm war. Er erwartete, dass sie sich ihm freiwillig hingab. Mit anderen Worten, sie sollte sich ihm aus freien Stücken unterwerfen. Und dieser Gedanke machte sie wütend und erregte sie zugleich. Es reichte ihm nicht, ihren Körper zu besitzen, er wollte auch ihren Stolz haben. Einmal hatte er ihn ihr schon fast genommen, als er sie auf dem Schiff in demütigender Weise bestrafte. Und doch hatte er ihn ihr zurückgegeben. Er wollte ihren Stolz nicht mit Gewalt brechen, sondern ihn von ihr geschenkt bekommen. Ein Teil von ihr dachte nicht im Traum daran, ihm nachzugeben, ein anderer hätte es am liebsten sofort getan.

Wieder schaute sie sich in dem Zimmer um. Wenn das wirklich ihr Zimmer sein sollte, könnte sie es sich ja mal in Ruhe ansehen. Sie ging auf den Schrank zu und versuchte, ihn zu öffnen. Er war allerdings abgeschlossen. Ärgerlich ging sie zum Tisch und setzte sich auf einen der beiden Stühle. Dabei trommelte sie mit den Fingern nervös auf der Tischplatte. Irgendwie kam sie sich abgestellt vor. Klar, Flavius war gleich zu der Ratsversammlung gegangen und hatte jetzt keine Zeit für sie. Aber deswegen musste sie doch nicht in einem Raum eingesperrt werden, in dem sie nichts weiter tun konnte, als herumzusitzen.

Nach einiger Zeit wurde sie wieder ruhiger. Sie ließ ihre Gedanken schweifen. Und sie erlebte in ihrer Fantasie noch einmal die Schiffsreise. Seine Hände, die sie vor Verlangen fast in den Wahnsinn getrieben hatten, ihren Ungehorsam und die peinliche Strafe, die sie dafür erhalten hatte. Sie war sich sicher, dass sie schon bei dem Gedanken daran einen roten Kopf bekam. Als sie ihre Sitzposition wechselte, spürte sie, dass sich ihre Nippel aufgestellt hatten und von dem leichten Stoff ihres Umhangs gereizt worden waren. Elektrisiert hielt sie inne. Ihr wurde bewusst, dass sie während ihrer Erinnerungen die Beine überkreuzt und sich mit den Beinmuskeln selbst stimuliert hatte. Für einen Moment erstarrte sie. Wenn Flavius sie so erwischen würde ... Würde er sie womöglich wieder hart bestrafen? Andererseits war sie sich nicht sicher, ob sein Verbot, sich selbst zu befriedigen, immer noch galt. Während der Schiffsfahrt hatte sie sich jedenfalls nicht mehr getraut, es auszuprobieren. Aber jetzt, wo sie alleine war ...

Schritte vor der Tür schreckten sie aus ihren Gedanken auf. Ein Schlüssel wurde im Schloss gedreht. Ob Flavius schon wieder von seiner Ratssitzung zurück war?

Der Mann, der sie im Gebäude in Empfang genommen hatte, betrat mit zwei resolut aussehenden Frauen das Zimmer.

»Die beiden werden jetzt bei dir Maß nehmen, damit dir hinterher alles passt und du gut darin aussiehst. Wenn du Ärger machst, komme ich wieder und helfe mit.«

Nach dieser ziemlich unverhohlenen Drohung verließ der Mann das Zimmer und schloss hinter sich ab.

»Brutus hat heute mal wieder seinen mürrischen Tag«, meinte eine der beiden Frauen augenzwinkernd zu Letitia, während sie mit dem Daumen hinter sich zur Tür deutete. »Aber wir kommen doch sicher gut miteinander aus und brauchen ihn nicht, oder?«

Letitia wusste nicht, was sie darauf sagen sollte und schaute die beiden Frauen nur fragend an. Die zweite war inzwischen zum Tisch gekommen und hatte eine Tasche darauf abgestellt. Daraus reichte sie der ersten ein Maßband und nahm sich selbst einen Block und einen Stift heraus.

»So«, meinte die erste, »steh erst mal auf und leg den Umhang weg.«

Zögernd und unbehaglich erhob sich Letitia und trat einen Schritt auf die Frau mit dem Maßband zu. Diese begann sofort, sie am ganzen Körper zu vermessen. Länge der Arme, Umfang der Handgelenke, Taille, Hüfte und vieles mehr wurde vermessen und angesagt. Die zweite Frau notierte schweigend die Werte.

»Stell dich jetzt mal etwas breitbeinig hin und nimm die Hände hinter den Kopf.«

»Wozu denn das? Was wollt ihr denn noch an mir vermessen?«

»Alles, was wir auf der Liste haben. Und fang jetzt nicht an, zickig zu werden. Wir sind ja gleich fertig. Wir machen hier schließlich auch nur unsere Arbeit.«

Letitia stellte sich breitbeinig hin und nahm die Hände hinter den Kopf. Sie kam sich irgendwie ausgeliefert und schutzlos vor. Hätte Flavius es von ihr verlangt, wäre ihr dabei zumindest irgendwie erotisch zumute gewesen. Aber bei den beiden Frauen war es ihr einfach nur unangenehm.

Das Maßband wurde ihr durch den Schritt gelegt und die Strecke vom Bauchnabel bis zum Steißbein gemessen. Als die Frau auch die Position ihres Anus, ihrer Scheide und der Klitoris ertastete und die Werte angab, wurde Letitia zunehmend unruhig. Doch da hatte die Frau das Maßband schon wieder an sich genommen und war einen Schritt zurückgetreten.

»Das war es schon. Jetzt müssen wir nur noch warten, bis Brutus uns wieder herauslässt.«

Sie klopfte laut gegen die Tür. Kurze Zeit später waren wieder Schritte zu vernehmen und die Tür wurde aufgeschlossen.

»Alles erledigt, du kannst uns rauslassen«, meinte die gesprächigere der beiden Frauen zu Brutus. Dann war Letitia wieder alleine in dem Zimmer. Hastig legte sie ihren Umhang an. Ihre erotischen Gedanken, die sie vor dem Besuch der Frauen hatte, waren erst einmal verschwunden. Und sie hoffte, bald etwas Richtiges zum Anziehen zu bekommen.

Einige Zeit später hörte sie erneut Schritte und die Tür wurde aufgeschlossen. Diesmal war es allerdings Flavius, der Brutus begleitete.

»Komm mit, Letitia«, forderte er sie auf, »ich werde dir jetzt dein Zimmer zeigen. Dort findest du auch etwas anderes zum Anziehen. Die maßgeschneiderten Sachen sind allerdings noch nicht fertig.«

Sie folgte Flavius, während Brutus in eine andere Richtung verschwand.

»Brutus ist etwas mürrisch, wie dir sicher schon aufgefallen ist. Aber er ist absolut zuverlässig und loyal. Er kümmert sich darum, dass alles im Haus so läuft, wie ich es erwarte.«

Einige Gänge weiter erreichten sie ein Zimmer im zweiten Stock. Dieses hatte keine vergitterten Fenster, wie Letitia erfreut feststellte. Es war schlicht, aber geschmackvoll eingerichtet. Neben einem sehr bequem aussehenden Bett waren auch ein breiter Schrank mit Intarsien sowie eine Kommode, ein Tisch und zwei Stühle vorhanden. An den Wänden hingen gewebte Wandteppiche mit historischen Motiven. Die Türen des Schranks standen offen und zeigten vor allem, dass noch viel Platz darin war. Bis auf ein leichtes Sommerkleid und eine etwas wärmere Jacke war er leer.

»Zieh dich schon mal um. Beim Rest der Hausbesichtigung brauchst du nicht halb nackt zu sein.«

Dass er ihr beim Umziehen zusah, störte Letitia nicht. Dann zeigte er ihr noch den angrenzenden Raum mit einer Dusche und einer Toilette mit Wasserspülung, ein Luxus, von dem sie bisher nur gehört hatte.

Er führte sie noch weiter im Haus herum, und sie gelangten schließlich durch eine Nebentür in den Park vor dem Haus.

»Ich werde einige Tage unterwegs sein. Du darfst dich im Haus und im Park frei bewegen«, erklärte er ihr. »Ich möchte allerdings nicht, dass du das Anwesen verlässt.«

»Haben Sie Angst, dass ich Ihnen weglaufen könnte, Herr?«, fragte sie ihn mit einem schelmischen Grinsen.

»Das ist natürlich ein Risiko. Vielleicht sollte ich dich in einem Kerker anketten lassen.«

Sie schaute ihn erschreckt an. Und er grinste breit.

»Es bleibt dabei. Du wirst das Anwesen nicht verlassen.«

»Ja, Herr.«

Er wollte sich bereits zum Gehen wenden, als sie ihn noch einmal ansprach.

»Darf ich Ihnen eine Frage stellen?«

»Nur zu.«

»An mir wurde doch vorhin Maß genommen.«

Man konnte ihr ansehen, dass es ihr noch immer unangenehm war. Besonders die letzten Messungen. Und sie hatte bereits einen üblen Verdacht, weshalb dies geschehen war. Mit ihrer Frage riskierte sie zwar, Flavius erst auf eine Idee zu bringen, aber sie würde keine Ruhe finden, bevor sie es nicht sicher wusste.

»Eine der Messungen war besonders intim. Und ich würde gerne wissen, ob sie für ... Na ja, Nova-Veni hat ja eine gewisse Berühmtheit mit der Herstellung von ... Ich meine, ich möchte wissen, ob ...«

»Ob ich dich in einen Keuschheitsgürtel stecken werde«, ergänzte er ihren Satz. »Das war es doch, was du fragen wolltest, oder?«

»Ja, Herr.«

Sie schaute ihn gebannt und mit erkennbarer Nervosität an.

»Die Antwort ist: Ja. Deine Maße wurden auch für einen Keuschheitsgürtel genommen.«

Letitia ließ die Schultern hängen und sah sehr unglücklich aus.

»Ich nehme an, dass ich so lange nicht herauskomme, bis ich mich entschieden habe, Ihnen in jeder Hinsicht zu Diensten zu sein«, kam es von ihr leise und resigniert. Damit würde er sie über kurz oder lang zwingen, sich ihm völlig zu unterwerfen.

»Es ist genau umgekehrt. Wenn du dich entschieden hast, dich mir völlig zu schenken, nehme ich dich unter anderem dadurch in Besitz, dass ich dir einen Keuschheitsgürtel anlege.«

Sie starrte ihn ungläubig an. Warum wollte er dieses Druckmittel verschenken, das er hatte? Er schaffte damit im Gegenteil einen Anreiz für sie, sich ihm gerade nicht zu unterwerfen. Das musste ihm doch auch klar sein. Und während sie ihm in die Augen schaute, begriff sie plötzlich, warum er das tat. Er wollte ihre Unterwerfung nicht als etwas Formales haben. Sie sollte es wirklich aus freiem Willen tun. Und mit einem Mal wusste sie auch, dass sie es selbst wollte. Es war nur eine Frage der Zeit, bis sie den Mut dazu aufbringen würde. Er lächelte ihr noch zu und verließ dann das Anwesen.

10

Eine Stunde später war Flavius bereits wieder auf seinem Schiff und sah Nova-Veni heckwärts langsam kleiner werden. Für die Fahrt nach Yaku war der stetige Südwestwind günstig. Sie segelten auch nach Sonnenuntergang weiter. Es war eine sternenklare Nacht und alle drei Monde von Zeta-7 erhellten das Meer und die nahe Küste, vor der sie entlang segelten. Am Morgen lief das Schiff den Hafen von Yaku an.

Flavius hatte sich während der Fahrt etwas Schlaf gegönnt und betrat mit einer kleinen Eskorte von drei Mann die Ansiedlung. Eigentlich benötigte er gar keine Eskorte. Die Straßen in Yaku waren sicherer als die in Nova-Veni. Überfälle oder Schlägereien waren schlecht fürs Geschäft. Und das Geschäft stand in Yaku an oberster Stelle. Wann immer sich Ärger anbahnte, waren ein paar leicht bekleidete Damen zur Stelle, um zu schlichten oder – falls das nichts half – mit einigen erstaunlich präzisen Schlägen und Tritten für Ruhe zu sorgen. Flavius hatte seine Eskorte aus rein protokollarischen Gründen mitgenommen. Er war nicht nur als Händler gekommen, sondern auch als Beauftragter von Nova-Veni. Dessen ungeachtet führte ihn sein Weg zu Madame Lyn, der Besitzerin des größten Bordells in Yaku.

»Hoher Besuch«, meinte diese lächelnd, als sie ihn bereits an der Tür ihres Etablissements in Empfang nahm. »Auch, wenn ich mir überhaupt nicht vorstellen kann, was der ehrenwerte Abgesandte von Nova-Veni in meinem unbedeutenden Haus möchte, wo er doch eigentlich mit Herrschaften aus Kuza sprechen will.«

»Ich sehe, die verehrte Madame Lyn des gar nicht unbedeutenden Hauses ist wie immer bestens informiert.«

Beide lachten und umarmten sich kurz. Dann gingen sie in Lyns Büro und setzten sich in bequeme Korbsessel, während die Eskorte im Eingangsbereich des Etablissements blieb.

»Was kann ich für dich tun, Flavius?«

»Einen der Gründe meines Besuches kennst du ja bereits, Lyn. Ich möchte mich mit jemandem treffen, der für die ehrenwerte Gesellschaft der Seefahrer von Kuza sprechen kann.«

»Du weißt doch sicher, dass es niemanden gibt, der diese Seefahrer befehligt.«

»Nun, ich kann schlecht mit allen reden. Es wäre nützlich, einen Verhandlungspartner zu haben.«

»Wie es der Zufall so will, ist heute jemand bei mir zu Gast, der dir sicher gerne zuhört und es den ehrenwerten Seefahrern von Kuza erzählen kann.«

Eine nur leicht bekleidete Bedienstete des Hauses kam mit einem Tablett und zwei Teetassen herein. Nachdem sie Lyn und Flavius je eine Tasse gereicht hatte, zog sie sich diskret wieder zurück. Beide tranken einen Schluck und lächelten einander zu. Geschäftliche Verhandlungen glichen in Yaku immer einer kleinen Zeremonie. Und am Geschick, sich in dieser Zeremonie zurechtzufinden, entschied sich, wer in Yaku erfolgreich Geschäfte machen konnte und wer nicht.

»Du hast vorhin angedeutet, dass du noch aus weiteren Gründen hergekommen bist«, ergriff Lyn wieder das Wort.

»Ein weiteres Anliegen ist es mir natürlich, dir die Bücher zu bringen.«

Seit längerem verkaufte Flavius Bücher mit erotischem Inhalt nach Yaku, von wo aus diese den Weg ins Kaiserreich Che-Min fanden. Anfänglich hatte er selbst Geschichten geschrieben und drucken lassen. Inzwischen hatte er eine Vielzahl weiterer Autoren an der Hand, die vor allem in Bator ansässig waren und deren

Geschichten er in Nova-Veni drucken ließ. Der Handel mit erotischer Literatur war für Flavius inzwischen viel einträglicher geworden, als der zusätzliche Handel mit seltenen Staubfischen, die er aus dem Süden über das Salzmeer nach Bator verkaufte.

»Sehr gut. Ich werde noch heute jemanden zu deinem Schiff schicken, der sie abholen kann. Vielleicht inspiriert dich ja auch deine neue Wildkatze zu weiteren eigenen Werken. Ich habe jedenfalls deine Geschichten immer am liebsten gelesen.«

»Manchmal ist es richtig unheimlich, wie gut du informiert bist.«

»Und dabei gibt es auch für mich gelegentlich Geheimnisse. Mir ist beispielsweise völlig schleierhaft, wie du mit deinem Schiff in nur drei Tagen gegen den Wind von Bator nach Nova-Veni fahren konntest. Ich wüsste auch gerne, was während deiner Anwesenheit im Palast von Bator passiert ist. Die Sicherheitsmaßnahmen sind ja bestimmt nicht grundlos verschärft worden. Und mich interessiert natürlich, was die Piraten am Staubmeer so gefährlich macht, dass nicht einmal das größte Kriegsschiff von Bator mit ihnen fertig werden konnte. Die letzte Frage wird auch bei deiner Unterhaltung mit meinem Gast eine wichtige Rolle spielen.«

Ihre Zähne blitzten, während sie Flavius über die Teetasse hinweg anlächelte.

»In zwei der drei Geheimnisse wird mein letztes Anliegen hoffentlich Licht bringen können.«

Sie schaute ihn auffordernd an.

»Bei den ersten Verhandlungen, die wir beide miteinander führten, war ein kahlköpfiger, älterer Herr anwesend. Er erzählte etwas von Leuten mit ausgeprägter Suggestivkraft.«

»Mit der beispielsweise auch du ausgestattet bist.«

»Nun ja, jedenfalls meinte er, dass es Leute gäbe, deren Fähigkeit so ausgeprägt sei, dass sie sich damit sogar unsichtbar machen könnten. Ich muss gestehen, ich hielt das damals für eine Übertreibung.«

»Dabei neige ich gar nicht zu Übertreibungen«, ertönte eine Stimme aus einer anderen Ecke des Raumes.

Jener alte, kahlköpfige Mann, von dem Flavius eben gesprochen hatte, erschien aus dem Nichts. Es kostete Flavius' ganze Beherrschung, nicht aufzuspringen und die Tasse fallen zu lassen. Sein Gesicht musste in jedem Fall hochgradig entgeistert ausgesehen haben.

»Darf ich dir Meister Kagami vorstellen?«, sagte Lyn mit einem spitzbübischen Lächeln. »Er meinte, seine Anwesenheit wäre heute von Vorteil. Inzwischen ahne ich auch, warum.«

»Ich nehme an«, nahm Meister Kagami das Gespräch wieder auf, »dass auch die Piraten über suggestive Fähigkeiten verfügen. Um das bei einem Angriff auf ein Schiff nutzbringend einzusetzen, müssen diese Fähigkeiten sogar außergewöhnlich stark sein.«

»Die Piraten haben eine Möglichkeit gefunden, vorhandene Fähigkeiten künstlich zu verstärken«, ergänzte Flavius.

»Habt ihr das von dem Attentäter in Alunas Palast erfahren?«, wollte Lyn wissen.

»Dann weißt du es ja doch schon.«

»Gewissheit habe ich erst seit deiner Antwort eben. Aber es war die nahe liegende Erklärung für die Vorgänge in Bator.«

»Und du willst von mir jetzt mehr über diese Fähigkeiten erfahren, vermute ich«, ergriff Meister Kagami wieder das Wort.

Flavius war etwas irritiert über die vertrauliche Anrede. Es hatte drei Jahre gedauert, bis er und Lyn beim ›Du‹ angekommen waren. Und Flavius hatte nicht den Eindruck, dass Meister Kagami weniger Wert auf Etikette legte. Es sah eher so aus, als würde Kagami ihn nicht als gleichberechtigt ansehen. Einerseits war dieser alte Mann der einzige, der ihm einige wichtige Fragen beantworten konnte, andererseits konnte er nicht zulassen, in die Rolle eines Bittstellers gedrängt zu werden. Es war unübersehbar, dass Lyn und Kagami ihn aufmerksam beobachteten. Zweifellos warteten sie gespannt darauf, wie er sich verhalten würde. Doch was sollte er tun? Mit einer heftigen Reaktion würde er genauso sein Gesicht verlieren, wie mit einem stillschweigenden Akzeptieren dieser Herabstufung. Er beschloss, die letzte Bemerkung von Kagami gar nicht zur Kenntnis zu nehmen. Schweigend schaute er die beiden an. Auch sie saßen nur schweigend da. Lyn wirkte etwas angespannt, während Kagami gar keine Reaktion zeigte. Flavius nippte an seinem Tee und lehnte sich im Sessel zurück. Schließlich lächelte Kagami.

»Ich biete Ihnen an, Sie in dieser Fähigkeit zu unterrichten. Bei Ihrer Begabung sollte eine Woche ausreichen.«

Er war also wieder zum ›Sie‹ zurückgekehrt. Flavius verkniff sich ein Grinsen. Es wäre ein Fehler, offen zu triumphieren.

»Wir sind an einem Ort des Handels«, begann Flavius.

»Sie wollen wissen, welche Gegenleistung ich erwarte? Nun, es gibt nur wenige Menschen, die die Begabung haben, andere mit ihrer Suggestionskraft zu beeinflussen oder solche Kräfte zu erkennen, selbst wenn sie darin geschult sind. Ich möchte gelegentlich auf Ihre Hilfe zurückgreifen können, wenn solche Fähigkeiten gebraucht werden.«

»Sie wissen, dass ich mich nicht gegen meine Stadt stellen werde.«

»Selbstverständlich.«

»Dann bin ich einverstanden.«

»Wir stimmen doch alle überein, dass die Bekämpfung der Piraten solch eine Situation ist, oder?«, fragte Lyn in die Runde.

Meister Kagami und Flavius stimmten zu.

»Gut«, meinte sie, »dann bleibt für die Seeleute von Kuza nur noch die Frage der zukünftigen Provision zu klären.«

Eine Bedienstete des Hauses kam herein, beugte sich zu Lyn und flüsterte ihr etwas ins Ohr. Sie nickte.

»Die Herrscherin von Bator ist soeben eingetroffen«, verkündete sie laut. »Ich denke, Flavius wird mit ihr zuerst über den Verhandlungsspielraum reden wollen, den Nova-Veni wegen der Zahlungen an Kuza bewilligt hat. Meister Kagami und ich haben ohnehin noch etwas zu besprechen.«

Flavius erhob sich. Mit einem angedeuteten Nicken zu Lyn und Meister Kagami verabschiedete er sich. Für ihn stand jetzt außer Frage, dass er gerade mit den einflussreichsten Personen von Yaku und Kuza verhandelt hatte. So deutlich wie heute war ihm der Einfluss von Lyn noch nie bewusst geworden. Es wäre interessant zu erfahren, wie das Verhältnis zwischen Lyn und Kagami wohl aussah, überlegte er. Wahrscheinlich war es arbeitsteilig. Beide schienen gleichberechtigt zu sein. Und was war seine Position in Bezug auf die beiden? Bisher war er Geschäftspartner gewesen. Aber eben gerade war er ein Bündnis mit ihnen eingegangen. Es wäre nicht hilfreich, wenn das in Nova-Veni bekannt würde. Es gab neben Batavius noch mehr Patrizier, denen sein Einfluss schon jetzt deutlich zu hoch war, zumal sie sich über seine Ambitionen nicht im Klaren waren.

11

Flavius lächelte, als er mit seiner Eskorte im Hafen ankam. Bescheiden war der Auftritt von Aluna nicht gerade. Sie war mit sieben schwer bewaffneten Kriegsschiffen eingetroffen, von denen allerdings nur eins im Hafen angelegt hatte. Die anderen lagen etwas außerhalb vor Anker. Dass sie dabei ihre Breitseiten auf Yaku ausgerichtet hatten, war sicher kein Zufall. Als Flavius auf das Schiff Alunas zuging, wurde eine Planke von der Reling auf den Landungssteg geschoben. Er bedeutete seiner Eskorte, auf dem Steg zu warten und ging entschlossenen Schritts über die Planke auf das Schiff.

»Sie werden bereits erwartet. Folgen Sie mir bitte.«

Flavius wurde von einem Matrosen in eine geräumige Kajüte geführt. Aluna und Sato, der noch immer unter den Nachwirkungen der Salzlake litt, erhoben sich aus bequemen Sesseln und begrüßten ihn.

»Hier ist man bereits bestens informiert. Das ganze Salzmeer scheint ein einziges Ohr für Yaku zu sein. Das Positive daran ist, dass man mit unserem Vorschlag bereits einverstanden war, bevor wir ihn unterbreitet hatten. Nur die Frage der Höhe der Provision ist noch offen.«

Aluna nahm es amüsiert zur Kenntnis. Es gab ein Sprichwort, dass man in Yaku Informationen bereits kaufen konnte, bevor es sie überhaupt gab.

»Zumindest brauchen wir uns über die Geheimhaltung keine Gedanken zu machen«, antwortete sie lachend. »Dann hätte ich mir diesen ganzen Aufwand auch sparen können.«

Sie zeigte mit einer ausladenden Handbewegung auf ihre Kriegsschiffe, die durch eine Luke zu erkennen waren.

»Wenn wir uns auf unseren Verhandlungsrahmen für die Prozente der ›Seefahrer von Kuza‹ verständigen wollen, ohne belauscht zu werden, sollten wir die entsprechenden Zahlen auf eine kleine Tafel schreiben – und diese hinterher wieder löschen.«

»Das kommt mir vor wie eine Verschwörung unter Kindern«, meinte Aluna, kam aber dann doch mit Sato zu Flavius, der eine kleine Tafel und Kreide in der Hand hatte.

Als Flavius das Schiff wieder verließ und mit seiner Eskorte das eigene Schiff aufsuchte, war der Verhandlungsspielraum festgelegt. Sato würde die Verhandlungen mit Lyn führen. Flavius wollte sich ganz auf das konzentrieren können, was Meister Kagami ihm beizubringen gedachte.

»Dann wollen wir uns mal wieder den angenehmen Seiten des Lebens zuwenden«, verkündete Aluna und zog sich in die geräumigen Kabinen ihres Flagschiffs zurück, während Sato sich auf den Weg machte, um die Verhandlungen über die Provision der Piraten zum Abschluss zu bringen. Sie schlenderte in den hinteren Bereich ihrer Kabine, in dem gerade eine ihrer Sklavinnen damit beschäftigt war, Alexander etwas zu trinken einzuflößen. Er war noch immer in der grausamen Konstruktion gefangen, die ihm praktisch keinerlei Bewegungsfreiheit erlaubte. Zwar bekam er von Zeit zu Zeit ein Mittel, das Krämpfe und Muskelverspannungen verhinderte, aber die völlige Bewegungs- und Hilflosigkeit machte ihm schwer zu schaffen. Zumal Aluna sich immer wieder einen Spaß daraus machte, ihn in schier grenzenlose Erregung zu bringen und sich dann von ihm abzuwenden.

»Hat der Kleine schon brav Pipi gemacht?«, fragte sie die Sklavin.

Alexander empfand es als zutiefst demütigend, dass er in seiner Lage sogar dabei Hilfe benötigte, was Aluna mit ihren Bemerkungen noch einmal deutlich hervorhob. Die Sklavin bestätigte die Frage und zog sich dann zurück.

»Tja, mein kleiner Alexander, dann können wir ja wieder in aller Ruhe miteinander spielen. Na gut, ich mit dir.«

Sie schenkte ihm ein schelmisches Lächeln und entledigte sich mit wenigen Bewegungen ihrer Kleider. Dann kniete sie sich an sein Kopfende zwischen seine beiden nach vorne gebogenen Beine und beugte sich über ihn. Alexander hasste sich dafür, aber ihr Anblick erregte ihn so sehr, dass er augenblicklich eine Erektion bekam.

»Ich sehe schon, du möchtest auch wieder spielen.«

»Bitte nicht schon wieder«, flehte er.

Beide wussten, dass sein Problem nicht das war, was sie tun würde, sondern das, was sie sich hartnäckig weigerte, ihm zuzugestehen. Sie streichelte seine Wange.

»Jetzt hatte ich doch glatt deinen Knebel vergessen«, meinte sie und griff nach dem Teil. Sie hielt es ihm vor den Mund. Als er diesen nicht sofort öffnete, strich sie ihm damit über die Lippen.

»Du möchtest doch sicher nicht, dass ich dir wehtue, oder?«

Langsam beugte sie sich vor und näherte sich mit einer Hand seinem Schritt. Noch bevor sie seine empfindlichsten Teile in der Hand hatte, öffnete er seinen Mund. Einmal hatte sie ihm bereits mit einem moderaten Schlag dorthin klargemacht, dass sie keinen Ungehorsam bei ihm duldete.

»Na siehst du, es geht doch. In Zukunft reagierst du aber sofort. Sonst muss ich mich etwas mehr mit deiner Erziehung beschäftigen.«

Sie tätschelte ihn nur leicht an der Stelle, über der ihre Hand eben noch drohend geschwebt hatte. Dann schob sie ihm den Knebel in den Mund und fixierte ihn so, dass er ihn nicht ausspucken konnte. Anschließend begann sie sehr langsam, ihn am ganzen Körper zu streicheln. Sie ließ sich dabei unendlich viel Zeit. Und Alexander zitterte nach kurzer Zeit bereits vor Erregung, obwohl Aluna seine erogenen Zonen kaum berührt hatte. Er wusste nicht, ob er sie anflehen wollte, weiterzumachen oder aufzuhören. Aufgrund seines Knebels konnte er allerdings weder das eine noch das andere tun. Außerdem machte sie ohnehin beides. Sie wendete ihre ganze Aufmerksamkeit seinem Körper zu und ignorierte ihn dann wieder für eine Zeitlang völlig. Dann wieder rieb sie ihren eigenen Körper an seinem und raubte ihm damit völlig die Fassung.

»Ich liebe es, wenn du so erregt bist«, hauchte sie ihm ins Ohr, während sie mit spitzen Fingern vorsichtig an seiner Eichel spielte. Dann beugte sie sich über ihn und führte ihr Werk mit den Lippen fort, während ihre Scham nur wenige Zentimeter über seinem Gesicht schwebte. Er war versucht, sie dort zu berühren, konnte sich allerdings nicht annähernd weit genug bewegen, um diesem Drang nachzukommen. Sein Atem ging nur noch stoßweise. Als sie sich wieder zurücklehnte und von ihm abließ, schossen ihm die Tränen der Frustration in die Augen. Wie konnte sie nur so grausam sein? Und das auf eine derart süchtig machende Weise. Sie nahm ein Taschentuch zur Hand und tupfte seine Tränen weg. Dabei hatte sie einen fast mitfühlenden Ausdruck in ihren Augen.

Nach einiger Zeit begann sie erneut damit, ihn überall zu streicheln. Verzweifelt warf Alexander seinen Kopf mal auf die eine, mal auf die andere Seite. Mehr Bewegungsfreiheit hatte er ohnehin nicht. Doch auch diese beschränkte sie, indem sie seinen Kopf zwischen ihren Schenkeln fixierte.

»Wir wollen doch nicht, dass du dir wehtust«, sagte sie dabei mit einem schelmischen Lächeln und laut genug, dass er es trotz ihrer Schenkel an seinen Ohren noch hören konnte. In seinen aufgerissenen Augen standen Verzweiflung und Lust. Alexander war schließlich keines Gedankens mehr fähig. Leid und Genuss waren für ihn nicht mehr trennbar. In diesem Zustand blieb er schließlich auch, als sie sich erhob und sich ihm gegenüber auf einen Sessel setzte. Er schaute sie mit glasigen Augen an, bis ihn schließlich die Erschöpfung übermannte und er in einen friedlichen Dämmerzustand fiel.

Als er nach einer für ihn nicht abschätzbaren Zeit aufwachte, spürte er, dass das Schiff wieder unterwegs war. Zuerst bemerkte er gar nicht, dass er nicht mehr in dem Fixiergerät steckte, das ihn die letzten Tage so grausam festgehalten hatte. Seine überdehnten Muskeln konnte er trotzdem kaum bewegen. Er lag in einem weichen Bett und schaukelte darin mit den Wellen, die das Schiff trafen. Aluna konnte er nirgends sehen. Je länger er da lag, desto deutlicher spürte er einen Druck auf seinem Unterleib. Schließlich gelang es ihm, seine Arme so weit unter Kontrolle zu bekommen, dass er danach tasten konnte. Er spürte eine Art fester Hose, die ihn von der Hüfte abwärts bis zum Ansatz der Beine umschloss. Es dauerte einen Moment, bis er verstand, was es war: ein Keuschheitsgürtel!

12

»Kapitän Rufus, Sie können jeweils einem Drittel der Mannschaft Landurlaub geben, sobald die Fracht für Madame Lyn komplett gelöscht ist. Wir werden voraussichtlich eine Woche hierbleiben.«

Dann verließ er das Schiff wieder und kehrte – diesmal ohne Eskorte – zum Etablissement von Madame Lyn zurück. Wieder empfing sie ihn bereits an der Tür ihres Hauses.

»Ich würde dich ja gerne als Gast in meinem Haus begrüßen, aber Meister Kagami ist bereits aufgebrochen und erwartet dich an der Stätte seines Wirkens. Das wird dich zu ihm bringen.«

Sie zeigte dabei auf eine Rikscha, die bereits an der nächsten Ecke wartete und auf ihren Wink sofort herankam. Flavius nahm Platz und ließ sich vom Ziel der Reise überraschen. Die Fahrt ging weit in die Ansiedlung hinein, und Flavius wurde durch Teile von Yaku gefahren, die ihm völlig unbekannt waren. Schließlich verließen sie den Ort und fuhren direkt auf die große, schwarze Mauer zu, hinter der das Kaiserreich Che-Min begann. Flavius wurde etwas nervös, als die Rikscha direkt auf eins der Tore zufuhr. Das Betreten des Kaiserreichs war nur dessen Bewohnern gestattet. Die Rikscha kam dann auch unmittelbar vor dem Tor zu stehen.

»Hier muss ich umkehren«, meinte der Rikscha-Besitzer.

Flavius stieg aus und sah, wie sich das äußere Tor knarrend öffnete. Ein kahl geschorener, junger Mann mit orangefarbener Robe kam ihm entgegen.

»Meister Kagami erwartet Sie bereits. Folgen Sie mir bitte.«

Flavius folgte dem jungen Mann in den Durchgang der Mauer. Dieser war mindestens 10 Meter lang. Die Mauer war also nicht

nur ca. 50 Meter hoch, sondern auch etwa 10 Meter breit. Ein be-
achtliches Bauwerk, wenn man bedachte, dass sie sich kilometer-
lang an der Grenze des Kaiserreichs hinzog. Sie passierten mehrere hochgezogene Fallgitter, Schießscharten und sonstige Vor-
richtungen, die ein gewaltsames Erstürmen des Tors aussichtslos
machten. Als sie den Durchgang hinter sich gelassen hatten, kamen sie zu einem kleinen Wagen, vor den eine Lastechse gespannt
war. Sie bestiegen das Gefährt. Mit einem Ruck setzte sich die
Echse in Bewegung. Etwa eine Stunde lang fuhren sie an der
Mauer entlang nach Norden. Schließlich kamen sie zu einer Art
Kastell, das sich an die Mauer schmiegte. Der Echsenwagen
wurde in Empfang genommen, und sie stiegen mindestens 300
Stufen nach oben, um zum Eingang des Kastells zu gelangen.

»Sie werden ein anstrengendes Pensum bewältigen müssen,
Flavius«, begrüßte ihn Meister Kagami. »Meine anderen Schüler
lernen den Umgang mit ihren Fähigkeiten gewöhnlich in zwei bis
drei Jahren. Ihnen bleibt nicht viel mehr als eine Woche. Wir werden daher gleich anfangen.«

Flavius folgte Kagami in einen kleinen Raum. Eine Wand war
ganz mit Ranken und Blumen bepflanzt, die anderen Wände waren kahl. Von der Decke hing eine nicht sehr helle Öllampe.

»Was sehen Sie hier?«

Flavius schaute sich genauer im Zimmer um, konnte aber nur
das erkennen, was er auch auf den ersten Blick gesehen hatte. Allerdings fiel ihm auf, dass die Pflanzen nicht rochen. Es roch allenfalls nach Staub und dem Öl der Lampe.

»Dem Geruch nach sind wir hier in einem Raum, der leer ist
oder Bücher beherbergt. Die Pflanzen an der Wand würden bei
dieser Beleuchtung nicht gedeihen. Wahrscheinlich sind die
Pflanzen eine Illusion.«

»Nicht schlecht. Allerdings haben Sie das nur mit Ihrem Verstand herausgefunden, nicht mit Ihrer Begabung.«

Plötzlich roch Flavius die Pflanzen und an einer kahlen Wand erschien ein Fenster in einen Garten.

»Was ist jetzt die Illusion? Die Pflanzen? Oder der Geruch und das Fenster?«

Flavius überlegte einen Moment. Die Wand, an der das Fenster erschienen war, zeigte in das Gebäude. Dies musste also die Illusion sein. Allerdings war diese Erkenntnis wieder nur ein Ergebnis seiner Beobachtungen und Schlussfolgerungen. Er war jedoch hier, um zu lernen, andere Sinne einzusetzen. Ganz langsam versuchte er, sich zu entspannen und seine bewussten Gedanken auszuschalten. Im gleichen Maß, in dem er sich entspannte, spürte er, wie seine Wahrnehmung manipuliert wurde. Zunächst spürte er nur den leichten Kopfschmerz, der ihm bereits beim Kampf gegen die Piraten aufgefallen war. Mit der Zeit konnte er es jedoch differenzierter wahrnehmen. Es wirkte wie ein wortloses Wispern oder wie ein hauchdünner Schleier vor seinen Augen. Je deutlicher er sich dessen bewusst wurde, desto besser konnte er diese Veränderung identifizieren und ausblenden. Er erkannte, dass die Wand mit den vermeintlichen Pflanzen in Wirklichkeit ein Bücherregal mit alten Büchern war. Zunächst überlagerte dies nur die anderen Visionen. Schließlich konnte er sie jedoch mit einer bewussten Willensanstrengung wegwischen. Nur die Realität blieb übrig. Und Flavius beschrieb, was er sah.

»Sehr gut«, lobte Meister Kagami, »für den ersten Versuch ging das in einer beachtlichen Geschwindigkeit. Jetzt versuche selbst, eine Vision zu erzeugen.«

Flavius schaute ihn ratlos an.

»Wie soll ich das anstellen?«

»Stelle dir zunächst vor, was andere sehen sollen. Dann brauchst du den festen Willen, dass alle anderen deine Vorstellung wahrnehmen. Das geht zwar nur, wenn die Anlagen hierfür vorhanden sind. Aber das ist bei dir ja gegeben.«

Am Rande bemerkte Flavius, dass Meister Kagami ihn wieder mit ›Du‹ anredete. Aber im Moment war es ihm egal. Jetzt wollte er etwas lernen. Er stellte sich vor, wie das Zimmer wohl wäre, wenn es sich auf seinem Schiff befände. Ein Lächeln huschte über sein Gesicht und er legte seine ganze Willenskraft hinter die Vision, die er beschwor.

Meister Kagami wartete geduldig, ob es Flavius gelang, eine Veränderung herbeizuführen. Plötzlich glaubte er, eine Gleichgewichtsstörung zu haben, und er stützte sich an einer Wand ab. Das Zimmer schien zu schwanken. Als er dazu das Geräusch von Wellen hörte, die an die Außenseite eines Schiffs schlugen und Flavius' breites Grinsen sah, schüttelte er ungläubig den Kopf. Und er lächelte anerkennend. Mit einem Gedanken wischte er die Vision für sich beiseite. Nichts schwankte mehr und auch das Wellengeräusch verstummte.

»Du hast das Zimmer nicht optisch verändert, richtig?«

»Stimmt. Ich habe es gedanklich auf See verfrachtet und schwanken lassen. Als ich sah, wie Sie sich abstützten, ließ ich noch die Wellen hörbar werden.«

»Bemerkenswert«, staunte Kagami. »Warum hast du dich für diese Vision entschieden und nicht das Aussehen des Zimmers verändert?«

»Ich wollte sehen, ob die Suggestion wirkt. Ich dachte mir, wenn Sie schwanken oder sich abstützen, ist es mir gelungen.«

»Und außerdem wolltest du etwas machen, womit ich nicht rechne, richtig?«

»Darauf hatte ich gehofft.«

Kagami lachte laut auf.

»Und du hast das noch nie vorher gemacht?«

»Nein, es war das erste Mal. Ich habe versucht, das Gefühl umzukehren, das Ihre Suggestion vorhin für mich hatte.«

»Du bist wirklich ein Naturtalent. Unbewusst benutzt du deine Fähigkeit allerdings schon lange. Lyn bemerkte es bereits bei eurer ersten Geschäftsverhandlung. Deshalb holte sie mich damals hinzu. Sie wollte sicher sein, nicht von dir manipuliert zu werden. Denn du benutzt deine Fähigkeit, um andere von deiner Meinung oder deinen Absichten zu überzeugen.«

»Hat Lyn auch diese Fähigkeit?«

»Nur die des Erkennens. Man kann sie kaum manipulieren. Wobei du es damals fast geschafft hättest.«

Kagami lächelte gutmütig.

»Wo wir gerade von Manipulation reden. Dir ist bestimmt aufgefallen, dass ich dich schon wieder duze. Das macht es für mich leichter, dich zu unterrichten. Es ist kein Versuch, mich über dich zu stellen. Nach dem Ende des Unterrichts werde ich dich wieder mit ›Sie‹ anreden.«

»Ich hatte so etwas schon angenommen. Wie geht es jetzt eigentlich weiter? Ich nehme an, das war noch nicht alles, was ich lernen soll.«

»Allerdings. Im Moment musst du dich noch sehr auf die Suggestion konzentrieren. Das schränkt deine Möglichkeiten stark ein. Du wirst die nächsten Tage üben, die Suggestion aufrecht zu erhalten oder aufzubauen, während du dich auf etwas anderes konzentrierst. Außerdem gibt es noch ein paar Steigerungen in der Manipulation, die du erkennen und auch selbst lernen musst.«

13

Am dritten Tag seines anstrengenden Schnellkurses bei Meister Kagami hatte er zum ersten Mal Zeit, sich in einem der Innenhöfe des Kastells zu entspannen. Es war der größte der vier Innenhöfe. Und zu Flavius' Verwunderung war er praktisch menschenleer. Dafür gab es eine erstaunliche Menge an Büschen und Bäumen in diesem Hof. Flavius überprüfte instinktiv, ob es sich dabei um Illusionen handelte. Dafür konnte er allerdings weder durch seine Begabung, noch durch Beobachtung und logische Schlüsse einen Anhaltspunkt finden. Es schien, als sei der Innenhof nicht für Menschen, sondern für die Pflanzen eingerichtet worden. Hätte Meister Kagami ihm nicht selbst empfohlen, dort etwas auszuspannen, wäre er wohl gleich wieder umgekehrt, da er sich irgendwie fehl am Platz vorkam.

Gelassen schlenderte er an einigen Büschen vorbei auf einen der Bäume zu, als er plötzlich das intensive Gefühl hatte, beobachtet zu werden. Ganz langsam drehte er sich um seine eigene Achse, konnte allerdings keinen Beobachter entdecken. Andererseits war das Gefühl so intensiv, dass es nicht bloß auf Einbildung beruhen konnte. Ein kaum spürbarer Luftzug an seinem Rücken ließ ihn blitzartig herumfahren. Was er sah, jagte ihm einen eiskalten Schauer über den Rücken. In etwa fünf Metern Entfernung stand eine grüne Raubkatze und starrte ihn an. Das Tier wirkte elegant und gefährlich zugleich. Es war mindestens einen halben Meter hoch und etwa zwei Meter lang. Die zwei gelbgrünen Katzenaugen musterten ihn aufmerksam und ohne zu zwinkern. Flavius bedauerte, keine Waffe dabeizuhaben. Selbst seinen verzierten Dolch hatte er auf dem Schiff gelassen.

Fieberhaft überlegte er, was er gegen diese Bedrohung unternehmen konnte. Schließlich versuchte er, sich mittels Suggestion unsichtbar zu machen. Als er dabei seine Position geringfügig änderte, verfolgten ihn die beiden Augen allerdings mit unverminderter Aufmerksamkeit. Entweder war er nicht gut genug oder das Tier war gegen solche Manipulationsversuche immun. Langsam begann die Raubkatze damit, sich ihm zu nähern. Flavius unterdrückte seinen ersten Impuls, die Flucht zu ergreifen. Wenn das Tier nur annähernd so gewandt war, wie es aussah, hatte Weglaufen keinen Sinn. Stehenbleiben schien ihm aber auch keine gute Lösung zu sein. Daher machte er einen Schritt auf das Tier zu. Irritiert blieb es stehen und legte seinen Kopf zur Seite. Dann sprang es ansatzlos in seine Richtung. Flavius versuchte zwar, der Raubkatze auszuweichen, war damit allerdings viel zu langsam. Er sah, wie dieser grüne Blitz über ihn hinwegschoss und elegant auf einem Baum landete, der mindestens zwanzig Meter entfernt stand. Ein weiterer Satz der großen Katze und Flavius konnte sie nicht mehr entdecken. Zügig verließ er den Innenhof und schloss die Tür dorthin sorgfältig. Dann lehnte er sich daneben an die Wand und versuchte, das Erlebte zu verstehen.

»Ich sehe, du bist dem grünen Panther begegnet«, sprach Meister Kagami ihn kurze Zeit später an.

»Dann war das wohl der eigentliche Grund, warum ich in diesem Innenhof eine Pause machen sollte.«

»Diese Kreaturen haben ganz erstaunliche Fähigkeiten, auch wenn sie die interessantesten davon nur wenigen Menschen offenbaren.«

»Das klingt nicht nach der Beschreibung eines Tiers. Eher nach dem Verhalten eines intelligenten Wesens.«

»Wir sind auf diesem Planeten nicht die einzigen intelligenten Wesen. Die grünen Panther gehören definitiv dazu.«

»Und mit meinen bescheidenen Suggestionsfähigkeiten scheine ich sie nicht beeindrucken zu können.«

Meister Kagami lachte.

»Das bekäme auch ich nicht hin. Wie schon gesagt, es sind erstaunliche Kreaturen.«

»Warum lebt der grüne Panther in dem Hof? Das ist doch bestimmt nicht seine natürliche Umgebung. Und ich hatte nicht den Eindruck, als könne man ihn gegen seinen Willen festhalten.«

»Allerdings nicht. Er besucht uns gelegentlich. Und in dem Innenhof fühlt er sich offenbar recht wohl.«

»Das heißt, er besucht Sie, nehme ich an.«

»Mich und einige wenige andere.«

Flavius schaute ihn erwartungsvoll an. Aber er schien das Thema nicht weiterverfolgen zu wollen.

»Nach deiner kleinen Erholungspause«, fuhr Meister Kagami schließlich augenzwinkernd fort, »können wir ja jetzt deine Ausbildung wieder aufnehmen.«

14

Leutnant Salin starrte irritiert auf die Felsformation, vor der er sich befand. Er war mit seinen zwei Soldaten genau dem Weg gefolgt, den der Gefangene beschrieben hatte. Und bisher stimmte die Beschreibung auch genau mit den Gegebenheiten überein. Doch nun sah er statt einer etwa drei Meter breiten Spalte nur massiven Fels vor sich. Er war sich sicher, dass er an der richtigen Stelle war, da er alle anderen Eigenschaften des kleinen Talkessels genau wie beschrieben vorgefunden hatte. Nur die Felsspalte, durch die sie weitergehen mussten, war nirgends zu entdecken. Natürlich könnte der Gefangene auch gelogen haben. Aber eine so offensichtliche Lüge ergab keinen Sinn. Mit ungenauen Angaben hätten sie tage- wenn nicht wochenlang in dem Trümmerfeld zwischen der Felswüste und dem Salzmeer einen Weg suchen können, ohne zu bemerken, dass sie irregeleitet wurden. Aber eine offensichtliche Lüge würde den Gefangenen nur in vorhersehbare Schwierigkeiten bringen.

Ob die Felsspalte getarnt worden war? Der Leutnant wies seine Soldaten an, den gesamten Bereich mit der Scheide ihrer Säbel leise abzuklopfen, um die Spalte zu finden. Mehr Lärm wollte er nicht verursachen, da ihre Erkundungstour unbemerkt bleiben sollte. Die Klopfgeräusche änderten sich nicht. An ein Erklimmen der fraglichen Felswand war nicht zu denken. Dafür war sie viel zu steil. Ärgerlich nahm Salin einen faustgroßen Stein auf und warf ihn dorthin, wo sich der Durchgang zwischen den Felsen hätte befinden sollen. Der Stein prallte erwartungsgemäß ab und landete einige Meter von ihm entfernt wieder auf dem Boden. Der Leutnant hatte erwartet, dass der Stein an einer anderen Stelle landen würde. Allerdings schenkte er dieser Tatsache keine große Bedeutung. Als er jedoch zu dem Stein ging und ihn aufheben wollte, konnte er ihn plötzlich nicht mehr finden. Der Stein war nicht da, wo er ihn eben noch gesehen hatte. Und es fiel ihm immer schwerer, sich überhaupt auf die Suche zu konzentrieren. Er ertappte sich bei der Frage, ob die Suche nach einem Stein die Mühe überhaupt wert sei. Schließlich rief er die beiden Soldaten zu sich und machte sich mit ihnen auf den Rückweg.

Sobald sie den Talkessel verlassen hatten, hielt Leutnant Salin erneut inne. Sein Gesicht hatte einen nachdenklichen Ausdruck angenommen. Schließlich nickte er, kramte etwas aus seinem Rucksack heraus und befahl einem der Soldaten, eine Fackel anzuzünden. Da es noch helllichter Tag war, schaute ihn der Soldat einen Moment an, als habe er den Verstand verloren. Ein strenger Blick Salins ließ ihn allerdings den Befehl ohne Widerworte befolgen. Der Leutnant nahm die brennende Fackel und den Gegenstand aus seinem Rucksack und ging zurück zum Talkessel. Die beiden Soldaten folgten ihm, wobei sie sich fragende Blicke zuwarfen. Im Talkessel angekommen, hielt Salin jenen Gegenstand, eine Glaskugel von der Größe einer kleinen Melone, an die Fackel. Eine herausragende Lunte begann zu glimmen. Mit viel Schwung warf er die Kugel erneut an die Stelle der Felswand, an die er vorhin den Stein geworfen hatte. Die Kugel prallte ab, wie vorher der Stein. Eigentlich hätte sie an der Felswand zerschellen müssen. Klappernd wie ein Stein fiel sie zurück auf den Boden.

Plötzlich war auch zerberstendes Glas zu hören, gefolgt von dem Geräusch einer sich schlagartig entzündenden Flüssigkeit. Ein unmenschlicher Schrei hallte durch den Talkessel und für den Bruchteil einer Sekunde wurde eine Felsspalte sichtbar, verschwand dann aber sofort wieder. Salin scheuchte die verwirrt dreinschauenden Soldaten zurück aus dem Talkessel und verließ ihn auch selbst fluchtartig, gefolgt von Armbrustbolzen, die mit Sicherheit alle drei getötet hätten, wären sie noch einen Augenblick länger stehen geblieben.

Sobald er wieder außerhalb des Tals bei seinem Rucksack angekommen war, holte er zwei weitere Glaskugeln hervor, deren

Lunten er anzündete und sie im hohen Bogen an den Ausgang des Talkessels warf, den sie gerade passiert hatten. Kurz darauf war der Ausgang von lodernden Flammen versperrt. Diesmal brauchte Leutnant Salin seine Soldaten nicht antreiben, schleunigst nach Bator zurückzukehren. Es war ihm zwar nicht gelungen, bis nach Noctur vorzudringen, aber er ahnte zumindest, warum bisher noch niemand den Weg dorthin gefunden hatte. Diese Neuigkeit musste unter allen Umständen an die Herrscherin Aluna gemeldet werden. Er hoffte, dass die Feuerwand der beiden Brandkugeln mögliche Verfolger lange genug aufhalten würde, um entkommen zu können. Seinen Soldaten schärfte er ein, niemandem etwas von dem Vorfall oder von den als Geheimwaffe eingestuften Brandkugeln zu erzählen. Ausgenommen sei natürlich der Herrscherin, falls ihm auf dem Rückweg noch etwas zustoßen sollte.

15

»Ich nehme an, du hast auch bereits gehört, dass Soldaten aus Bator versucht haben, zu uns zu gelangen.«

»Das Gejammer deiner kleinen Schwester war nicht zu überhören.«

»Wir können dich ja auch einmal mit brennendem Öl übergießen, um herauszufinden, ob du dann tapferer reagierst«, zischte Nyx aufgebracht.

»Ich wusste nicht, dass ihr auf Feuer so empfindlich reagiert«, entgegnete er mit süffisantem Grinsen. »Ich dachte, ihr Götter seid unverwundbar.«

»Armedes! Übertreibe es nicht.«

»Also gut«, lenkte er ein, »lass uns über die Konsequenzen dieses Vorfalls reden. Der Attentäter muss überlebt haben. Wer sonst hätte ihnen den Weg bis zum Talkessel beschreiben können? Viel mehr kann er allerdings nicht verraten. An ihn brauchen wir also keinen Gedanken mehr zu verschwenden.«

»Er ist für das verantwortlich, was meiner Schwester passiert ist. Wenn wir ihn erwischen, werde ich ...«

»Wenn wir ihn erwischen. Aber das ist im Moment unsere kleinste Sorge. Wir müssen einen Weg finden, den Durchgang besser zu verbergen. Verschließen können wir ihn nicht, da wir sonst nur noch auf dem Seeweg aus Noctur herauskommen.«

»Wir könnten ihn von Soldaten bewachen lassen.«

»Dann würden wir ein angreifbares Ziel abgeben. Wir wären zwar in der Lage, die Schlucht mit wenigen Soldaten eine Zeit lang zu halten, aber wenn die Angreifer mit Belagerungsgerät und ihren Brandsätzen kommen, wird es eine verlustreiche Verteidigung.«

»Hast du Angst um deine erbärmlichen Menschen? Auf ein paar mehr oder weniger kommt es doch nicht an.«

»Ich bezweifle, dass du ohne sie auskommst. Oder willst du eine Diät machen? Von deinen Annehmlichkeiten, eine Göttin zu sein, mal ganz abgesehen. Außerdem müsstest du dich dann selbst um die Angelegenheiten außerhalb Nocturs kümmern.«

»Wer redet denn davon, sie alle sterben zu lassen. Es reicht doch völlig, wenn sie die Schlucht verteidigen, bis die Angreifer aufgeben. Wenn dabei ein paar Dutzend sterben, interessiert das doch niemanden.«

Armedes warf ihr einen säuerlichen Blick zu.

»Wenn wir das machen würden, säßen wir hier in der Falle. Uns bliebe nur der Seeweg. Und wegen des ungünstigen Süd-West-Windes müssen wir von hier aus zuerst in Richtung Bator an der Küste entlang segeln, wenn wir aus Noctur kommen. Eine einfache Barriere in Küstennähe würde uns einsperren.«

»Zumindest so lange, wie du mit dem anderen Vorhaben nicht vorankommst und wir auf Segelschiffe angewiesen sind.«

»Um an die bessere Technik heranzukommen, müssen wir zuerst Noctur verlassen können. Es kann uns zwar niemand aushungern, aber unser Vorhaben können wir unter Belagerung nicht durchführen. Und ewig werden die alten Energiezellen nicht halten.«

»Mach dir keine Hoffnungen, Armedes, sie werden noch halten, wenn du längst zu Staub zerfallen bist.«

»Na, dann ist es mir zumindest ein Trost, dass du es erleben wirst.«

Sie funkelte ihn gefährlich an.

»Falls du trotzdem noch Interesse an dem Vorhaben hast, müssen wir uns den Landweg auf jeden Fall freihalten. Und ich habe auch eine Idee, wie wir das können.«

»Wir brauchen bloß unsere Verteidigungslinie weiter nach vorne zu verlegen«, fuhr er fort. »Wenn deine Schwester bereits im Trümmerfeld vor dem Talkessel einige Illusionen erzeugt und wir den aktuellen Pfad versperren, finden die Angreifer erst gar nicht den Weg zum Talkessel und unsere Leute können auf anderen Pfaden durch das Trümmerfeld nach Bator gelangen. Deine Schwester sollte sich allerdings eine besser geschützte Position suchen.«

»Na gut, einverstanden. Aber die Zahl der Soldaten zu ihrem Schutz wird vergrößert.«

Armedes verkniff sich eine spitze Bemerkung über ihre Risikobereitschaft und nickte nur.

»Was mir viel mehr Sorgen macht, als die kleine Expedition aus Bator, ist dieser Flavius Secundus und die mögliche Allianz zwischen Nova-Veni und Bator. Ich habe Erkundigungen über ihn einholen lassen. Er ist gerissen, einflussreich, erfinderisch und hat glänzende Verbindungen nach Yaku. Eine gefährliche Mischung.«

»Das klingt ja fast, als würdest du ihn bewundern.«

»Nur ein Idiot unterschätzt seine Feinde. Ich werde mir für ihn etwas ausdenken müssen. Und das wahrscheinlich mit mehreren Alternativplänen.«

»Woran denkst du?«

»Nicht an einen direkten Angriff. Bei so einem Versuch haben wir ja bereits ein Schiff verloren. Es muss eher eine Intrige sein, bei der wir möglichst gar nicht in Erscheinung treten. Er hat mit Sicherheit Neider, die die Arbeit für uns erledigen können. Aber zuerst benötige ich noch mehr Informationen über ihn und die anderen Patrizier von Nova-Veni.«

»Dachte ich mir doch, dass ich dich hier treffe.«

Erebos schaute von seinem Bier auf. Seit er der Göttin die schlechte Nachricht vom Scheitern des Attentäters überbracht hatte, ertränkte er täglich seine Angst, sie könnte sich doch noch an ihn erinnern und ihn als nächstes Opfer bestimmen. Sein vernebelter Verstand brauchte einen Moment, um zu erkennen, wer ihn gerade angesprochen hatte. Der Schreck ernüchterte ihn halbwegs. Und mit nüchternen Überlegungen legte sich auch die erste Angst wieder. Nyx hätte Soldaten geschickt, um ihn abzuholen, nicht ihren engsten Berater, Armedes.

Nyx war für ihre Launen und ihre Grausamkeit gefürchtet, aber Armedes war ihm noch unheimlicher. Er war zwar nicht launisch, dafür aber eiskalt und berechnend. Armedes würde zwar niemanden aus einem Wutanfall heraus töten lassen, hatte aber keinerlei Skrupel, alles Erforderliche zu tun, um seine Ziele zu erreichen. Nicht nur die Göttin, auch ihn umgab eine bedrohliche Aura. Es wurde behauptet, er habe seine Seele für die Unsterblichkeit geopfert. Wie alt er wirklich war, wusste niemand. Nur, dass er schon älter war als jeder andere in Noctur – die Göttin wahrscheinlich ausgenommen.

»Ich habe eine gute und eine schlechte Nachricht für dich. Du hast eine weitere Gelegenheit, deine Nützlichkeit zu beweisen. Es ist allerdings deine letzte.«

Als Erebos eine Stunde später in sein Zimmer ging, war er erleichtert. Natürlich musste alles klappen, aber zunächst einmal konnte er Noctur, den gefährlichsten Ort auf diesem Planeten, verlassen. Und sollte er bei diesem Auftrag getötet werden, wäre das immer noch besser, als Nyx geopfert zu werden. Ein eiskalter Schauer lief ihm bei dem Gedanken an die Opferzeremonie den Rücken herunter. Kurz darauf traf er sich mit vier Soldaten, die ihn begleiten würden. Alle hatten sich als Händler aus den nördlichen Waldgebieten verkleidet und ihre Waffen unauffällig unter der Kleidung versteckt. Ein Schiff würde sie nordwestlich von Bator an einer unbewohnten Küste an Land gehen lassen. Von Bator aus sollte es kein Problem geben, eine Passage nach Nova-Veni zu bekommen. Erebos war froh, dass der Auftrag, den Armedes ihm gegeben hatte, mehrere Alternativen enthielt. Das erhöhte die Wahrscheinlichkeit für ihn, erfolgreich zu sein. Denn seine einzige Alternative zum Erfolg war der Tod.

16

»Du hast gute Fortschritte gemacht. Es wird Zeit, deine Fähigkeiten in der Praxis zu erproben. Vorher wirst du allerdings einen Test bestehen müssen. Komme in einer Stunde zu der Nische dort hinten. Dann erfährst du, wie es weitergeht.«

Flavius schaute Meister Kagami nach. Manchmal war seine Geheimniskrämerei schon lästig. Was war das für ein Test, der ihn erwartete? Und was wollte der Meister bei ihm in der Praxis sehen? Er hatte zwar wirklich erstaunliche Fortschritte gemacht und verfügte jetzt über Fähigkeiten, die er sich vorher nicht einmal hatte vorstellen können. Andererseits glaubte er nicht, dass er nach diesen paar Tagen wirklich schon so weit war, wie andere nach jahrelanger Ausbildung. Nun, zumindest der Test in einer Stunde würde ihm hoffentlich zeigen, wie weit er wirklich war. Eine Stunde hatte er jetzt noch Zeit. Wo sollte er sie verbringen? In seinem kleinen Zimmer? Oder in einem der Innenhöfe? Der grüne Panther fiel ihm wieder ein. Und er war neugierig, ob es zu einer weiteren Begegnung kommen würde, wenn er jetzt in den großen Innenhof ging. Während er noch darüber nachdachte, trugen ihn seine Füße bereits genau dorthin. Einen Moment stand er unschlüssig vor der Tür, dann ging er hinein. Nach einigen Schritten konzentrierte er sich darauf, die Präsenz des Panthers zu erspüren. Diesmal schien er wirklich alleine zu sein. Er nahm zwar die Pflanzen um sich herum wahr, sonst allerdings nichts. Also setzte er sich unter einen Baum und entspannte sich. Der Test würde sicher seine ganze Aufmerksamkeit und Konzentration erfordern. Seine Gedanken streiften zunächst in den Erinnerungen umher, dann verstummten sie schließlich ganz. Eine aufmerksame Trance umfing ihn. Und plötzlich konnte er auch den grünen Panther wahrnehmen. Im gegenüberstehenden Baum lag er zwischen den Ästen und schien gleichfalls in Trance zu sein. Flavius wusste nicht, wie lange er dort gesessen hatte. Schließlich betrat ein Novize in orangefarbener Robe den Innenhof und kam auf ihn zu.

»Meister Kagami erwartet Sie jetzt.«

Flavius folgte ihm zu der Nische, die Kagami ihm vorhin gezeigt hatte. Sobald er sich hineingestellt hatte, sank der Boden, auf dem er stand, langsam nach unten. Als er schließlich zum Stillstand kam, sah Flavius außerhalb der Nische einen halbdunklen Raum, der auf der gegenüberliegenden Seite mit zwei Fackeln erhellt war. Zwischen den beiden Fackeln befand sich eine Tür. Auf halber Strecke stand ein Podest, auf dem sich irgendetwas regte. Nach einem ersten vorsichtigen Schritt in Richtung der Tür knirschte etwas unter seinen Füßen. Er schaute nach unten und sah, dass der ganze Boden mit Tausendfüßlern und Kakerlaken übersät war. Die Tiere begannen bereits, an seinen Schuhen nach oben zu klettern. Nur mühsam unterdrückte Flavius den Impuls, die Tiere abzuschütteln und auf den Ausgang zuzurennen. Dabei spürte er bereits, wie die Tiere unter seiner Hose an seinen Beinen empor krabbelten. Der Ekel erschwerte seine Konzentration. Doch dann gelang es ihm, sich auf seine Aufgabe zu konzentrieren. Er spürte, dass ein ganzes Netz an Illusionen rings um ihn ausgebreitet war. Und er versuchte, dagegen anzukämpfen.

Auf dem Podest wand sich eine riesige Kobra. Gerade hatte sie ihn erblickt und richtete sich drohend auf. Er hatte keine Chance, an ihr vorbei zur Tür zu gelangen. Wenn diese Mistviecher von Krabbeltieren seine Konzentration nicht so stören würden, könnte er sich besser auf die Enttarnung der Illusion konzentrieren, dachte er. Er zwang sich zur Ruhe, auch wenn die ersten Tiere bereits seine Knie erreicht hatten. Dann endlich war es ihm gelungen. Er zerriss den Schleier einer Illusion. Die Kobra verschwand. Langsam näherte er sich dem Podest, um dann abrupt stehen zu bleiben. Da war noch mehr. Verborgen durch eine weitere Illusion stand dort ein Mann mit einer Holzkeule. Wäre er einfach an der Kobra bzw. dem Podest vorbeigestürmt, hätte er sich wohl einen sehr schmerzhaften Schlag eingefangen. Der Mann mit der Keule hatte die Augen verbunden. Wie würde er wissen, wann er zuschlagen sollte? Nach einem weiteren Schritt wusste Flavius es. Das Knirschen der zertretenen Kakerlaken würde ihn verraten. Und plötzlich wusste er auch, was er zu tun hatte. Sehr vorsichtig ging er auf den Mann mit der Keule zu. Gerade außerhalb seiner Reichweite blieb er stehen, erzeugte selbst jedoch die Illusion näherkommender Schritte. Der Mann schlug mit der Keule zu, traf allerdings ins Leere und Flavius rannte an ihm vorbei und zur Tür.

Meister Kagami öffnete sie augenblicklich.

»Noch nicht perfekt, aber schon sehr gut«, sagte er schmunzelnd zu Flavius.

»Was habe ich falsch gemacht?«

»Die Kakerlaken und Tausendfüßler.«

Jetzt spürte auch Flavius, dass es noch eine weitere Illusion gab.

Und nun konnte er sie auch wegwischen. Er war froh darüber, dass die Tiere nicht echt waren, da er sie bereits an seinen Oberschenkeln gespürt und sich gefragt hatte, wie er sie schnell wieder loswerden könnte.

Etwas zerknirscht schaute er Meister Kagami an. Bestanden hatte er den Test ja offensichtlich nicht.

»Es hätte arg an meinem Selbstbewusstsein gekratzt, wenn du auch die letzte Illusion durchschaut hättest. Bisher hat den Test noch niemand vollständig bestanden. Auch ich nicht. Das Gemeine an dieser Illusion ist, dass sie sich zweier Tricks bedient. Einerseits greift sie direkt an Urängsten an, andererseits hat sie eine reale Komponente. Schau dir den Boden an. Er besteht aus lauter kleinen Scherben und Früchten. Das knackende und schmatzende Geräusch, das du bei jedem Schritt gehört hast, ist echt. Und auch das Gefühl beim Auftreten. Mit Illusionen ist es genau wie mit Lügen. Die besten sind diejenigen, die in Wahrheit verpackt sind. Ich bin sehr zufrieden mit dir.«

»Was hat es jetzt mit der Erprobung in der Praxis auf sich?«, wollte Flavius wissen, als sie wieder die oberen Räume erreicht hatten.

»Bator hat eine kleine Expedition nach Noctur geschickt. Der gefangene Attentäter hat eine gute Wegbeschreibung geliefert. Besondere Loyalität empfindet er für seine Heimat offenbar nicht.«

»Ich hatte den Eindruck, dass Noctur mit Brutalität und Angst regiert wird. Nicht gerade ein idealer Nährboden für Loyalität. Abgesehen davon hatte der Attentäter wohl Gewissensbisse, seine Tat auszuführen.«

»Interessant. Jedenfalls kam die Expedition bis zu einem Talkessel, zu dem es offenbar nur einen Zugang gab. Zumindest sah es anfänglich so aus.«

Kagami erzählte Flavius die Einzelheiten.

»Woher wissen Sie von dem Vorfall? Ich kann mir nicht vorstellen, dass Aluna Sie hat informieren lassen.«

»Natürlich nicht. Aber wenn sich in der gegenwärtigen Situation eine kleine Gruppe offensichtlich militärisch geschulter Leute in die Felswüste Richtung Noctur begibt, drängt es sich ja geradezu auf, diese im Auge zu behalten.«

Flavius lachte.

»Sind Ihre Beobachter eigentlich auch alle in der Lage, sich per Suggestion unsichtbar zu machen? Ich dachte, es gäbe nicht so viele darin Begabte.«

»Gibt es auch nicht. Aber es gibt auch sehr traditionelle Techniken, nicht gesehen zu werden. Du wirst es bald selbst erleben.

Dabei fällt mir ein, dass ich dich ja nach der Ausbildung wieder mit ›Sie‹ ansprechen wollte. Und mehr beibringen kann ich Ihnen nicht mehr, Flavius Secundus. Zumindest nicht persönlich.«

Flavius schaute ihn fragend an, bekam allerdings keine weitergehende Erklärung dazu.

»Der Praxis-Einsatz wird darin bestehen, mit einer Gruppe unserer »Beobachter« mehr über die in der Felswüste eingesetzten Illusionen herauszubekommen. Allerdings hat das noch etwas Zeit, da die Wachsamkeit in Noctur erst wieder etwas nachlassen sollte. Ich werde Ihnen Nachricht geben, wenn der Zeitpunkt günstig ist.«

17

Flavius wurde bis zum Tor gefahren, das er bereits auf dem Hinweg passiert hatte. Dahinter erwartete ihn wieder eine Rikscha. Noch bevor er sagen konnte, wohin er wollte, setzte sie sich in Bewegung.

»Madame Lyn möchte Sie sprechen«, sagte der Rikscha-Fahrer noch, bevor er sich mit ausgreifenden Schritten auf den Weg machte. Es war eine ziemlich ungemütliche Fahrt. Aber offenbar war dem Rikscha-Fahrer Eile aufgetragen worden. Flavius war die Fahrt über sehr aufmerksam, da er nicht im Laufschritt in einen Hinterhalt gefahren werden wollte. Sein Misstrauen war allerdings unbegründet. Außer Atem hielt der Rikscha-Fahrer zwei Straßen vor Madame Lyns Etablissement an. Flavius steckte ihm ein großzügiges Trinkgeld zu. Ein ausgeruhter Rikscha-Fahrer übernahm gemächlich den Rest der Fahrt. Offenbar sollte die Eile nicht bekannt werden. Flavius betrat das Etablissement. Er wurde sofort in ein Zimmer geführt, das normalerweise nicht für Besprechungen, sondern für erotische Dienstleistungen benutzt wurde. Irritiert schaute er sich um. Eine versteckte Seitentür öffnete sich und Lyn trat ein.

»Tut mir leid, dass ich hier so ein Versteckspiel veranstalten muss, aber ich möchte vermeiden, dass du diese Information öffentlich von mir bekommst. In Nova-Veni braut sich etwas gegen dich zusammen. Ich weiß noch nichts Genaues. Aber einige Leute stellen Fragen über dich und solche Häuser, die dich als Konkurrent sehen. Es werden auch Gerüchte lanciert, du hättest geheime Vereinbarungen mit Bator und dem Kaiserreich Che-Min. Außerdem hat jemand ein auffallendes Interesse an deinem Zeremoniendolch gezeigt. Wenn ich mehr erfahre, werde ich dich unauffällig informieren. Sei wachsam.«

»Danke, Lyn.«

Sie lächelte.

»Keine Ursache. Wir sind schließlich Verbündete. Außerdem möchte ich weiterhin gute Geschäfte mit dir machen«, fügte sie augenzwinkernd hinzu. »Ich schicke dir jetzt eins meiner Mädchen. Deswegen bist du ja offiziell hier. Schließlich musstest du ja eine Woche bei Meister Kagami enthaltsam sein.«

Als Flavius skeptisch schaute, setzte sie ein entrüstetes Gesicht auf.

»Du wirst doch nicht andeuten wollen, mit dem Service meines Hauses nicht zufrieden zu sein, oder?«

»Das nicht. Aber ich ...«

Lyn lachte auf.

»Es ist wegen deiner Wildkatze.«

Flavius schaute wie ein ertappter Schuljunge.

»Es ist riskant, sich in seine Sklavin zu verlieben. Aber das weißt du selbst. Ich schicke dir Jasmin für eine belebende Massage. Das wird dir gut tun und dauert etwa die gleiche Zeit. Pass auf dich auf.«

Dann war sie durch die Geheimtür verschwunden. Kurz darauf erschien eine gut aussehende, aber recht muskulöse Frau und befreite Flavius von jeder Art der Verspannung. Lyn hatte recht, die Massage war wirklich belebend gewesen. Flavius fühlte sich ausgeruht und voll Tatendrang. Als er bei seinem Schiff ankam, wurde er bereits erwartet.

»Wir sind bereit, jederzeit auszulaufen, wenn Sie das wünschen«, wurde er von Kapitän Rufus informiert.

»Dann ab nach Hause.«

Wenige Stunden später erreichten sie Nova-Veni. Als er seine Residenz betrat, kam Brutus direkt auf ihn zu.

»Seit ein paar Tagen lauern seltsame Typen in der Nähe der Residenz herum. Sie haben nichts getan, was verboten wäre, aber mir gefällt das nicht.«

»Sehr gut. Sei wachsam. Verdopple unauffällig die Wachen. Wir wollen kein Risiko eingehen.« Nach einer Pause fuhr er fort: »Wie macht sich Letitia? Und sind alle maßgeschneiderten Sachen angekommen?«

»Sie hat sich an Ihre Anweisungen gehalten. Und die Sachen sind alle da. Die Kleidung ist bereits in ihr Zimmer gebracht worden. Der Rest sollte ja noch woanders bleiben.«

»Prima. Dann will ich dich nicht länger aufhalten. Gute Arbeit, Brutus.«

Letitia stand aufgeregt am Fenster. Flavius war zurückgekehrt. Sie freute sich darüber. Die vergangene Woche war ziemlich langweilig für sie gewesen. Die meiste Zeit hatte sie darüber nachgedacht, wie sie sich Flavius gegenüber verhalten sollte. Dass sie ihm gehorchen würde, stand außer Frage. Sie war zwar nicht gerade obrigkeitshörig, aber dass Ungehorsam gegenüber Flavius ausgesprochen unangenehme Folgen nach sich zog, hatte sie ja bereits am eigenen Leib zu spüren bekommen. Außerdem – und das verwirrte sie zunehmend – spürte sie, dass es richtig war, Flavius zu gehorchen. Es fühlte sich bei ihm besser an, als sich zu widersetzen. Als sie sich auf dem Schiff aufsässig verhalten hatte, hatte Flavius ihr das Gefühl gegeben, von ihr enttäuscht zu sein. Und sie wollte ihn nicht enttäuschen. Es war ihr wichtig, was er von ihr hielt. Sie wollte, dass er sie gern hatte. Nein, ›gern haben‹ traf es nicht richtig. Sie empfand für ihn viel mehr als Dankbarkeit dafür, dass er sie mit Respekt behandelte. Sie hatte sich in ihn verliebt. Sie wollte, dass er mit ihr zufrieden und glücklich war. Und sie hoffte, dass er ihre Gefühle vielleicht eines Tages erwidert würde. Eigentlich war damit die Entscheidung schon gefallen. Ihr blieb gar nichts anderes übrig, als sich ihm zu unterwerfen oder, wie er es genannt hatte, sich ihm zu schenken. Er hatte sie als Sklavin gekauft. Damit gehörte ihr Körper bereits ihm. Aber er wollte mehr als nur ihren Körper. Das faszinierte sie. Es war ihm offenbar wichtig, dass sie sich ihm freiwillig hingab. Das bedeutete, dass sie als Mensch einen Wert für ihn hatte, nicht nur als Körper. Hoffentlich verlor sie diesen Wert für ihn nicht, wenn sie sich ihm unterwarf. Sie wollte nicht nur eine Herausforderung für ihn sein. Eine Trophäe, die er erringen konnte. Das wollte sie nicht glauben.

Was würde es bedeuten, sich ihm zu unterwerfen? Klar, er konnte sich bereits jetzt alles nehmen, was er wollte. Er konnte mit ihr anstellen, wonach immer ihm der Sinn stand. Bisher hatte er lediglich freiwillig darauf verzichtet. Gleichzeitig hatte er ihr auch klargemacht, dass sie ihm nach ihrer Unterwerfung völlig ausgeliefert sein würde. Verrückterweise erregte sie diese Vorstellung. Bei dem Gedanken daran, dass er mit ihr tun konnte, was immer er wollte und sie es hilflos geschehen lassen oder sogar dabei mithelfen musste, tanzten Schmetterlinge in ihrem Bauch. Sie wollte von ihm beherrscht werden. Auch, wenn sie sich darüber im Klaren war, dass das von ihr Opfer verlangen würde. Sie hatte bereits erlebt, dass es ihm Vergnügen bereitete, sie leiden zu lassen. Und ihr wurde klar, dass sie für ihn gerne leiden wollte. Nicht nur für ihn. Auch sie selbst würde es genießen, so verrückt das auch klang. In gewisser Weise hatte sie bereits in der vergangenen Woche damit angefangen, für ihn zu leiden. Obwohl er ihr keine entsprechende Anweisung gegeben hatte, hatte sie sich aus eigenem Antrieb für die Zeit seiner Abwesenheit Enthaltsamkeit verordnet. Das war ihr nicht immer leicht gefallen, da sie durch die Gedanken über ihr zukünftiges Leben häufig erregt war.

Mit Aufruhr im Bauch ging sie zu Ihrem Kleiderschrank. Er war inzwischen gefüllt mit maßgeschneiderten Kleidungsstücken, die fast alle ihre Körperformen betonten und sie erotisch aussehen ließen. Sie wollte Flavius eine Freude machen. Es sollte etwas sein, das ihn erregte und ihm ihre Entscheidung bereits mitteilte, bevor sie sie ausgesprochen hatte. Sie wählte ein schwarzes Nichts, das deutlich mehr von ihr zeigte, als es versteckte.

Als Flavius das Zimmer Letitias betrat, verschlug es ihm erst mal die Sprache. Ihr atemberaubender Hauch von einem Negligé brachte ihre Formen wirkungsvoll zur Geltung. Bei seinem Eintreten war sie sofort vor ihn getreten, hatte sich einmal um sich selbst gedreht, war dann auf die Knie gegangen und schaute nun zu Boden.

»Wie darf ich meinem Herrn zu Diensten sein?«

»Da fallen mir eine Menge Dinge ein«, sagte er grinsend, »aber dafür gibt es eine Voraussetzung, wie du weißt.«

»Ja, ich muss mich Ihnen aus freien Stücken unterwerfen, Herr. Das möchte ich hiermit in aller Form tun. Bitte nehmen Sie mich mit allem, was ich als Ihre Sklavin zu bieten habe, als Ihr uneingeschränktes Eigentum an.«

»Du weißt, dass diese Entscheidung von dir endgültig ist?«

»Ja, Herr«, kam es von ihr mit trockener, etwas zittriger Stimme.

Flavius fasste mit der Hand unter ihr Kinn und führte sie so nach oben, dass sie ihm direkt gegenüberstand und in die Augen sah.

»Ich nehme dein Geschenk gerne an«, antwortete er ihr mit einem warmen Lächeln. Dann nahm er sie in seine Arme. Sie presste sich an ihn.

»Dann sollte ich wohl jetzt deinen Keuschheitsgürtel bringen lassen.«

Letitia schluckte und schaute ihm direkt in die Augen. Sie hatte das befürchtet. Ihre enthaltsame Zeit würde wohl noch weiter ausgedehnt werden. Trotzdem bereute sie ihren Entschluss nicht. Sie atmete einmal tief durch.

»Wenn es meinen Herrn glücklich macht, nehme ich das mit Freuden auf mich«, antwortete sie und lächelte ihn an.

Flavius strich ihr durchs Haar.

»Mir fällt da gerade noch ein anderer Weg ein, meine Sklavin in Besitz zu nehmen«, antwortete er lächelnd. »Ich glaube, der Gürtel kann noch einen Moment warten.«

»Darf ich meinem Herrn aus den Kleidern helfen und ihm einen Platz in meinem bescheidenen Bett anbieten?«

Langsam begann sie damit, Flavius von seinen Kleidungsstücken zu befreien. Dabei bemerkte sie zufrieden, dass er bereits deutlich erregt war. Sobald er frei von jeglicher Bekleidung war, sank sie vor ihm auf die Knie und nahm seine erregte Männlichkeit gierig in den Mund. Seine Hand griff in ihre Haare und dirigierte sie dabei zu seinem Vergnügen. Als er bereits in Fahrt kam, schlug sie vor, dass er es sich auf dem Bett gemütlich machen könnte. Gemeinsam begaben sie sich dorthin. Während sie gleich darauf fortfuhr, ihn mit ihren Lippen und der Zunge zu verwöhnen, begannen seine Hände, sanft ihren Hintern und ihre Schenkel zu streicheln. Ohne von ihm abzulassen, spreizte sie ihre Beine und reckte ihm ihren Unterleib entgegen. Geschickt schürte auch er ihre Lust. Schließlich griff er ihr wieder in die Haare und zog sie zu sich herauf. Wenig später drang er in sie ein und sie rollten in gemeinsamer Ekstase ineinander verschlungen im Bett hin und her. Der Höhepunkt erreichte sie praktisch gleichzeitig. Einen Moment blieben sie danach noch eng umschlungen liegen. Dann lagen beide mit geschlossenen Augen auf dem Rücken und ließen ihre Lust abklingen. Flavius hielt dabei ihre linke mit seiner rechten Hand.

Als er sich vom Bett erhob, stand auch Letitia auf. Das schwarze Nichts hing in Fetzen an ihr herunter. Flavius lachte.

»Wir werden dir wohl einen Vorrat davon anfertigen lassen müssen.«

Sie grinste schelmisch. Und sie hoffte, eben den Grundstein dafür gelegt zu haben, häufig aus dem Keuschheitsgürtel herauszukommen, den er ihr mit Sicherheit gleich anlegen würde.

»Zieh dir etwas weniger Aufreizendes an und lass dir von Brutus die Kiste mit deinem Keuschheitsgürtel geben. Danach kommst du wieder hierher.«

Er zog sich seine Sachen wieder an, während Letitia augenblicklich seine Anweisungen befolgte. Als sie mit einer erstaunlich leichten Kiste zurückkam, wies er sie an, sich wieder vollständig zu entkleiden. Dann öffnete er die Kiste. Es waren mehrere in Papier eingeschlagene Gegenstände darin. Den größten holte er zuerst heraus. Nachdem er das Papier entfernt hatte, sah Letitia wie erwartet ihren Keuschheitsgürtel. Er war mattschwarz und wirkte bedrohlich auf sie. Mit klopfendem Herzen stellte sie sich breitbeinig hin und wartete darauf, dass sie darin eingesperrt wurde. Flavius klappte ihn auf und ging um sie herum. Den hinteren Teil legte er ihr um die Hüfte und forderte sie auf, ihn festzuhalten. Dann ging er um sie herum nach vorne und klappte den vorderen Teil des Gürtels durch ihre gespreizten Beine nach oben. Mit vernehmbarem Klicken rastete der Gürtel auf beiden Seiten ein.

»Mach dich ruhig mit deinem Keuschheitsgürtel vertraut«, forderte er sie auf. »Du wirst zukünftig die meiste Zeit darin verbringen.«

Diese Vorstellung machte ihr Angst und erregte sie zugleich. Vor wenigen Minuten dachte sie noch, es würde Stunden, wenn nicht Tage dauern, bis sie überhaupt wieder erregbar sei.

Der Gürtel bedeckte ihren Hintern kaum. Von dem jetzt geschlossenen Ring in der Taille ging nur ein stabiler Draht von einem Zentimeter Durchmesser in ihrer Poritze nach unten. Erst kurz vor ihrem Anus ging dieser Draht in ein ringförmiges Metallstück über, sodass sie ihre Notdurft verrichten konnte, ohne den Keuschheitsgürtel dabei zu beschmutzen. Von dort aus führte ein gewölbter Metallstreifen über ihr Geschlecht. Im unteren Teil hatte dieser Streifen eine Gitterstruktur, die erkennbar dazu gedacht war, Urin abzuleiten. Weiter oben, über ihrer Klitoris, war der Streifen massiv und relativ dick. Ein Ring mit quadratischer Vertiefung weckte ihre Neugier. Als Schloss für den Gürtel schien ihr die Konstruktion zu primitiv, zumal etwas weiter oben noch ein richtiges Schloss für Doppelbartschlüssel zu finden war.

»Dass hier der Schlüssel hineinkommt, mit dem ich dich wieder aus dem Gürtel herauslassen kann, falls mir danach ist, hast du sicher bereits erkannt«, sagte Flavius und deutete auf das obere Schloss.

»Möchtest du auch wissen, wozu die untere Konstruktion ist?«

Letitia war sich nicht sicher, ob sie es wirklich wissen wollte. Ein Gefühl beschlich sie, dass ihr nicht gefallen würde, was sich dahinter verbarg. Gleichzeitig war sie neugierig. Und die Vorstellung, dass ihr Herr sie auch bei angelegtem Gürtel auf irgendeine Weise quälen konnte, stachelte ihre Erregung erneut an.

»Ja, Herr«, antwortete sie daher.

Statt einer Antwort holte Flavius einen Vierkantschlüssel aus der Kiste und drückte ihn in die Vertiefung des Keuschheitsgürtels. Dann drehte er den Schlüssel eine halbe Umdrehung und Letitia hörte, wie damit ein Uhrwerk aufgezogen wurde. Kurz darauf spürte sie, wie sie moderat und vibrierend an ihrer Klitoris berührt wurde. Mehrere kleine Gegenstände schienen sie abwechselnd zu stimulieren. Sie stöhnte auf und ging in die Knie. Ihre Brustwarzen richteten sich augenblicklich auf.

»Ich sehe, die Konstruktion hat die beabsichtigte Wirkung«, freute sich Flavius. »Ich möchte schließlich nicht, dass du in deinem Keuschheitsgürtel von jeglichem Vergnügen ferngehalten wirst.«

Sie schaute ihn ungläubig an. Sie hatte schon etwas in der Art vermutet, als sie das Vierkantschloss entdeckte. Aber sie hätte nie erwartet, dass die Stimulation derart stark und aufwühlend sein könnte. Für einen Orgasmus würde das allerdings nicht reichen. Es war die perfekte Lustfolter. Und der Gedanke daran, dass er ihr das antat, steigerte ihre Erregung zusätzlich.

»Stell dich wieder richtig hin«, forderte er sie auf.

Mit Mühe und zitternd vor Erregung richtete sie sich auf. Flavius hatte inzwischen ein Paar flache Hand- und Fußgelenkreifen, die mit je einem Befestigungsring versehen waren, aus der Kiste geholt. Mit einem kleinen Schlüssel öffnete er sie und ließ sie um Letitias Gelenke einrasten. Alle Teile hatten die gleiche mattschwarze Färbung, die auch der Keuschheitsgürtel aufwies.

Von einem Moment auf den anderen hörte die Stimulation im Gürtel auf, und Letitia wurde ihrem unerfüllten Verlangen überlassen. Sie bekam kaum mit, dass Flavius ihr auch einen mattschwarzen Halsreif umgelegt hatte.

»Ein Teil habe ich hier in der Kiste noch für dich. Und ich vermute, dass es dir am unangenehmsten sein wird.«

Verwirrt schaute sie ihn an. Was sollte denn noch Grausameres kommen, als dieser Keuschheitsgürtel?

Als sie schließlich sah, was er aus der Kiste geholt hatte, erkannte sie es erst gar nicht. Dann begriff sie. Es war eine Gesichtsmaske. Die Innenseite, die sie sehen konnte, war ebenfalls mattschwarz.

»Warum?«, fragte sie ihn ängstlich und verwirrt. »Gefällt Ihnen mein Gesicht nicht, Herr?«

Statt einer Antwort drehte er die Maske herum, sodass sie die Vorderseite sehen konnte. Es war ihr Gesicht, mit geschlossenen Augen und ekstatischem Gesichtsausdruck, die Lippen zu einem O geformt.

Entsetzen zeichnete sich auf Letitias Gesicht ab. Wollte er sie etwa für immer hinter dieser Maske verstecken?

»Aber ...«, setzte sie an, »aber ...«

»Öffne deinen Mund«, wies Flavius sie streng an.

Sie tat es, und er schob die Maske auf ihr Gesicht. Dabei ragte etwas Ringförmiges aus der Maske in ihren Mund hinein. Es hinderte sie nicht nur am Sprechen, es verhinderte auch, dass sie ihren Mund schließen konnte. Fassungslos spürte sie, wie er die Maske an ihrem Hinterkopf befestigte. Dann trat er von ihr zurück. Zumindest hörte es sich so an, denn sehen konnte sie nichts mehr. Sie betastete die Maske, den Halsreif und den Keuschheitsgürtel. Ihr Verstand raste, kam aber nicht zu irgendeiner sinnvollen Erkenntnis. Was hatte er ihr angetan? Und warum?

Sie spürte, wie er sie an der Hand nahm und zu ihrem Bett führte. Ihre Arme und Beine fixierte er x-förmig auf dem Bett. Dann zog er das Uhrwerk des Keuschheitsgürtels erneut auf.

»Bis ich wiederkomme, mache du dir bewusst, was es bedeutet, ganz mir zu gehören.«

In Letitia herrschte ein Chaos aus Erregung, Verwirrung, Angst, Unverständnis und Entsetzen. Erst mit der Zeit begann alles, einen Sinn zu ergeben. Flavius beherrschte sie jetzt völlig. Dieser Gedanke war es doch, der sie erregt hatte. Seiner Willkür völlig ausgeliefert zu sein. Es ging nicht darum, dass er mit ihr das tat, was sie sich von ihm wünschte. Sie war seine Sklavin, nicht umgekehrt. Langsam ergab sie sich in diese Erkenntnis. Und langsam klang auch ihre Angst wieder ab. Sie wusste nicht, was er wirklich mit ihr vorhatte. Aber sie hatte sich ihm geschenkt. Er hatte jetzt die Verantwortung für sie. Sie war davon überzeugt, dass er dieser Verantwortung gerecht werden würde. Zumindest sagte sie sich das immer wieder. Und alle Gefühle außer dem Verlangen, das der Gürtel und ihre hilflose Situation in ihr auslösten, verblassten allmählich.

18

»Es ist schon bewundernswert, wie es diesem Flavius gelingt, den anderen Patrizierhäusern von Nova-Veni das Geld aus den Taschen zu ziehen«, sagte Erebos zu seinem Begleiter Ramos.

Batavius, der zwei Meter weiter bei einem Händler stand, spitzte die Ohren. Und er gab einer Wache seines Hauses unauffällig die Anweisung, Erebos im Auge zu behalten.

»Wie meinst du das?«, gab Ramos die abgesprochene Antwort.

»Na ja, er hat in Bator mit der Herrscherin Aluna eine Fantasie-Bedrohung erfunden und den Rat der Patrizier hier überzeugt, wegen dieser Bedrohung Geld an die Piraten von Kuza zu geben. Und zu denen haben Flavius und Aluna besondere Beziehungen, sodass sie einen Teil des Geldes selbst kassieren.«

»Woher weißt du denn das?«

»Überleg' doch mal. Aluna hat Flavius eine Sklavin geschenkt. Warum wohl? Und von der Bedrohung weiß man hier nur durch Flavius. Oder hast du gehört, dass Schiffe aus Nova-Veni von dieser mysteriösen Macht angegriffen worden seien?«

»Das sind doch reine Spekulationen.«

»Die Beziehungen von Flavius zu Yaku und Kuza sind doch allgemein bekannt. Vor kurzem erst ist er eine ganze Woche dort gewesen. Und kein Mensch weiß, was er da gemacht hat. Wahrscheinlich hat er den Piraten die Frachtrouten wichtiger Schiffe aus Nova-Veni verraten, damit diese ein paar versenken, um die Bedrohung glaubhafter zu machen. Wie gesagt, er ist schon gerissen, dieser Flavius.«

»Kannst du das beweisen?«

»Ich weiß, wie man es beweisen könnte. Aber was würde dabei für mich herausspringen? Ich habe keine Schiffe. Und ob die Patrizier sich gegenseitig übers Ohr hauen, ist nicht mein Problem.«

»Wenn du das wirklich beweisen könntest«, mischte Batavius sich in das Gespräch ein, »würde es sich auf jeden Fall für dich lohnen.«

»Und wer bist du, dass du so etwas versprechen könntest?«, meinte Erebos, während er über seine Schulter antwortete.

»Rede mich gefälligst nicht mit ›Du‹ an. Ich bin Batavius, einer der wichtigsten Patrizier dieser Stadt.«

Erebos drehte sich ganz um.

»Oh, Entschuldigung. Ich hatte Ihre Robe nicht gesehen.«

»Kannst du beweisen, was du gerade behauptet hast? Oder war das nur Wichtigtuerei?«

»Ich weiß, wie man es beweisen kann.«

»Und wie?«

»Vielleicht sollten wir uns erst einmal darüber unterhalten, was für mich dabei herausspringt. Für das Haus Batavius wäre dieser Beweis doch bestimmt eine Menge wert, könnte ich mir vorstellen.«

»Ich könnte dich auch festnehmen und verhören lassen.«

»Dann wüsste aber auch Flavius, was Sie vorhaben und könnte Beweise verschwinden lassen. Außerdem würde ich dann einfach behaupten, ich hätte mich nur bei meinem Begleiter wichtig machen wollen. Schließlich habe nicht ich Sie angesprochen, sondern Sie haben ein privates Gespräch mit meinem Begleiter belauscht. Wenn es nicht auch zu meinem Vorteil ist, verrate ich gar nichts.«

»Schon gut, du hast recht, wir sollten eine Lösung zum beiderseitigen Vorteil finden. Komm heute Abend in meine Residenz. Da besprechen wir die Details.«

»Ich möchte nicht offensichtlich in die Streitigkeiten zwischen zwei Patrizierhäusern hineingezogen werden. Mir ist es lieber, wenn wir uns an einem unauffälligen Ort treffen. Wie wäre es mit dem Gasthaus ›Zum schmutzigen Otter‹?«

Batavius machte kein begeistertes Gesicht. Dieses Gasthaus war eigentlich eine ziemlich heruntergekommene Kaschemme, die zudem in einer üblen Hafengegend stand.

»Sie können ja Ihre Leibwache mitbringen. Aber nicht in den Farben Ihres Hauses. Wir wollen doch beide nicht auffallen. Und weihen Sie nicht zu viele Leute ein. Mein Plan klappt nur, wenn er geheim bleibt.«

»Also gut, ich werde heute Abend um zehn Uhr da sein. Und wehe, du hast nichts Brauchbares zu berichten.«

»Heute Abend um zehn. Bis dann.«

»Hast du das gehört, Ramos?«, meinte Erebos mit einem bösen Grinsen, »Dieser Bastard wollte mich zu sich in die Residenz locken, um die Information aus mir herauszufoltern.«

»Hast du etwas anderes erwartet? Immerhin hat er den Köder geschluckt. Warum verlangst du eigentlich überhaupt Geld von ihm? Du willst ihm den Vorschlag doch so oder so machen. Und den Weg des Geldes könnte man bis zu uns zurückverfolgen.«

»Klar. Aber ich muss Geld von ihm verlangen, damit er mir glaubt. Und zwar viel Geld. Wenn ich als geldgieriger Bastard auftrete, ist das für ihn etwas, das er nachvollziehen kann. Diese Motivation ist ihm vertraut. Und er soll schließlich nicht misstrauisch werden. Zumindest noch nicht. Das Geld können wir hinterher wegwerfen.«

»Wie viel Geld willst du denn von ihm verlangen?«

»Fünfzigtausend Golddukaten. Fünftausend in Münzen vorher, fünfundvierzigtausend nachher in Zertifikaten.«

»Du bist ja verrückt. Da geht er nie drauf ein.«

»Das Geld verdient sein Haus in einem Monat. Es muss eine große Summe sein, damit er überzeugt ist, dass unsere Informationen echt sind.«

Erebos lachte.

»Außerdem«, fuhr er fort, »wird Batavius uns sowieso um die zweite Zahlung betrügen wollen. Das macht aber nichts. Für unsere Ausgaben hier reichen die fünftausend Golddukaten völlig aus, die wir vorher bekommen.«

»Was meinst du, wie er uns um die zweite Zahlung prellen will?«

»Ich nehme an, sobald er hat, was er wollte, wird er den Befehl geben, uns zu töten und uns das Geld wieder abzunehmen.«

»Es macht wahrhaft Spaß, in Nova-Veni Geschäfte zu machen.«

Beide lachten.

Am Abend kam Batavius mit fünf Mann seiner Leibwache in die verabredete Kaschemme. Erebos erwartete ihn bereits an einem Tisch in einer Nische. Amüsiert beobachtete er, wie Batavius versuchte, zusammen mit einem Leibwächter unauffällig zu seinem Tisch zu kommen. Die Arroganz der Macht steckte in jeder seiner Bewegungen. Man musste schon blind sein, um ihn für einen normalen Gast zu halten. Dazu die Leibgarde, die sich dauernd nervös umschaute. Immerhin waren nicht alle zusammen in die Kaschemme gekommen. Zuerst kamen zwei Leibwächter, dann Batavius mit einem Soldaten und schließlich die letzten beiden. Erebos erhob sich und ging auf Batavius zu.

»Ich habe uns einen Raum reserviert, in dem wir ungestört reden können. Der Wirt ist es gewohnt, dass in seinen Hinterzimmern vertrauliche Geschäfte abgewickelt werden.«

Zusammen mit einem Soldaten folgte Batavius ihm in den Raum. Der Leibwächter betrat zuerst das Zimmer, schaute sich kurz um und nickte Batavius dann zu. Ramos hatte bereits dort gewartet.

Sonst war niemand anwesend.

Zu Anfang wurde über den Preis gefeilscht. Erebos ließ sich von fünfundsiebzigtausend auf fünfzigtausend Dukaten herunterhandeln. Und auch beim Vorschuss kam er schließlich Batavius entgegen, indem er statt mit zehntausend bereits mit fünftausend Dukaten in Münzen einverstanden war. Ramos saß mit versteinertem Gesicht dabei. Er biss sich auf die Unterlippe, um nicht lauthals loszulachen. Hätte er nicht vorher mit Erebos über die Beträge gesprochen, wäre er sicher davon überzeugt gewesen, dass sich beide Seiten nur zähneknirschend auf diesen Kompromiss geeinigt hätten. Dann unterbreitete Erebos seinen Plan. Er musste einige Überzeugungsarbeit leisten, um Batavius das Vorgehen schmackhaft zu machen. Schließlich waren sie sich einig. Die Modalitäten für die Vorauszahlung wurden besprochen und Batavius verließ mit seiner Leibwache die Kaschemme.

»Das war knapp«, meinte Ramos. »Es hätte nicht viel gefehlt und er wäre abgesprungen. Mich wundert, dass du ihn überhaupt überzeugen konntest.«

»Er ist nicht überzeugt«, entgegnete Erebos lächelnd. »Er denkt, dass er mit dem ersten Teil des Plans Flavius gehörig ärgern kann. Das ist ihm die fünftausend Dukaten wert. Wobei er sicher hofft, uns auch von diesen noch viele wieder abnehmen zu können. Dass er so wirklich an den verwertbaren Beweis gegen Flavius kommt, glaubt er nicht. Aber da er uns ohnehin nicht mehr als die fünftausend Dukaten zahlen will, ist er darauf eingegangen.«

»Hat Armedes das alles vorhergesehen? Oder ist das auf deinem Mist gewachsen?«

»Der Plan stammt von Armedes. Ich habe nur gelegentlich ein bisschen improvisiert.«

»Meine Güte. Und das alles nur aufgrund von Informationen, die er von anderen zugetragen bekam. Ich weiß nicht, ob ich diesen Armedes bewundern oder vor ihm Angst haben soll.«

»Am besten beides«, antwortete Erebos halblaut.

19

Letitia wusste nicht, wie lange sie bereits auf dem Bett lag. Der Keuschheitsgürtel hatte jedenfalls schon vor geraumer Zeit aufgehört, sie zu stimulieren, und sie ihrem aussichtslosen Verlangen überlassen. Sie fragte sich, wann Flavius wohl wieder zu ihr käme. Oder würde er jemanden schicken, der sich um sie kümmerte? Sie hoffte, er würde selbst kommen. Sie hörte, wie sich die Tür öffnete.

»Na, Letitia, ich hoffe, du konntest etwas über deine Rolle nachdenken«, hörte sie ihn sagen. Sehen konnte sie durch die Maske nichts. Sie nickte. Und sie spürte, wie er die Fesseln löste, die sie auf dem Bett fixierten. Er zog an ihren Beinen, sodass diese über die Bettkante hingen.

»Setz dich auf. Ich möchte dir etwas zu trinken geben.«

Da die Maske die ganze Zeit verhindert hatte, dass sie ihren Mund schließen konnte, war dieser ziemlich ausgetrocknet. Sie musste ihren Kopf in den Nacken legen, während er ihr langsam frisches Wasser in den Mund goss. Das Schlucken mit weiterhin geöffnetem Mund fiel ihr nicht ganz leicht, aber sie schaffte es. War das die Art, wie sie zukünftig etwas zu trinken bekommen würde? Einerseits fand sie ihre Hilflosigkeit erregend, andererseits begann aber auch ihr Kiefer zu schmerzen. Und die Vorstellung, dauerhaft nichts mehr sehen zu können, machte ihr ebenfalls zu schaffen. Sie hoffte inständig, nicht daran zu zerbrechen.

»Ich nehme an, du weißt, wozu die Maske gut ist.«

Sie nickte. Natürlich wusste sie es. Die Maske machte sie hilflos, lieferte sie ihrem Herrn völlig aus. Der Ring in ihrem Mund hinderte sie nicht nur wirkungsvoll am Sprechen, sondern hielt ihren Mund jederzeit zu seinem Vergnügen offen. Obwohl das gar nicht nötig war, da sie ihm ohnehin keinen Wunsch verweigert hätte. Nicht nur aus Angst vor Strafe.

»Gut. Nimm den Kopf etwas nach vorne.«

Sie tat es, ohne zu zögern. Wollte er sich jetzt von ihr verwöhnen lassen? Sie hätte ihn lieber dabei gesehen. Er machte sich an den Befestigungen für die Maske zu schaffen, und diese löste sich von ihrem Gesicht. Einen Moment blinzelte Letitia, dann sah sie, dass Flavius angezogen vor ihr stand. Er hatte die Maske so in der Hand, dass sie erkennen konnte, wie die Befestigung an ihrem Hinterkopf funktionierte. Sie massierte ihre Kiefermuskeln und schloss nach einigen Kaubewegungen den Mund.

»Schau dir an, wie die Maske verschlossen wird. Wenn ich dich auffordere, sie anzulegen, wirst du das ohne zu zögern tun. Sobald du diesen letzten Riegel schließt, kann nur ich die Verriegelung wieder öffnen – und zwar mit diesem Schlüssel hier.«

Er ließ es sie einige Male üben und nahm ihr dann die Maske wieder ab. Sie bekam einen Platz in ihrem Kleiderschrank.

»Die Maske ist nicht dazu konstruiert, dauerhaft getragen zu werden. Aber das wirst du schon bemerkt haben. Vielleicht lasse ich eines Tages eine konstruieren, die sich bequemer und genauso langfristig tragen lässt, wie dein Keuschheitsgürtel.«

Letitia schaute ihn entsetzt an. Er lächelte.

»Letztlich wirst du darüber entscheiden, ob ich das mache. Wenn ich keinen Grund habe, mit dieser provisorischen Lösung unzufrieden zu sein, kann alles so bleiben, wie es ist.«

»Sie werden keinen Grund zur Unzufriedenheit haben, Herr«, antwortete Letitia schnell.

»Das hoffe ich. Jetzt zieh dir etwas an. Wir machen einen kleinen Spaziergang.«

Sie wählte ein Kleid, das zwar wie alle maßgeschneiderten Stücke ihre Figur gut zur Geltung brachte, aber nicht aufreizend wirkte. Gemeinsam schlenderten sie über die Prachtstraßen von Nova-Veni, besuchten den Markt und besichtigten auch das Ratsgebäude von außen. Anfänglich fühlte Letitia sich durch den Halsreif und die Arm- und Beinfesseln unsicher. Es war so offensichtlich, dass sie eine Sklavin war. Und sie wusste auch nicht, welches Verhalten von ihr erwartet wurde.

»Ich möchte, dass du mit stolz erhobenem Haupt neben mir entlang läufst. Du bist meine Sklavin, aber du bist es – inzwischen – aus deinem eigenen Entschluss heraus. Die Leute werden dich so behandeln, wie du auftrittst. Kommst du unterwürfig daher, werden sie auf dich herabblicken und dich abfällig behandeln. Zeigst du dagegen deinen Stolz, werden sie zu dir aufblicken, auch wenn du klar als meine Sklavin zu erkennen bist.«

Sie beherzigte seine Worte und trug ihren Halsreif, als sei es eine besondere Ehre. In gewisser Weise empfand sie das sogar. Sie fühlte sich wohl an Flavius' Seite. Und sie begann stolz darauf zu sein, seine Sklavin sein zu dürfen. Sie schmunzelte. Hätte ihr das jemand gesagt, als sie noch im Sklavenmarkt von Bator angeboten wurde, hätte sie ihn lauthals ausgelacht. Nur mühsam unterdrückte sie die Regung, nach seiner Hand zu greifen. Aber das wäre einer Sklavin wohl nicht angemessen gewesen. Trotzdem erschien ihr der Spaziergang eher wie der eines verliebten Paars als der eines Herrn mit Sklavin. Sie war ja auch in ihn verliebt. Was er wohl für sie empfand?

Als sie zurückkamen, empfing Brutus sie bereits an der Tür.

»Ein Besucher erwartet Sie in Ihrer Bibliothek.«

»Lass bitte das Essen für Letitia und mich in einer halben Stunde im Speisezimmer herrichten. Ob der Besucher auch zum Essen bleibt, weiß ich noch nicht.«

Alleine betrat Flavius die Bibliothek. Der Besucher erhob sich aus einem Sessel und kam auf ihn zu. Flavius nickte dem ebenfalls anwesenden Soldaten seiner Leibwache zu, dass er sich entfernen könne.

Sein Besucher war einer der Novizen aus dem Kastell, in dem Flavius von Meister Kagami unterrichtet worden war. Diesmal trug er allerdings nicht die orangefarbene Robe, sondern war unauffällig in Grau gekleidet.

»Es ist so weit. Während Ihrer Fahrt nach Bator werden Sie mehr erfahren.«

Der Novize nickte ihm zu und verließ die Residenz sofort. Wahrscheinlich kannte der die Bedeutung der Botschaft gar nicht. Flavius hatte sie allerdings verstanden. Er würde versuchen, mehr über die Illusionen herauszubekommen, die den Weg nach Noctur blockierten. Jetzt kam also der Praxistest seiner Fähigkeiten. Zuerst ließ er eine Nachricht an Kapitän Rufus schicken, damit dieser sein Schiff reisefertig machen konnte. Dann blieb er noch eine Weile in der Bibliothek sitzen und dachte über die Entwicklung nach. Wenig später schaute Brutus in der Bibliothek vorbei, um ihn an das Essen im Speisezimmer zu erinnern.

Letitia hatte den Eindruck, dass Flavius beim Essen mit seinen Gedanken abwesend war. Sie fand das schade, denn einerseits war das Essen ausgesprochen gut, andererseits fühlte sie sich überflüssig, wenn er so in Gedanken war.

»Hat der Besucher Ihnen schlechte Nachrichten gebracht? Kann ich Ihnen vielleicht irgendwie helfen, auf angenehmere Gedanken zu kommen?«

Sie zog dabei den Ausschnitt ihres Kleides etwas nach unten. Flavius schaute zu ihr und lächelte.

»Vielleicht komme ich gleich noch darauf zurück«, sagte er augenzwinkernd. »Ich werde eine Weile verreisen müssen«, fügte er nachdenklich hinzu.

»Darf ich Sie begleiten?«

Wieder lächelte er.

»Ein verlockender Gedanke. Allerdings ist das bei dieser Reise keine gute Idee. Ich hoffe, dass sie nicht so lange dauern wird. Aber sie wird anstrengend und ist auch nicht ganz ungefährlich. Mir ist es lieber, wenn du hier in Sicherheit bist.«

»Es macht mir nichts aus, wenn ...«

Flavius beendete die Diskussion mit einem kurzen, aber energischen Kopfschütteln. Sie verstummte.

»Lass uns erst fertig essen, dann komme ich auf dein anderes Angebot zurück. Aber auf diese Reise kann ich dich nicht mitnehmen.«

Später ließ Flavius sich noch ausführlich von ihr verwöhnen. Dass sie dabei die Maske tragen musste, störte sie nicht weiter. Es steigerte im Gegenteil auch ihre Erregung, zumal sie wusste, dass sie das Teil später wieder würde ablegen dürfen. Sie konnte dabei ihre Hilflosigkeit geradezu auskosten, wozu allerdings auch gehörte, dass ihr Verlangen erneut unbefriedigt blieb. Flavius erlaubte ihr danach, sich nach Ablegen der Maske noch eine Weile an ihn zu kuscheln. Dann stand er auf und drückte ihr den Vierkantschlüssel für ihren Keuschheitsgürtel in die Hand.

»Du wirst, solange ich weg bin, jeden Abend das Uhrwerk deines Gürtels mit fünf Umdrehungen aufziehen. Du wirst doch gehorchen. Oder muss ich Brutus damit beauftragen?«

»Nein, Herr, das brauchen Sie nicht. Ich werde gehorchen. Haben Sie noch weitere Anweisungen für mich?«

»Du kannst dich im Haus und im Park frei bewegen. Die Residenz verlässt du allerdings nicht.«

»Ja, Herr.«

»Und kommen Sie gesund wieder«, fügte sie noch halblaut hinzu, als er das Zimmer bereits verlassen hatte.

Da es bereits zu dämmern begann, zog sie weisungsgemäß das Uhrwerk des Keuschheitsgürtels mit fünf Umdrehungen auf und räkelte sich auf ihrem Bett, während die Stimulation des Gürtels sie immer weiter in eine unerfüllbare Erregung trieb.

20

»Nehmen Sie eine westliche Route nach Bator«, wies Flavius seinen Kapitän an. »Und benachrichtigen Sie mich, wenn jemand auf See versucht, Kontakt mit uns aufzunehmen.«

»Erwarten Sie eine Kontaktaufnahme? Es würde die Planung erleichtern, wenn ich wüsste, wann und wo sie erfolgen soll.«

»Es wird voraussichtlich eine Kontaktaufnahme geben. Ich weiß allerdings selbst nicht, wann, wo oder wie sie erfolgen wird.«

Kapitän Rufus verzog missmutig das Gesicht, sagte allerdings nichts. Diese Geheimniskrämerei wurde mehr und mehr zu einer Seuche. Er hätte wenigstens erfahren sollen, warum sie überhaupt nach Bator fuhren. Flavius hatte ihn zu einer kleinen Anlegestelle außerhalb Nova-Venis beordert. Als Fracht hatten sie nur vier Kisten getrocknete Staubfische dabei, die auch problemlos in ein paar Wochen hätten transportiert werden können. Seinetwegen konnten alle Patrizier Nova-Venis gleichzeitig Spazierfahrten auf dem Salzmeer unternehmen. Aber diese Geheimnistuerei war einfach lächerlich.

Er ließ Kurs Richtung Kuza setzen. In einiger Entfernung von der Küste würden sie den Kurs in Richtung Bator ändern. Zumindest würden sie diese letzte Strecke gemütlich und gleichzeitig schnell vor dem Wind segeln. Normalerweise wäre die Route so nahe bei Kuza nicht empfehlenswert, weil dort die Piraten ihr Unwesen trieben. Flavius' Schiffe hatten sie bisher allerdings immer in Ruhe gelassen.

Da sie am Abend aufgebrochen waren, erreichten sie die Küstennähe von Kuza bereits am Mittag des zweiten Tages und änderten den Kurs nach Nord-Osten. Nervös beobachtete Rufus das größer werdende Segel, das genau auf ihrem Weg zu erkennen war. Wie er befürchtet hatte, war es ein Piratenschiff aus Kuza. Als Rufus den Kurs leicht ändern ließ, veränderte auch das Piratenschiff den Kurs entsprechend. War das jetzt die Kontaktaufnahme? Oder eine Bedrohung? Sicherheitshalber ließ er Flavius benachrichtigen.

»Geben Sie mir bitte Ihr Fernglas, Kapitän.«

Flavius blickte durch das Glas und erkannte, dass der schnelle Segler aus Kuza Signalflaggen gesetzt hatte. ‚AFILSUV' las er. Er gab das Fernglas an Kapitän Rufus zurück.

»Wissen Sie, was das bedeuten könnte?«

»Nein. Es sieht aus, als haben sie willkürlich Signalflaggen ausgewählt.«

»Wohl kaum. Lesen Sie mir die Buchstaben bitte noch einmal vor.«

Der Kapitän tat es. Und Flavius begann zu lachen.

»Das sind die Buchstaben meines Namens in alphabetischer Reihenfolge. Nehmen Sie Segelfläche weg, damit wir langsamer werden. Das dürfte die Kontaktaufnahme sein.«

»Mit Piraten?«, fragte Rufus ungläubig.

»Es sieht so aus. Lassen Sie sicherheitshalber die Kanonen der Breitseiten laden. Aber die Matrosen sollen nicht nervös werden. Wahrscheinlich wird das Treffen reibungslos verlaufen.«

Das Schiff verlor immer mehr an Fahrt und trieb schließlich nur noch langsam in Windrichtung dahin. Das Piratenschiff trieb neben ihnen her. Die Geschützluken beider Schiffe waren geschlossen, was die Nervosität von Kapitän Rufus dämpfte.

»Wir haben hier einen Passagier für Sie!«, kam es von dem Segler aus Kuza.

»Gut. Kommen Sie längsseits dichter zu uns heran!«, rief Flavius zurück. »Und Sie lassen ein paar bewaffnete Matrosen unter

Deck antreten, Kapitän«, fügte er halblaut hinzu. »Nur für den unwahrscheinlichen Fall, dass die uns entern wollen.«

Der Passagier schwang sich mit einem Seil auf Flavius' Schiff, als das andere nahe genug herangekommen war. Dann drehte das Piratenschiff ab.

»Bitte an Bord kommen zu dürfen«, kam es mit heller Stimme von dem Neuankömmling.

Flavius und Rufus trauten ihren Augen und Ohren nicht. Der Neuankömmling war eine Frau. Sie war ganz in Schwarz gekleidet und hatte ihre Haare streng nach hinten gekämmt, wo sie in einem langen Zopf endeten. Sie hatte ein schwarzes Päckchen dabei und kam direkt auf Flavius zu.

»Meister Kagami lässt Sie herzlich grüßen, Flavius Secundus. Er schickt Ihnen auch gleich eine geeignete Bekleidung für unser Vorhaben.« Mit diesen Worten reichte sie ihm das Päckchen.

»Und Sie sind ...«

»Lian.«

Sie reichte Flavius ihre Hand. Erstaunt stellte er fest, dass sie einen ausgesprochen kräftigen Händedruck hatte.

»Bringen Sie uns nach Bator, Kapitän Rufus.«

Flavius ging mit Lian unter Deck und in die leere Offiziersmesse.

Amüsiert nahm sie auf dem Weg beiläufig die bewaffneten Matrosen und die geladenen Kanonen zur Kenntnis.

»So ganz geheuer war Ihnen das Treffen auf See vorhin wohl nicht.«

»Ich bin lieber etwas zu vorsichtig als etwas zu tot.«

Sie lachte, wurde dann aber gleich wieder ernst.

»Wir müssen einen Weg finden, das Schiff unauffällig zu verlassen, wenn wir in Bator sind. Möglicherweise ist es besser, wenn wir bereits vor der Ankunft in Bator an Land gehen. Sie haben doch sicher ein kleines Ruderboot, mit dem wir zur Küste rudern können, bevor der Hafen in Sichtweite kommt.«

»Das wäre eine Möglichkeit. Es gibt aber auch noch eine andere, wenn Sie keine Platzangst haben.«

»Nicht, dass ich wüsste.«

»Prima. Dann werden wir nach unserer Ankunft in zwei Kisten in ein Lagerhaus gebracht, in dem ich manchmal einige Waren deponiere. Es könnte etwas streng riechen, da in dem Haus hauptsächlich getrocknete Staubfische lagern. Aus dem Lagerhaus können wir leichter verschwinden, ohne Aufsehen zu erregen. Ein Schiff steht stärker im Mittelpunkt der Aufmerksamkeit.«

»Gut, dann sparen wir uns einen längeren Fußmarsch um Bator herum. Wir treffen uns mit weiteren Beobachtern an einem Punkt östlich der Stadt, sobald es dunkel ist.«

»Möchten Sie vorher noch etwas essen?«

»Gerne.«

Während Lian in der Offiziersmesse eine leichte Mahlzeit serviert bekam, ging Flavius in seine Kabine. Er faltete das schwarze Päckchen auseinander und fand darin eine Hose, ein Hemd und eine Jacke mit Kapuze – alles in Schwarz. Alle Teile passten genau, waren aber sehr leicht und lagen eng an. Unter der Kleidung befand sich im Päckchen ein langer, dünner Dolch in einer Lederscheide.

Als Flavius ihn herausholte, sah er, dass selbst die Klinge mattschwarz war. Das ist eine perfekte Ausrüstung für Meuchelmörder, kam es ihm in den Sinn. Eine weitere Überraschung bemerkte er, als er die Kapuze aufsetzte. Ein dünnes Tuch fiel dabei vor sein Gesicht. Zunächst war ihm der Sinn nicht ganz klar, da er problemlos hindurchsehen konnte. Als er in einen Spiegel in seiner Kabine schaute, war er für einen Moment sprachlos. Es sah aus, als wäre die Kapuze leer. Von seinem Gesicht war nichts zu erkennen. Mit dieser Bekleidung musste man bei Nacht tatsächlich fast unsichtbar sein, auch ohne besondere Suggestionsfähigkeiten einzusetzen. Ein Paar dünne, schwarze Handschuhe, die er in der Jacke fand, komplettierten die Ausrüstung. Er wählte aus seinen eigenen Sachen halbhohe, schwarze Stiefel, in die er die Hose steckte. Insgesamt waren die Sachen praktisch und bequem. Nachdem er die Kapuze wieder abgenommen und die Handschuhe ausgezogen hatte, trat er aus seiner Kabine heraus und besuchte Lian, die gerade ihre Mahlzeit beendet hatte. Sie warf einen kurzen Blick auf Flavius und nickte zufrieden.

»Ich bin froh, dass Ihnen die Sachen passen. Ohne gute Tarnung hätte ich Sie nicht mit auf die Expedition nehmen können.«

»Großes Vertrauen in meine neuen Fähigkeiten scheinen Sie nicht zu haben.«

»Das hat nichts damit zu tun. Aber ich gehe davon aus, dass die Gegner Ihre Suggestion genauso spüren können, wie Sie hoffentlich die der Gegner. Damit wären Sie aufgefallen, wie mit einer Magnesiumfackel in der Nacht.«

»Apropos Magnesiumfackel: Sollten wir auch Brandsätze mitnehmen, wie die Soldaten aus Bator? Nicht unbedingt zum Suchen, aber vielleicht, um den Rückzug sichern zu können.«

»Die Beobachter, die wir treffen werden, sind gut bewaffnet.«

Mehr wollte sie dazu offensichtlich nicht sagen.

21

Langsam erholte Alexander sich von der brutalen Fixierung, in der Aluna ihn für viele Tage gefangen gehalten hatte. Seine überdehnten Muskeln regenerierten sich allmählich. Die meiste Zeit der Rückfahrt von Yaku war er mit einem massiven Halsreif an Alunas Bett gekettet gewesen. Und sie hatte es sich nicht nehmen lassen, ihn mehrmals täglich überall zu streicheln. Überall, außer natürlich an den Stellen, die sein neuer Keuschheitsgürtel vor jeglichem Zugriff verbarg.

Jedes Mal, bevor sie damit begann, ihm Zärtlichkeiten zukommen zu lassen, fixierte sie seine Hände am Keuschheitsgürtel, der extra dafür spezielle Schlaufen hatte. Dann entkleidete sie sich langsam und aufreizend. Alexander spürte seine Erregung aufsteigen und wurde gleichzeitig deutlich an die Grenzen erinnert, die der Gürtel dem körperlichen Teil seiner Erregung setzte. Nach einer leichten Erektion gab es für seine Männlichkeit keine weitere Möglichkeit mehr, sich auszudehnen. Es war zwar nicht schmerzhaft für ihn, aber ungeheuer frustrierend. Zumal Aluna sich alle Mühe gab, sein Verlangen zu entfachen. Ihr perfekt proportionierter Körper allein wäre schon der Traum eines jeden Mannes gewesen. Doch sie bewies ihm auch jedes Mal wieder, dass sie ihn lustvoll einsetzen konnte. Sie ließ Alexander an jeder Phase ihres Vergnügens teilhaben. An den entscheidenden Stellen allerdings nur als hochgradig erregten Zuschauer. Und es war ganz offensichtlich, dass sein aussichtsloses Sehnen ihre eigene Lust steigerte.

Anfänglich hatte sie seine Proteste und sein Flehen jedes Mal durch einen Knebel beendet. Dann machte sie ihm klar, dass er zukünftig immer einen Knebel tragen würde, wenn er nicht damit aufhörte, sie unaufgefordert anzusprechen. Seitdem litt er schweigend, wenn sie ihn mit seiner unerfüllten Lust folterte. Stöhnen und Seufzen war ihm erlaubt, sprechen durfte er jedoch nur, wenn er ausdrücklich dazu aufgefordert worden war.

»Findest du nicht, dass es für dich an der Zeit ist, dich aktiv um mein Vergnügen zu kümmern?«, fragte sie ihn, nachdem er in ihre Gemächer in Bator gebracht worden war.

Er wusste nicht, was er darauf antworten sollte. Einerseits klang es sehr nach einer rhetorischen Frage, andererseits hatte sie ihm ohnehin immer die Hände fixiert, wenn sie sich ihm lustvoll näherte.

»Du darfst mit ›Ja, Herrin‹ antworten.«

»Ja, Herrin«, antwortete er pflichtgemäß. Es hatte ohnehin keinen Sinn, sich gegen sie aufzulehnen. Außerdem fand er die Vorstellung, ihren Körper zu liebkosen, durchaus reizvoll. Vielleicht konnte ihn das auch etwas von seinem eigenen, unerfüllten Verlangen ablenken.

»Schön, dass wir uns da einig sind.«

Sie ging zu einer länglichen Kiste, deren Deckel gepolstert und längs geteilt war. An einem Ende des Deckels war eine kreisförmige Aussparung.

»Komm her und setz' dich in die Kiste«, forderte sie ihn auf, nachdem sie die Deckelhälften aufgeklappt hatte.

Mit Unbehagen folgte er ihrer Anweisung. Die Kiste war recht eng, sodass er die Beine anwinkeln musste, um darin Platz zu finden. Sein Kopf ragte dort hinaus, wo die kreisförmige Öffnung war. Nachdem sie die gepolsterten Deckel zugeklappt hatte, schloss sich die runde Aussparung direkt um seinen Hals. Aluna verriegelte die Kiste noch mit einem Mechanismus, den er nicht erkennen konnte. Dann begann sie, sich lasziv von ihren Kleidern zu befreien. Breitbeinig setzte sie sich auf den gepolsterten Deckel und beugte sich so nach vorne, dass ihre Brüste direkt vor seinem

Gesicht schaukelten. Alexander spürte, wie es in seinem Keusch-heitsgürtel allmählich wieder eng wurde. Sie rutschte ein kleines Stück näher und hielt mit einer ihrer Hände eine Brust direkt vor sein Gesicht. Mit der anderen Hand drückte sie seinen Kopf ein wenig nach vorne. Dabei berührten seine Lippen direkt ihre Brustwarze. Er begann vorsichtig mit seinen Lippen an ihrem Nippel zu knabbern und zu saugen. Auch seine Zunge setzte er dabei ein.

»Das machst du gar nicht schlecht«, lobte sie ihn nach einiger Zeit und hielt ihm die andere Brust hin.

Während er mit der Liebkosung ihrer zweiten Brust fortfuhr, wurde sie erkennbar unruhig. Sie rutschte auf dem gepolsterten Kasten hin und her und atmete lauter. Schließlich richtete sie sich auf. Alexander konnte an ihrem strahlenden Gesicht erkennen, dass sie sehr erregt war. Trotz seiner unbefriedigten Lust verur-sachte es auch ihm ein Hochgefühl, ihre Lust so deutlich erkenn-bar angefacht zu haben.

»Tja, wie machen wir jetzt weiter?«, fragte sie ihn und verwu-schelte seine Haare mit beiden Händen.

»Wenn Sie näher heranrutschen, hätte ich da eine Idee, Herrin«

Sie drückte ihm einen Kuss auf den Mund und kam seiner Auf-forderung nach. Ihre offenkundig erregte Scham befand sich di-rekt vor seinem Gesicht, als sie, breitbeinig auf der Kiste sitzend, zu ihm herangerutscht war. Sofort begann Alexander, zunächst mit seiner Nase ihre Schamlippen und ihre Klitoris zu berühren. Weiter konnte er den Kopf in der Aussparung des Deckels nicht nach vorne nehmen. Als sie das merkte, kam sie ihm noch ein klei-nes Stück entgegen. Für einen Moment stützte sie sich mit beiden Armen nach hinten ab und genoss Alexanders Zuwendungen. Dann setzte sie sich aufrecht und massierte mit einer Hand eine ihrer Brüste, während die andere in seine Haare griff und seinen Kopf an ihr Becken drückte. Er hörte ihr Stöhnen in einer Intensi-tät, wie er es bei ihr noch nie erlebt hatte. Und dabei hatte sie ihn schon oft zuschauen lassen, wie sie sich einen Orgasmus verschaffte, während er unerfülltem Sehnen ausgesetzt war. Ihr Unterleib begann unkontrolliert zu zucken und ihr Atem ging nur noch stoßweise. Alexander nahm das als Ansporn und hörte nicht auf, sie nach besten Kräften zu verwöhnen. Schließlich stieß sie einen heiseren Schrei aus und rutschte aus seiner Reichweite. Erschöpft schwang sie sich von dem Kasten herunter und stützte sich darauf ab.

»Oh, Mann«, stammelte sie und schaute in Alexanders Gesicht. Sie war völlig aufgelöst, aber glücklich. Und auch er war ganz aufgekratzt. Es dauerte einen Moment, bis ihm sein eigenes Verlangen wieder ins Bewusstsein drang. Dann quälte es ihn allerdings um so heftiger.

Nachdem Aluna sich wieder gefangen hatte, öffnete sie die Kiste und ließ Alexander heraussteigen. Sie schob ihn mit sanfter Gewalt in ein üppiges Badezimmer und dort zu einer Wand, an der Handeisen an einer Kette herunterhingen. Seine Hände sicherte sie in Kopfhöhe und verließ kurz das Bad, um gleich darauf mit dem Schlüssel für seinen Keuschheitsgürtel zurückzukommen. Nachdem sie ihm den Gürtel abgenommen und gereinigt hatte, widmete sie sich sehr ausführlich der Reinigung aller Stellen seines vorher vom Gürtel eingeschlossenen Unterleibs. Wie nicht anders zu erwarten, reichte dabei bereits eine leichte Stimulation seines Gliedes, um eine Erektion zu verursachen.

»Was soll ich denn jetzt damit machen?«, fragte sie, während sie mit den Fingern an seinem steifen Glied entlang fuhr.

Sie stellte sich ganz dicht an ihn heran und presste ihren nackten Körper an seinen. Dabei nahm sie seinen Penis zwischen ihre Beine, knapp unterhalb ihrer Scham, und stimulierte ihn durch Zusammenpressen ihrer Oberschenkel. Ihre Arme schlang sie dabei um Alexanders Hals und knabberte an einem seiner Ohrläppchen. Sie lauschte seinem schweren Atem, während sie ihre Brüste an seinem Brustkorb rieb.

»Hast du außer einem Orgasmus irgendeinen Wunsch?«

»Nein, Herrin.«

»Ist es nicht schön, wenn man wunschlos glücklich ist?«, fragte sie mit spöttischem Unterton in der Stimme.

»Ja, Herrin«, seufzte Alexander.

Ganz langsam ging Aluna in die Knie. Dabei erkundete ihr Mund auf dem Weg nach unten seinen Hals, seine Brustwarzen, seinen Bauchnabel und schließlich auch seine Männlichkeit von allen Seiten. Alexander hielt sich an den Ketten fest, die zu seinen Handeisen führten, lehnte den Kopf an die Wand und schloss die Augen. Sein Atem vibrierte. Als er spürte, wie sich ihr Mund um sein Glied schloss, fing er an, am ganzen Körper zu zittern. Er wagte nicht, daran zu denken, dass sie jeden Moment aufhören könnte. Sie massierte vorsichtig seine Hoden, während sie mit ihrer Zunge die Spitze seines Glieds erkundete. Er war zu keinem klaren Gedanken mehr fähig. Sein Zittern wurde stärker und unkontrollierter. Seine Atmung ging nur noch in längeren Abständen. Schließlich entlud sich seine angestaute Lust und er sackte erschöpft gegen die Wand. Aluna stellte sich neben ihn und streichelte ihn zärtlich. Sie wartete, bis er wieder regelmäßig atmete.

»Wem gehörst du?«, fragte sie ihn leise.

»Voll und ganz Ihnen, Herrin«, antwortete er heiser und erschöpft, aber glücklich.

»Das wollte ich hören«, sagte sie lächelnd und legte ihm seinen Keuschheitsgürtel wieder an.

22

Nachdem das Schiff Bator erreicht hatte, wurden mehrere Kisten an Land gebracht, darunter auch die beiden, in denen Flavius und Lian steckten. Der Weg zum Lagerhaus war für die beiden ausgesprochen unangenehm. Es war eng in den Kisten. Und es roch nicht nach getrocknetem Staubfisch, es stank. Glücklicherweise war es für sie kein Problem, die Kisten im Lagerhaus wieder zu verlassen. Sie stellten die leeren Kisten zu weiteren unbenutzten Behältnissen, um damit möglichst keinen Verdacht zu erwecken, falls sich später jemand im Lagerhaus umschauen sollte. Schweigend verbrachten sie die Wartezeit, bis die Sonne untergegangen war. Dann setzten sie die Kapuzen auf und zogen die Handschuhe an. Damit gab es nichts mehr an ihnen, was nicht tiefschwarz war.

Sobald sie das Lagerhaus verlassen hatten, blieben sie immer im Schatten der Häuserwände. Der kleinste der drei Monde tauchte Bator in ein schwaches, fahles Licht, bis auch er nach einer Stunde unterging. Es würde eine sehr dunkle Nacht werden, bis die beiden anderen Monde kurz vor Ende der Nacht aufgingen. Wahrscheinlich war diese beinahe mondlose Nacht der Grund dafür, die Expedition gerade heute zu starten, überlegte Flavius.

Kaum hatten sie Bator verlassen, trafen sie auf die anderen Beobachter. Es waren fünf ebenfalls ganz in schwarz gekleidete Männer, die Flavius nur deshalb nicht übersehen hatte, weil sie mit sieben Nachtläufern direkt auf sie zukamen. Flavius hatte bisher erst zweimal einen Nachtläufer gesehen, beide Male tagsüber, wenn die Tiere zusammengekauert im Sand lagen. Zwar waren sie hauptsächlich nachts aktiv, aber dann bemerkte man sie kaum. Die großen Laufvögel waren pechschwarz und bewegten sich praktisch lautlos mit ausgreifenden Schritten. Diese hier hatten Sättel auf ihrem Rücken, sodass sie als Reittiere genutzt werden konnten. Soweit Flavius gehört hatte, war die Dressur dieser Tiere ausgesprochen schwierig und gelang nur selten. Dafür war das Reiten dressierter Nachtläufer sehr einfach. Dank ihrer ans Nachtleben angepassten Sinne brauchte man ihnen nur die Richtung vorgeben. Hindernisse und Abgründe erkannten sie viel früher als ihre Reiter.

In atemberaubender Geschwindigkeit näherte sich die Expedition auf den Nachtläufern der Felswüste. Auch in dem Gewirr aus herumliegenden Felsbrocken kamen sie dank der Reittiere schnell voran. Einige hundert Meter vor dem Talkessel, der die Expedition aus Bator aufgehalten hatte, wollten die Tiere allerdings nicht weitergehen.

Flavius spürte, wie seine kürzlich geschulten Sinne auf irgendetwas ansprachen. Es war noch weit davon entfernt, eine konkrete Illusion zu sein. Aber er konnte das Vorhandensein einer Beeinflussung deutlich spüren. Gleichzeitig empfand er ein Unbehagen, das stärker wurde, je weiter sie sich dem Talkessel näherten. Die Beobachter verständigten sich lautlos mit Handzeichen. Flavius hatte den Eindruck, dass auch sie das gleiche Unbehagen empfanden.

»Können Sie eine Beeinflussung wahrnehmen?«, wollte Lian von ihm mit leiser Stimme wissen.

»Ja. Wenn wir weitergehen, wird sie eine immer stärker werdende Angst auslösen. Soll ich versuchen, diese Suggestion zu neutralisieren?«

»Auf keinen Fall. Das würde Aufmerksamkeit erregen. Wir werden das Gefühl aushalten müssen. Geben Sie mir Bescheid, wenn es für Sie zu stark wird.«

Flavius nickte. Sein säuerlicher Gesichtsausdruck blieb unter der Kapuze verborgen. Sie schien ihn für einen verweichlichten Stadtbewohner zu halten. Andererseits bedeutete ihre Frage, dass diese Leute hart im Nehmen sein mussten. Das konnte ihm nur recht sein.

Einer der Männer blieb bei den Nachtläufern zurück, während die anderen lautlos und umsichtig weitergingen. Zwei von ihnen hatten Rucksäcke dabei. Sie erreichten auf ihrem Weg eine Stelle, die mit Geröll und Felsbrocken versperrt war. Das Hindernis konnte nicht weggeräumt werden, ohne viel Lärm zu verursachen. Einer der Männer lehnte sich gegen das Hindernis, schüttelte dann aber den Kopf.

»Die Späher aus Bator konnten diese Stelle passieren. Ist das eine Illusion?«

»Nein. Das ist echt. Wahrscheinlich wurde diese Sperre erst kürzlich errichtet, um weitere Späher abzuhalten. Andererseits kann ich mir nicht vorstellen, dass man sich in Noctur selbst einsperren würde. Es wird sicher andere Zugänge zum Talkessel geben.«

Lian nickte. Flavius musste aufpassen, diese Gesten schwarzer Schatten in finsterer Nacht überhaupt wahrzunehmen. Wäre er ein paar Meter weiter weg, würde er Lian gar nicht erkennen. Der kleine Mond war inzwischen untergegangen, sodass nur die Sterne noch einen Hauch von Licht gaben.

Geduckt ging die kleine Gruppe weiter an den Felsbrocken entlang, die eine geschlossene Mauer bildeten. Flavius konzentrierte sich darauf, in der immer stärker werdenden Angst-Suggestion noch eine andere Veränderung zu erkennen. Wahrscheinlich würde es eine Lücke in der Mauer geben, die durch eine Illusion verschlossen war. Tatsächlich spürte er eine Änderung in seiner Wahrnehmung, als sie weiter an den Felsbrocken entlang gingen. Er berührte Lian, die wiederum den anderen ein Zeichen gab, anzuhalten. Als Flavius den Felsen berührte, der den Weg zum Talkessel versperrte, konnte er allerdings nichts außer rauem Stein spüren. Auch bei festem Druck gab er nicht nach. Gleichzeitig wurde ihm immer deutlicher bewusst, dass es hier eine Illusion gab. Er ging etwas vor und auch wieder zurück. Diese zusätzliche Beeinflussung wurde zu beiden Seiten schwächer. Es musste hier sein. Da war er sich ganz sicher. Trotzdem war der Fels an dieser Stelle solide und nicht passierbar.

Er schaute sich um. Sie befanden sich in einem Gang, der zwischen hohen Felsbrocken verlief, die so eng beieinanderstanden, dass man nicht dazwischen hindurch konnte. Plötzlich hatte er eine Idee. Er berührte den Felsen auf der gegenüberliegenden Seite, die vom Talkessel wegführte. Zunächst fühlte sich auch dieser Fels normal an. Allerdings wurde das Gefühl, manipuliert zu werden, geradezu schmerzhaft intensiv. Nur für sich versuchte er, die Illusion auszublenden. Langsam verblasste sie, und der Felsen verschwand. Er trat einen halben Schritt nach vorne. Für die anderen musste es so aussehen, als sei er in einen Felsblock hineingetreten. Flavius reichte Lian die Hand und begann, sie in den Felsblock hineinzuziehen. Zuerst hatte sie Probleme, ihm zu folgen. Als er sie mit einem Ruck in den vermeintlichen Felsen hineingezogen hatte, streckte auch sie ihre Hand aus und zog an der nächsten schwarzen Gestalt. Hand in Hand durchquerten sie diesen Felsen. Dabei gelangten sie in einen Parallelgang, der sie zunächst etwas von ihrem Ziel wegführte. Dann machte er einen Knick und führte direkt in Richtung Talkessel. Einer von Lians Männern hatte wieder die Führung übernommen und schaute vorsichtig um die Biegung des Gangs. Da er nichts Gefährliches erkennen konnte, winkte er die anderen nach.

Als auch Flavius in den Gang einbog, hätte er am liebsten laut eine Warnung ausgerufen. In etwa fünfzig Metern standen mehrere Soldaten mit Armbrüsten im Anschlag. Sie waren hinter einer schwarzen Illusion verborgen. Offenbar wollten die Soldaten sie erst näher herankommen lassen, bevor sie schossen. Flavius flüsterte Lian seine Erkenntnis zu.

»Wenn ich mich fallen lasse, werfen Sie sich ebenfalls hin und schließen die Augen«, antwortete sie flüsternd. Dabei tippte sie ihrem Vordermann rhythmisch auf den Rücken, was dieser dann bei seinem Vordermann wiederholte. Der zweite Mann in der Reihe holte etwas Längliches aus dem Rucksack seines Vordermannes. Es war ein etwa ein Meter langes Rohr, dessen vordere Hälfte deutlich dicker war, als die hintere. Plötzlich warfen sich alle außer dem Mann mit dem Rohr hin. Auch Flavius folgte diesem Beispiel. Noch im Fallen hörte er einen scharfen Knall und sah trotz seiner fest zugekniffenen Augen ein helles Leuchten, das kurz darauf wieder verschwunden war. Ein weiterer Donnerschlag ertönte, gefolgt von einem Prasseln. Es klang, als würde man eine Ladung Kieselsteine mit einer Kanone gegen eine Felswand schießen. Danach war es ruhig.

Flavius öffnete die Augen. Die Soldaten hinter der schwarzen Illusion lagen tot auf dem Boden. Der Beobachter, der die seltsame Waffe abgefeuert hatte, lehnte sich an die Wand und stöhnte. Er war von mehreren Armbrustbolzen getroffen worden. Plötzlich zückte er seinen schwarzen Dolch und rammte ihn in sein Herz. Lautlos brach er zusammen. Ohne den Toten weiter zu beachten, gingen die anderen weiter. Und Flavius fragte sich, ob er im Vergleich mit den anderen vielleicht wirklich ein verweichlichter Stadtbewohner war.

Sie hatten die toten Soldaten noch nicht erreicht, als plötzlich ein seltsames Tier in dem Gang vor ihnen auftauchte. Es hatte rot leuchtende Augen, weiß blitzende Zähne und ein schwarzes, glänzendes Fell. Ein wütendes Fauchen erklang, als es langsam auf sie zulief. Für Flavius stand fest, dass es sich um eine Illusion handeln musste, da es hier kein Licht gab, das die Zähne und das Fell erleuchtete. Trotzdem konnte er diese Illusion nicht wegwischen. Da sie bereits entdeckt waren, gab er sich keine Mühe, unauffällig gegen diese Beeinflussung vorzugehen. Einer der Beobachter schoss einen Armbrust-Bolzen direkt in eins der rot leuchtenden Augen. Aber der Bolzen verschwand einfach, ohne Schaden anzurichten. Ein anderer schwarzer Kämpfer stürmte mit einem Schwert auf das Tier zu. Noch bevor er sein Schwert einsetzen konnte, wurde er von einer Tatze des Tiers vor ihren Augen zerrissen.

Flavius spürte inzwischen, dass von dem Tier eine starke suggestive Kraft ausging. Da war wirklich etwas. Aber nicht das, was sie sahen.

»Wir brauchen einen Brandsatz«, rief er Lian zu.

Diese hatte sich einen Rucksack umgeschnallt, aus dem unten ein Schlauch herauskam, der in einer Metalldüse endete. Sie drückte auf einen Knopf an der Düse und ein zehn Meter langer Feuerstrahl raste auf das Monstrum zu. Allerdings zeigte auch er keine Wirkung.

»Halt den Strahl auf den Boden!«, brüllte Flavius ihr zu.

Er war sich zwar nicht sicher, aber er hatte einen Verdacht, warum sie sich gegen diesen Angreifer nicht wehren konnten. Wahrscheinlich war der wahre Gegner kleiner als seine Illusion. Sobald Lian seiner Aufforderung nachkam, erschallte ein unmenschliches Kreischen. Das riesige Tier verschwand und statt dessen erschien eine Art Spinne auf vielen kräftigen Beinen. An einigen Stellen brannte der Körper, an anderen ragte Metall daraus hervor. Mit ungeheurer Geschwindigkeit flüchtete das hässliche Wesen tiefer in den Gang hinein und aus der Reichweite des Feuerstrahls.

»Was war denn das?«, fragte Lian entsetzt.

Ungeachtet ihres Entsetzens folgte sie dem flüchtenden Tier. Sie kam dabei auch an dem Kämpfer vorbei, der vorhin mit seinem Schwert vorgestürmt war. Sein Körper war förmlich zerfetzt, zuckte und wand sich aber noch. Sie kniete kurz nieder und erlöste ihren Kameraden mit ihrem Dolch von seinem Leiden.

Als sie weitergehen wollte, erschien plötzlich eine riesige Frau über dem Trümmerfeld der Felsen. Sie hatte weißglühende Augen, die in einem bleichen, geradezu schmerzhaft schön geschnittenen Gesicht leuchteten. Ihre schwarzen, langen Haare schwebten um sie herum, als sei sie unter Wasser. Sie zeigte auf die Eindringlinge und eine Feuerspur folgte ihren Fingern. Alle Beobachter einschließlich Flavius standen in Flammen. Die Schmerzen waren unerträglich. Brennend wälzten sie sich auf dem Boden. Dabei schienen auch die Sinne, die ihm Suggestionen signalisierten, geradezu in Flavius zu kreischen. Mit aller Kraft wehrte er sich dagegen.

Plötzlich waren die Flammen verschwunden, die ihn eben noch bei lebendigem Leib verbrannt hatten. Mit Mühe gelang es ihm, auch die Flammen bei den anderen als Illusion zu entlarven. Gänzlich beseitigen konnte er sie nicht, aber sie züngelten nur noch schmerzhaft an seinen Begleitern. Diese begriffen die Situation sofort. Trotz der mit Sicherheit noch vorhandenen Schmerzen sammelten sie zügig ihre Sachen auf, nahmen den gefallenen Kameraden die Waffen ab und zündeten ihre sterblichen Überreste mit dem Flammen speienden Rucksack an, den Lian trug. Dann flüchteten sie auf dem Weg, den sie gekommen waren. Die riesige Frau – für Flavius stand fest, dass es die Göttin Nyx sein musste, von der der Attentäter erzählt hatte – verfolgte sie dabei. Je näher sie kam, desto schlimmer wurden die Schmerzen, die auch Flavius nur teilweise abblocken konnte. Wenn sie nicht schnell den Wirkungskreis dieser Nyx verließen, wären sie verloren.

23

Letitia wanderte gelangweilt durch den Park, der zum Anwesen gehörte. Verlassen durfte sie ihn ja nicht. Aber sie hätte auch gar nicht gewusst, wohin sie gehen sollte. Hoffentlich kam Flavius bald wieder. So gab es für sie nicht viel zu tun. Außerdem hoffte sie, dass er sie bald aus dem Keuschheitsgürtel herauslassen würde, auch wenn es nur für kurze Zeit wäre. Die abendlichen Stimulationen waren zermürbend, da sie ihre Lust zwar anheizten, ihr aber die Befriedigung verwehrt blieb. Sie hatte gelegentlich darüber nachgedacht, ob sie bei mehr als den fünf Umdrehungen des Schlüssels vielleicht doch zu einem Orgasmus kommen könnte. Allerdings hatte sie den Gedanken stets schnell wieder verworfen. Noch einmal würde sie Flavius gegenüber nicht ungehorsam sein. Einerseits hatte sie bereits erlebt, dass es besser für sie war, seine Anweisungen zu befolgen, so unangenehm diese auch sein mochten, da die Strafen für Zuwiderhandlungen noch weit schlimmer waren. Andererseits wollte sie ihm auch eine gehorsame Sklavin sein. Der Gedanke daran, ihn zu enttäuschen, schmerzte sie mehr als jede Strafe.

Plötzlich hörte sie schnelle Schritte hinter sich. Sie drehte sich um und sah, wie drei Männer in Mänteln mit Kapuzen auf sie zurannten. Kurz entschlossen lief sie vor ihnen weg und auf das Haus zu. Da der Keuschheitsgürtel sie behinderte, war sie allerdings nicht schnell genug. Laut rief sie um Hilfe, als die Männer sie fast eingeholt hatten. Zwei Wachen mit Armbrüsten und Schwertern stürmten aus dem Haupteingang, um Letitia zu Hilfe zu eilen und riefen dabei den Männern zu, sie sollten verschwinden. Diese ließen sich allerdings nicht von ihrem Vorhaben abbringen. Sie schnappten Letitia und rannten mit ihr wieder vom Grundstück. Da Letitia sich wehrte, um sich schlug und trat, traf sie eine Faust an der Schläfe und ließ sie bewusstlos zusammensacken.

Den flüchtenden Männern flogen einige Bolzen hinterher, wobei die Wachsoldaten darauf achteten, Letitia nicht zu treffen. Als die Soldaten durch das Loch in der hohen Hecke stürmten, durch das die Entführer geflüchtet waren, sahen sie einen einzelnen Kapuzenträger auf der Straße liegen. Er war offensichtlich tot. Die anderen waren verschwunden. Der Tote war von einem Bolzen im Rücken getroffen worden.

Nachdem die Wachen seine Kapuze zurückgeschlagen hatten, sahen sie, dass es sich um den Hauptmann der Leibgarde des Hauses Batavius handelte.

»Sag mal, wie viel hat dich der Dolch eigentlich gekostet, Erebos?«

»Dreitausend Dukaten. Es ist halt eine Sonderanfertigung. Die Steine sind zwar nicht echt, aber der Schmied meinte, er würde ein großes Risiko eingehen.«

»So viel? Sollen wir ihm das Geld nicht wieder abnehmen?«

»Was willst du in Noctur mit Golddukaten? Außerdem: Warum willst du ein Risiko eingehen? Der Schmied wird im eigenen Interesse niemandem erzählen, was er angefertigt hat.«

»Ich glaube, dass er uns mit dem Preis übers Ohr gehauen hat. Das ärgert mich.«

»Vergiss ihn. Wir haben Wichtigeres vor, Ramos. Weiß Batavius, dass wir seine ›Ware‹ haben?«

»Ja. Er will uns heute Abend in der Kaschemme treffen und das restliche Geld mitbringen.«

»Perfekt.«

»Ich glaube, er wartet schon ungeduldig auf seinen Hauptmann, von dem er uns hatte beobachten lassen.«

Beide lachten gehässig.

Als Letitia zu sich kam, schmerzte ihr Kopf höllisch. Sie war so gefesselt, dass sie sich nicht bewegen konnte. Ein Knebel hinderte sie, einen Laut von sich zu geben. Sie hatte mitbekommen, wie sie in einen engen Schrank gesperrt worden war. Durch die Schranktür hörte sie Stimmen.

»Ruhig jetzt. Er muss jeden Augenblick kommen.«

Es klopfte an eine Tür. Sie wurde geöffnet. Den Geräuschen nach mussten zwei Leute eingetreten sein. Einer davon hatte sich einen Stuhl herangezogen und sich gesetzt.

»Haben Sie das Geld dabei?«

»Es ist in dieser Tasche. Wo ist die Lieferung?«

»Ramos, zeig sie ihm.«

Die Schranktür wurde geöffnet und Letitia schaute blinzelnd in den Raum. Ein Mann in der Robe eines Patriziers saß an einem Tisch und hielt eine Tasche in der Hand. Ein unauffälliger Umhang lag über der Lehne seines Stuhls. Ihm gegenüber saß ein Mann in schäbiger Kleidung. Hinter dem Patrizier stand ein Soldat neben der Tür. Er hatte zwar keine Uniform an, stand aber provokativ breitbeinig da, verzog keine Miene und hatte die Hand an seinem Schwertgriff. Ein weiterer Mann mit schäbiger Kleidung hatte gerade die Schranktür geöffnet. Das war dann wohl Ramos.

»Sie sehen, Batavius, ich habe meinen Teil der Abmachung eingehalten. Es hat allerdings einen kleinen Zwischenfall bei der Entführung gegeben. Ein Mann ist getötet worden.«

»Das ist ja wohl dein Problem.«

»Nicht ganz. Der Tote ist Ihr Hauptmann.«

»Was?!?«

Batavius' Gesicht verfärbte sich vor Wut. Der Soldat umfasste den Griff seines Schwertes fester. Dann erstarrte er plötzlich.

»Was hat mein Hauptmann mit eurer Entführung zu tun?«

»Sie hatten ihn doch geschickt, um unsere Aktion zu beobachten. Dabei hat er einen Armbrustbolzen in den Rücken bekommen. Aber machen Sie sich keine Sorgen.«

»Was heißt ›keine Sorgen‹? Mein Haus sollte nicht in die Angelegenheit verwickelt werden!«

»Warum haben Sie das nicht vorher gesagt? Dann hätten wir ihm bestimmt keinen Bolzen in den Rücken geschossen«, war die höhnische Antwort.

Batavius sprang auf.

»Sie haben ...«

Mitten in seiner Bewegung erstarrte er und fiel zurück auf seinen Stuhl. An einer Seite des Zimmers erschien ein weiterer Mann aus dem Nichts. Er hatte einen seltsamen Helm auf und ein Blasrohr in der Hand. Dieses legte er auf den Tisch und ergriff seinen Dolch. Das beidseitig geschliffene Messer rammte er dem Soldaten ins Herz, sodass dieser an der Tür zusammenbrach. Einen kleinen Pfeil zog er dem toten Soldaten noch aus dem Hals. Auch Batavius hatte so einen kleinen Pfeil im Hals stecken, wie Letitia jetzt bemerkte. Den blutigen Dolch legte der Mörder auf den Tisch. Dann lehnte er sich grinsend an die Wand. Der Mann vor Letitia, der mit Batavius gesprochen hatte, ergriff wieder das Wort.

»Sie werden schon bemerkt haben, dass Sie sich nicht mehr rühren können. Die Pfeile, die mit diesem Blasrohr verschossen werden, sind vergiftet. Aber keine Angst, daran werden Sie nicht sterben. Ramos, schau doch mal nach, was Batavius uns in der Tasche mitgebracht hat.«

Ramos schüttete den Inhalt der Tasche aus. Es waren ein paar Zertifikate für Golddukaten und viel leeres Papier.

»Schau dir das an, Erebos. Abfall mit ein paar Zertifikaten darauf. Er hat sich nicht einmal die Mühe gemacht, das Geld wirklich herzubringen.«

Erebos lachte.

»Was wäre passiert, wenn wir mit der Tasche die Kaschemme verlassen hätten? Ich nehme an, Ihre Soldaten, die nicht besonders unauffällig vor dem Eingang herumlungern, hätten uns getötet und uns das bisschen Geld wieder abgenommen. Richtig? Ach ja, Sie können ja nicht antworten. Macht nichts. Ich erzähle Ihnen noch schnell, wie es weitergeht. Haben Sie den Dolch vor sich schon erkannt? Genau. Es ist der von Flavius Secundus. Man wird Sie hier mit diesem Dolch in der Brust finden. Der Hauptmann Ihrer Leibwache wurde bei der Entführung der Sklavin von Flavius erschossen, und Sie sterben mit seinem Dolch in der Brust. Was glauben Sie, wird wohl passieren? Ich denke mal, die beiden Häuser Batavius und Flavius werden übereinander herfallen. Wahrscheinlich wird Ihre Familie Flavius töten. Hoffe ich wenigstens. Sicher ist es leider nicht. Denn er ist nicht so grenzenlos dumm, arrogant und leichtgläubig, wie Sie es sind.«

Erebos machte eine Pause und lehnte sich zurück.

»Sicher wollen Sie noch wissen, was ich davon habe. Tja, die Gefahr, von der Flavius in Ihrem Patrizierrat berichtet hat, gibt es wirklich. Sie ist sogar noch viel größer, als Sie es sich im Moment vorstellen. Es geht nicht um den Schiffsverkehr, sondern um die Vorherrschaft am ganzen Salzmeer. Aber jetzt wird in Nova-Veni erst einmal kleinliche Blutrache an der Tagesordnung sein. Und wir haben Zeit, die Eroberung Bators und Nova-Venis vorzubereiten. Sollte nach der Fehde zwischen Ihrem Haus und dem von Flavius noch etwas übrig sein, werden wir es zerstören.«

Erebos wandte sich an Ramos.

»Schaff die Sklavin raus. Wir verschwinden jetzt.«

»Wozu sollen wir sie mitnehmen? Wir können ihr doch auch gleich hier die Kehle durchschneiden.«

»Nein. Vielleicht brauchen wir sie noch. Als Köder für Flavius. Falls er die Oberhand bei der Blutfehde behält. Also behandle sie gut. Vorläufig wenigstens.«

Er wandte sich wieder Batavius zu.

»Wir werden jetzt durch die Rückwand des Schranks und den Hinterausgang der Kaschemme verschwinden. Für einen weiteren Plausch mit Ihnen habe ich leider keine Zeit mehr. Sterben Sie wohl.«

Mit diesen Worten ergriff er den Dolch und stach ihn Batavius ins Herz. Hinter Letitia wurde die Rückwand des Schrankes entfernt und sie herausgezogen. Während ein kräftiger Mann sie über die Schulter legte, sah sie, wie auch Erebos, Ramos und der Mann mit dem Helm durch den Schrank stiegen. Dann schlug ihr Kopf an einen Türrahmen und sie verlor das Bewusstsein.

24

Als sie die Nachtläufer erreichten, waren sie am Ende ihrer Kräfte. Die schmerzhaften Illusionen der dunklen Göttin wurden immer intensiver. Auch die Nachtläufer begannen, panisch zu reagieren. Und der Mann, der sie bislang im Zaum gehalten hatte, konnte sie kaum noch festhalten. Wenn die Nachtläufer jetzt ohne sie flohen, würde die Gruppe dem Einfluss von Nyx nicht mehr entkommen können.

Flavius wandte seine ganze Konzentration auf, um die Nachtläufer zu beruhigen und sie vor der Suggestion zu schützen. Außer den Tieren litt jeder in der Gruppe höllische Schmerzen. Trotzdem stiegen alle diszipliniert auf ihre Reittiere. Dann jagten sie durch die Nacht in Richtung Bator davon. Einige Minuten später ließen die suggerierten Schmerzen nach, um schließlich ganz zu verschwinden. Trotzdem spürte Flavius seine Haut brennen. Die künstlichen Schmerzen hatten reale Brandblasen entstehen lassen. Flavius versuchte mit leidlichem Erfolg, sich und den anderen durch eine kühlende Illusion die Schmerzen zu lindern und zu verhindern, dass sich weitere Verbrennungswunden bildeten.

Am Stadtrand von Bator hielten sie bei einem flachen, quadratischen Gebäude. Durch ein stabiles Tor betraten sie einen geräumigen Innenhof. Die Nachtläufer wurden sofort versorgt. Meister Kagami kam auf sie zu und sah sich kurz ihren erbarmungswürdigen Zustand an.

»Lasst zuerst einmal eure Wunden versorgen. Dann berichtet ihr mir, was passiert ist.«

Auf seinen Wink kamen mehrere Männer und Frauen und halfen den Beobachtern und Flavius aus den Kleidern. Die Brandwunden wurden sofort mit kühlenden Salben behandelt, die den

Schmerz fast augenblicklich vertrieben. Schließlich war jeder von ihnen in eine weite, helle Toga gehüllt, die die geschundene Haut kaum reizte.

Lian berichtete knapp und präzise, was sich ereignet hatte. Flavius wurde dabei gelegentlich von Meister Kagami zu den Eindrücken und Phänomenen befragt, die sich der Wahrnehmung der anderen entzogen hatten. Danach wurde es still. Man sah Kagami an, wie sein Geist auf Hochtouren arbeitete.

»Es gibt einiges, was ich nicht verstehe. Ich werde mich gleich zu Nachforschungen nach Kin-Pe begeben müssen. Auch Sie, Flavius, werden sich um eine dringende Angelegenheit kümmern müssen. Jemand hat in Ihrer Abwesenheit Ihre neue Sklavin entführt und mit Ihrem Dolch den Vorstand des Hauses Batavius getötet. Einzelheiten dessen, was wir herausgefunden haben, finden Sie in diesem Umschlag. Bringen Sie die Angelegenheit schnellstens wieder unter Kontrolle. Ein Bürgerkrieg in Nova-Veni ist das Letzte, was wir jetzt brauchen können.«

Für einen kurzen Moment gefroren Flavius' Gesichtszüge. Und auch seine Augen schienen eine klirrende Kälte zu verbreiten. Dann ging ein unmerklicher Ruck durch ihn, und er strahlte eine unnahbare Sachlichkeit aus.

»Jemand muss auch die Herrscherin von Bator auf dem Laufenden halten. Schließlich sind wir in der Angelegenheit Verbündete.«

»Darum wird sich Lian kümmern, sobald sie sich etwas erholt hat.«

Flavius bekam neutrale Kleidung, damit er möglichst unauffällig zu seinem Schiff zurückkehren konnte. Kagami drückte ihm seine schwarze Kleidung als Bündel in die Hand und begleitete ihn zum Tor.

»Ich gebe Ihnen noch zwei Ninjas zum Schutz mit. Diese können Ihnen auch in Nova-Veni behilflich sein.«

»Ninjas?«

»So nennen wir die Kämpfer, die Sie heute begleitet haben.«

»Eine Frage habe ich noch. Als einer dieser Ninjas auf unserer Mission verletzt wurde, tötete er sich selbst. Warum?«

»Erstens erkannte er, dass er lebensgefährlich verletzt war. Ninjas verstehen viel von menschlicher Physiologie. Er konnte seine Chancen daher realistisch einschätzen. Zweitens wollte er eure Mission nicht gefährden, indem er euch behinderte. Drittens versucht jeder Ninja der Gefangennahme zu entgehen, notfalls durch Selbsttötung.«

»Erstaunliche Leute. Ich bin froh, sie nicht zum Feind zu haben.«

Meister Kagami zwinkerte ihm zu.

»Das beruht auf Gegenseitigkeit.«

Auf der Fahrt nach Nova-Veni, die wieder mit der größtmöglichen Geschwindigkeit seines Schiffes erfolgte, las Flavius aufmerksam den Brief, den er von Meister Kagami bekommen hatte. Es war ziemlich offensichtlich, dass jemand versuchte, die Häuser Batavius und Flavius gegeneinander aufzuhetzen. Zwar war nicht auszuschließen, dass Batavius versuchte, ihn durch eine Entführung unter Druck zu setzen, aber er wäre sicher peinlichst darauf bedacht gewesen, nicht direkt damit in Zusammenhang gebracht zu werden. Mit Sicherheit hätte er seinen Hauptmann nicht für solch eine Aktion abgestellt. Wie Batavius mit seinem Dolch hatte erstochen werden können, war ihm allerdings ein Rätsel. Schließlich befand sich der Dolch an Bord dieses Schiffes. Die Tatsache, dass er nichts Konkretes über den Verbleib seiner neuen Sklavin erfahren hatte, beunruhigte ihn mehr, als er sich selbst eingestehen wollte. Die Fahrt schien ihm endlos zu dauern. Er wollte endlich etwas unternehmen. In dem Brief hatte auch gestanden, dass er verhaftet werden sollte, sobald man ihn in Nova-

Veni fand. Bevor das passierte, musste er vor den Rat treten können. Sonst hätte er noch weniger Chancen, die Angelegenheit schnell zu regeln. Es würde zwar niemand versuchen, ihn in seiner Residenz zu verhaften, aber er würde sie auch nur unter Schwierigkeiten wieder verlassen können, wenn man ihn dort vermutete. Wie sollte er unbemerkt ins Ratsgebäude gelangen? Plötzlich musste er grinsen.

Als das Schiff im Hafen von Nova-Veni anlegte, standen bereits vier Soldaten der Stadtwache bereit, um ihn sofort zu verhaften, falls er an Land ging. Das hinderte ihn allerdings nicht, als erster das Schiff zu verlassen. Er ging auf die Stadtwachen zu und stellte sich vor, nicht mehr als ein Luftzug zu sein, der an ihnen vorbeiwirbelte. Sie bemerkten ihn nicht. Auch den Rest seines Weges hielt Flavius die Illusion aufrecht, unsichtbar zu sein. Er achtete darauf, niemanden anzurempeln. Schließlich wollte er die Illusion nicht gefährden. Bei einem Wachwechsel am Ratsgebäude gelang es ihm, unbemerkt hineinzuschlüpfen. Als er zur turnusmäßigen Ratssitzung eintraf, wetterte gerade der neue Vorstand des Hauses Batavius, Batavius Tercius, dass das Verschwinden von Flavius ein weiterer Beweis seiner Schuld sei. Es war den anderen Patriziern anzusehen, dass sie diese Angelegenheit eher ermüdete als erregte. Offensichtlich wollte niemand in den Streit zwischen den beiden Häusern hineingezogen werden.

»Wenn meine Abwesenheit der Beweis meiner Schuld sein soll, dann muss meine Anwesenheit ja der Beweis meiner Unschuld sein«, fiel Flavius ihm ins Wort, während er zur Tür hereintrat.

Es herrschte Totenstille. Flavius baute sich direkt vor Batavius auf.

»Welche weiteren sogenannten Beweise gibt es denn noch gegen mich?«

»Mein Bruder wurde mit Ihrem Messer ermordet.«

»Haben Sie die Mordwaffe hier?«

Statt einer Antwort holte Batavius ein Messer hervor, das in ein Tuch eingeschlagen war. Er entfernte das Tuch. Die Klinge war noch blutverschmiert. Die Waffe sah tatsächlich genauso aus, wie Flavius' Dolch.

»Oder wollen Sie etwa behaupten, es gäbe viele solcher Dolche? Dieses Messer steckte in der Brust meines Bruders.«

»Ob es viele gibt, weiß ich nicht. Aber hier ist ein weiteres.«

Mit diesen Worten holte er sein Messer hervor und legte es neben die Tatwaffe. Ein Raunen ging durch den Raum. Der Griff der beiden Messer sah identisch aus. Die Klingen waren allerdings unterschiedlich. Während die Klinge der Tatwaffe aussah, wie zahllose andere beidseitig geschliffene Dolche auch, war die Klinge des anderen Messers sehr ungewöhnlich. Sie war dünner und hohl geschliffen. Das Material hatte eine mattgraue Oberfläche und ein goldenes Banner, in dem die Worte ›NEMO ME IMPUNE LACESSIT‹ geschrieben standen. Es war der lateinische Wahlspruch des Hauses Flavius, der übersetzt bedeutete: ›Niemand fordert mich ungestraft heraus.‹

Batavius Tercius schaute ihn verunsichert an.

»Ich würde dieses Messer nie zurücklassen. Es stammt noch aus der Zeit vor der Landung auf diesem Planeten. Mit anderen Worten, es ist ein unersetzbares Familienerbstück. Außerdem: Warum sollte ich so blöd sein, einen Mord zu begehen und den Beweis meiner Schuld zurücklassen?«

In den Gesichtern der anderen Patrizier sah Flavius, dass er bereits gewonnen hatte. Der Haftbefehl gegen ihn würde die Sitzung nicht überdauern. Allerdings musste er auch Batavius Tercius überzeugen, um eine blutige Fehde zwischen den beiden Häusern zu verhindern.

»Wie sicher allgemein bekannt ist, wurde meine neue Sklavin am helllichten Tage aus meiner Residenz entführt. Hatte Ihr Haus etwas damit zu tun, Batavius?«

»Selbstverständlich nicht.«

So ganz überzeugend war die Entrüstung nicht. Aber darum ging es Flavius in diesem Moment nicht.

»Trotzdem wurde der Hauptmann Ihrer Leibwache mit einem Umhang, wie ihn die Entführer trugen, tot auf deren Fluchtweg gefunden. Wenn das Haus Batavius nichts mit der Entführung zu tun hatte, dann hat jemand anderer versucht, den Verdacht auf dieses Haus zu lenken. Genau wie jemand versucht hat, den Verdacht für den Mord auf mich zu lenken. Es ist allgemein bekannt, dass unsere beiden Häuser nicht direkt in Freundschaft verbunden sind. Mit anderen Worten, man versucht, uns gegeneinander auszuspielen.«

»Wollen Sie etwa behaupten, ein anderes Haus stecke hinter diesen Taten?«, mischte sich Serenus ein, der das mächtigste Haus in Nova-Veni vertrat.

»Nein, ich vermute nicht, dass ein anderes Haus dahintersteckt. Vielmehr nehme ich an, dass jemand versucht, die gerade entstehende Allianz zwischen Nova-Veni, Bator und den Piraten dadurch zu schwächen, dass er eine Blutfehde in Nova-Veni anzettelt. Gelänge das, wären alle hier so mit diesen Streitigkeiten beschäftigt, dass die Allianz gegen das wirkliche Problem bedeutungslos würde.«

Einerseits machte sich Erleichterung unter den Patriziern breit, dass der drohende Zwist der Häuser offenbar abgewendet worden war und kein weiterer verdächtigt wurde, andererseits empfanden immer mehr von ihnen Unbehagen darüber, was dieser mysteriöse Feind alles bewerkstelligen konnte.

25

Auf dem Weg zurück zu seiner Residenz fragte Flavius sich, wie viel von seiner Überzeugungskraft im Rat wohl auf die Stichhaltigkeit seiner Argumentation zurückging und wie viel auf seine Fähigkeiten, andere Leute intuitiv von seinen Zielen zu überzeugen. Meister Kagami hatte ihm ja bereits erzählt, dass er diese suggestiven Fähigkeiten schon gehabt hatte, bevor er in ihrem Gebrauch unterrichtet worden war. Aber dies war nur einer von vielen Gedanken, die ihm durch den Kopf gingen. Er hatte es zwar in der Ratsversammlung heruntergespielt, aber wahrscheinlich hatte der verstorbene Batavius Secundus durchaus etwas mit der Entführung seiner Sklavin zu tun. Es wäre typisch für ihn gewesen, Flavius auf diese Weise ärgern und unter Druck setzen zu wollen. Allerdings wäre er dabei nicht so blöd gewesen, sein Haus zu kompromittieren. Die geäußerte Schlussfolgerung vor dem Rat, dass jemand versuchte, Zwietracht in Nova-Veni zu säen, entsprach seiner Überzeugung. Darüber, dass Batavius seine Gehässigkeit mit dem Leben bezahlt hatte, konnte er sich allerdings nicht freuen. Diese mysteriösen Gegner aus Noctur waren gefährlicher, als er es erwartet hatte. Sie verfügten nicht nur über enorme suggestive Kräfte, wie er am eigenen Leib zu spüren bekommen hatte, sie schienen auch die strategischen Fähigkeiten zu haben, verschiedene Taktiken gleichzeitig zu verfolgen. Außerdem machte er sich mehr Sorgen um Letitia, als er sich eingestehen wollte. Lyns Bemerkung fiel ihm wieder ein: ›Es ist riskant, sich in seine Sklavin zu verlieben.‹ Mühsam kämpfte er den Drang nieder, sich völlig auf ihre Rettung zu konzentrieren – falls es dafür nicht schon zu spät war. Es war wichtig, sich nicht in die Defensive drängen zu lassen. Das Bündnis gegen Noctur durfte nicht nur reagieren. Wenn sie nach den Regeln der anderen spielten, wären sie berechenbar und damit schon fast besiegt. Trotzdem würde er auch versuchen, mehr über den Verbleib Letitias zu erfahren. Und das nicht nur aus rationalen Beweggründen heraus.

»Meister Kagami möchte sich mit Ihnen und der Herrscherin von Bator schnellstmöglich unterhalten«, teilte ihm einer der Ninjas mit, die ihn auf der Rückfahrt von Bator begleitet hatten. Flavius erreichte gerade seine Residenz und wollte erst einmal etwas essen. Er hatte zwar keinen Appetit, wollte aber die Mahlzeit nutzen, um ein wenig Abstand zu gewinnen. Er brauchte jetzt zuallererst einen klaren Kopf.

»Wann und wo soll das Treffen denn stattfinden?«

Die Vorstellung, womöglich gleich wieder lossegeln zu müssen, empfand er als ausgesprochen lästig. Wie sollte er irgendwelche Maßnahmen gegen Noctur organisieren, wenn er dauernd auf seinem Schiff war. Zumal das seine Möglichkeiten, etwas für Letitias Rettung unternehmen zu können, empfindlich einschränkte.

»In zwei Stunden hier in Nova-Veni. Ich werde Sie hinführen.«

Es überraschte ihn, dass die beiden sich in seiner Stadt aufhielten und er nichts davon mitbekommen hatte. Er würde ein ernstes Wort mit dem Hauptmann seiner Leibwache reden müssen. Andererseits, fuhr es ihm durch den Kopf, sollte er vielleicht nicht blindlings darauf vertrauen, was ihm ein fremder Kämpfer sagte. Er war sich zwar sicher, dass Kagami ihn nicht in eine Falle locken würde, aber er wusste nicht, ob er sich auch auf diese Ninjas verlassen konnte. Bisher hatte er nur wenige Leute kennengelernt, die zu keinem Preis käuflich waren. Andererseits hatten ihn die Kämpfer, mit denen er auf diese Göttin Nyx getroffen war, mit ihrem Verhalten ziemlich beeindruckt. Ehre schien für sie wichtiger zu sein als ihr Leben. Er würde es riskieren müssen. Und da es sich höchstwahrscheinlich um ein Geheimtreffen handelte, konnte er auch niemanden von seiner Leibgarde mitnehmen.

Zwei Stunden später folgte er in geringem Abstand dem Ninja, der ihn zum Treffpunkt bringen sollte. Um dabei keine Aufmerksamkeit zu erregen, nutzte er seine neuen Fähigkeiten und machte sich unsichtbar. Der Ninja kam schließlich zu einem unscheinbaren Haus und klopfte an die Eingangstür. Als sie geöffnet wurde, sagte er etwas zu der alten Frau, die an der Tür stand, und ging dann weiter. Diese schloss die Tür langsam und umständlich, sodass es für Flavius kein Problem war, unbemerkt an ihr vorbei ins Haus zu schlüpfen.

»Folgen Sie mir bitte«, sagte die Frau, nachdem sie die Tür geschlossen hatte. Flavius fragte sich, wieso sie so sicher war, dass er wirklich da war.

»Das werden Sie gleich verstehen«, beantwortete sie seine unausgesprochene Frage.

Er beendete seine Unsichtbarkeitssuggestion und folgte ihr in ein leeres Zimmer. Nur zwei Stühle standen darin.

»Was soll das?«, fragte er ungehalten. Weder Meister Kagami noch Aluna waren hier. Und es sah auch nicht so aus, als würden sie noch kommen.

»Meister Kagami ist in Kin-Pe und die Herrscherin Aluna in Bator. Und nein, dies ist keine Falle, in die Sie gelockt wurden. Bei den beiden anderen befindet sich ein starkes Medium, so wie ich eins bin. Wir werden Sie jetzt alle zusammenbringen, sodass sie sich miteinander unterhalten können.«

Der Gedanke daran, dass jemand in seinen Gedanken lesen konnte, war Flavius ausgesprochen unangenehm.

»Machen Sie sich nichts daraus. Sie könnten es ohnehin nicht verhindern. Setzen Sie sich bitte bequem auf den Stuhl dort. Dann fangen wir gleich an.«

Da es wenig Sinn hatte, sich weiter dagegen zu wehren, folgte er der Aufforderung.

Kaum hatte sich die Frau gesetzt, sah er in dem Raum zunächst schemenhaft Kagami und Aluna auf solchen Stühlen sitzen, wie der, auf dem er gerade Platz genommen hatte. Kurz danach wurden die beiden anderen deutlicher, während die alte Frau, die ihm gegenübersaß, aus seiner Sicht verschwunden war.

»Ich hoffe, diese Art der Unterhaltung ist Ihnen nicht zu unangenehm«, begann Kagami. »Aber wir verlieren zu viel Zeit, wenn wir uns jedes Mal real treffen wollten, um etwas miteinander zu besprechen. Und ich fürchte, sehr viel Zeit haben wir nicht.«

»Das klingt ja recht dramatisch. Ich nehme an, Sie haben etwas Wichtiges herausfinden können.«

»So ist es, Flavius. Ich habe mehr über dieses spinnenähnliche Wesen erfahren, von dem Sie nach der Expedition berichtet hatten. Es gab auf diesem Planeten auch schon vor der Landung der alten Raumschiffe intelligentes Leben. Allerdings entwickelte es sich anders als auf unserem Heimatplaneten. Es gab – und gibt noch immer – mehrere intelligente Spezies, die vor unserer Landung nicht in Konkurrenz miteinander standen. Teilweise hat sich das mit unserer Landung allerdings geändert.«

»Wie haben Sie das denn herausgefunden?«, wollte Aluna von ihm wissen. »Diese Informationen sind ja älter als mögliche Aufzeichnungen aus der Zeit der Landung.«

»Ich habe mich mit einer dieser intelligenten Spezies unterhalten.«

Meister Kagami genoss sichtlich die Verblüffung in Alunas Gesicht.

»Ich nehme an, es handelt sich um jene Spezies, die ich bereits kennengelernt hatte, als ich bei Ihnen war?«

Kagami grinste.

»So ist es. Und dieses Spinnenwesen ist ebenfalls eine intelligente Lebensform, ein Staubkrabbler. Jedenfalls hat mein Gesprächspartner ihn etwa so bezeichnet. Er war allerdings sehr überrascht, dass Ihnen Metallteile am Körper des Staubkrabblers aufgefallen sind. Könnte das eine Art Rüstung gewesen sein, die Menschen für ihn angefertigt haben?«

»Wer es angefertigt hat, weiß ich natürlich nicht. Aber eine Rüstung war es bestimmt nicht. Was es sonst für einen Sinn haben könnte, weiß ich auch nicht. Obwohl ...«

Flavius überlegte einen Moment.

»Aluna, wir haben dem Attentäter doch einen Helm mit Energieversorgung abgenommen.«

Aluna nickte.

»Alexander brauchte diesen Helm, um seine Suggestion so weit zu verstärken, dass er sich unsichtbar machen konnte. Meinen Sie, dass dieses Spinnenwesen auch so einen Verstärker eingesetzt hat?«

»Vielleicht ist das auch der Grund für die Stärke der Suggestion. Die Staubkrabbler sollen zwar schon lange über eine starke Fähigkeit zur Beeinflussung verfügen, aber wenn sie damit noch verstärkt worden ist ... Das werde ich noch mal klären müssen.«

»Mit wem müssen Sie das klären, Kagami?«, fragte Aluna leicht verärgert. »Sie beide reden die ganze Zeit von einer weiteren intelligenten Spezies. Würde mir vielleicht mal jemand erklären, wer oder was damit gemeint ist?«

»Entschuldigung«, antwortete Kagami, »das können Sie ja nicht wissen. Flavius ist bei uns bereits einem der grünen Panther begegnet. Sie sehen aus wie elegante Raubkatzen, sind aber viel mehr als das. Alle intelligenten Spezies, die sich hier entwickelt haben, verfügen über außergewöhnliche geistige Fähigkeiten. Die meisten sind wohl Telepathen.«

»Ihren Worten entnehme ich, dass es neben den grünen Panthern und den Staubkrabblern noch mehr intelligente Spezies gibt.«

»So habe ich es verstanden. Mehr zu den anderen konnte ich bislang allerdings nicht in Erfahrung bringen. Die grünen Panther finden, dass wir bereits jetzt mehr als genug in die Ökologie dieses Planeten eingegriffen haben. Sie wollen verhindern, dass wir versuchen, alle potenziellen Konkurrenten auszurotten, um die alleinige Herrschaft auf diesem Planeten zu übernehmen.«

»Wenn man in historischen Dimensionen denkt, haben sie mit ihrer Befürchtung gar nicht mal so unrecht«, sinnierte Flavius.

Die anderen nickten nachdenklich.

»Wie wollen wir jetzt weiter vorgehen?«, nahm Flavius den Gedanken auf, der ihn bereits vor diesem Treffen beschäftigt hatte. »Ich halte es für einen gefährlichen Fehler, einfach auf die nächsten Schritte der anderen zu warten. Natürlich brauchen wir möglichst viele Informationen über unsere Gegner. Aber wenn wir untätig bleiben, überlassen wir ihnen das Tempo und die Spielregeln.«

»Keine Frage. Aber wie sollen wir gegen einen Gegner vorgehen, von dem wir fast nichts wissen und den wir nicht sehen können?«

»Wir wissen doch schon eine ganze Menge. Wir kennen die Lage der feindlichen Basis. Noctur liegt zwischen dem Salzmeer, dem Staubmeer und der Felswüste. Das Staubmeer können sie nicht befahren. Die Felswüste ist nur sehr umständlich zu durchqueren. Wenn sie in größerem Umfang aus Noctur heraus wollen, bleibt ihnen nur das Salzmeer. Nehmen wir der Einfachheit halber an, dass auch sie auf Segelschiffe angewiesen sind – Sato war von einem Piratensegler angegriffen worden und ich auch – dann müssen sie zunächst einen nordwestlichen Kurs einschlagen. Wir müssen also nur ein kleines Stück Salzmeer nordwestlich von Noctur blockieren, um ihnen den Seeweg zu versperren. Da wir sie möglicherweise nicht sehen können, reicht eine herkömmliche Blockade mit ein paar Kriegsschiffen nicht aus. Aber ein paar alte Kähne, die wir in der Route versenken, sollten schon ordentlich stören. Wenn wir dann noch südwestlich davon Lastkähne postieren, auf denen qualmendes Feuer brennt und damit auch unsichtbaren Gegnern Sicht und Atem nimmt, können wir damit sowohl die Blockade sichern, als auch die Wege durch die Felswüste noch schwerer passierbar machen. Außerdem können wir noch ein paar brennende Schiffswracks vor dem Wind auf die Küstenstellen zutreiben lassen, an denen wir Noctur vermuten. Richtigen Schaden werden wir damit zwar wahrscheinlich nicht anrichten, aber wir können Noctur damit in die Defensive drängen und Zeit gewinnen.«

Aluna war beeindruckt, sah aber auch erkennbar unbehaglich aus.

»Was mich beunruhigt ist, dass sich die gleiche Strategie auch gegen Bator anwenden ließe.«

»Nicht wirklich. Man kann von Bator aus in zwei Richtungen gegen den Wind kreuzen und hat freien Zugang zum Hinterland. Ein Ausräuchern von Bator ist aus logistischen Gründen ebenfalls nicht möglich.«

»Und das haben Sie alles so aus dem Stehgreif parat?«

»Was glauben Sie, wie oft ich insbesondere einem bestimmten Patrizierhaus schon klarmachen musste, dass es zur Beilegung von Handelsstreitigkeiten mit Bator keine militärisch sinnvolle Option gibt. Wir können uns zwar problemlos gegen Angriffe von See her verteidigen, erobern können wir so aber nichts. Mal abgesehen davon, dass es ökonomischer Unsinn wäre, gegen den wichtigsten Handelspartner Krieg zu führen.«

Aluna fragte sich, ob sie von Flavius' Scharfsinnigkeit beeindruckt oder beunruhigt sein sollte. Sie hoffte jedenfalls, ihn nie zum Feind zu haben.

»Etwas verstehe ich nicht«, mischte sich Meister Kagami wieder in das Gespräch ein. »Sie sagten, dass das Staubmeer nicht befahrbar sei. Warum eigentlich nicht? Vielleicht braucht man dafür andere Schiffe. Aber so etwas lässt sich doch sicher konstruieren, wenn man die Zeit dafür hat. Und Noctur liegt ja schon immer am Staubmeer.«

»Ich nehme an, Sie waren noch nie am Staubmeer. Es hat eine reißende Strömung vom Ufer weg zur Mitte hin. Von unten schießt ständig eine Mischung von Staub und feinem Geröll nach. An vielen Stellen entsteht dadurch am Rand des Staubmeers eine regelrechte Fontäne oder Staubwand. Einerseits reicht die Kraft des Süd-West-Windes nicht aus, sich gegen diese Strömung zu behaupten, die alles mitreißt und ins Staubmeer hineinzieht. Andererseits besteht diese Strömung nicht aus einer massiven Staubschicht. Es ist eher ein kraftvolles Staub-Luft-Gemisch. Alles, was schwerer als dieses leichte Gemisch ist, versinkt sofort, während es noch mitgerissen wird. Es gibt also keinen Auftrieb, mit dem man sich auf der Oberfläche halten könnte.«

»Aber die Staubfischer von Phinus haben doch auch Boote, mit denen sie auf das Staubmeer fahren, um die Staubfische zu fangen, die Sie ja nach Bator verkaufen.«

Flavius grinste.

»Diese Staubboote nutzen die Strömung, um an der Oberfläche zu bleiben. Sie sind durch Taue fest mit dem Ufer verbunden. Und sie haben eine Keilform, die den Staubstrom unter ihren Rumpf presst. Ohne die Taue, die sie gegen die Strömung festhalten, würden sie sofort untergehen und ins Meer gerissen werden. Mit solchen Booten kann man vom Ufer ein Stück ins Staubmeer hineinfahren, indem man die Haltetaue nachlässt. Durch Einholen derselben gelangt man wieder zum Ufer zurück. Mehr Navigationsmöglichkeiten hat man damit nicht. Rumpf und Taue nutzen sich dabei übrigens stark ab und müssen ständig ausgebessert werden. Nein, über das Staubmeer kann man Noctur bestimmt nicht verlassen.«

»Gut«, nickte Meister Kagami, »das leuchtet mir ein. Dann sollten wir die Blockade Nocturs so schnell wie möglich beginnen. Womit wir zu der Frage kommen, wer das übernimmt.«

»Dazu haben wir doch eine Vereinbarung mit den ›Seefahrern‹ von Kuza«, ergriff Aluna wieder das Wort. »Ich denke, das gehört ganz klar zu der Aufgabe, das Salzmeer von der neuen Bedrohung zu befreien. Beim Nachschub von Brennstoff kann Bator natürlich behilflich sein.«

»Ich werde den Plan an Kuza übermitteln. Damit wären wir erst einmal am Ende unserer Zusammenkunft angekommen. Das heißt, eine Information habe ich noch von Madame Lyn für Sie, Flavius. Einige Personen sind im Ödland südöstlich von Nova-Veni mit einem Echsenwagen gesehen worden. Sie fuhren in Richtung Phinus und hatten wahrscheinlich eine gefesselte Frau dabei. Wobei sie sich offenbar keine besondere Mühe gaben, dies zu verheimlichen. Möglicherweise wollen sie von Ihnen verfolgt werden. Andererseits wäre es vielleicht wichtig zu wissen, warum sie gerade nach Phinus unterwegs sind. Wenn Sie das herausfinden möchten, stehen Ihnen die beiden Ninjas als Unterstützung zur Seite.«

»Vielen Dank. Das Angebot nehme ich gerne an.«

Nachdenklich verließ Flavius das Haus wieder, in dem die Konferenz – zumindest, soweit es ihn betraf – stattgefunden hatte. Er war froh, dass Letitia aller Wahrscheinlichkeit nach noch am Leben war. Und dass es einen Weg gab, gleichzeitig etwas zu ihrer Rettung und gegen die Bedrohung zu unternehmen. Madame Lyn wusste, dass er sich um Letitia Sorgen machen würde. Ob sie ihm diese Brücke absichtlich gebaut hatte, Letitia helfen zu können, ohne dabei sein Gesicht zu verlieren? Wahrscheinlich. Auch, wenn es durchaus vernünftig war, mehr über die Angreifer herauszufinden. Ob Madame Lyn ihm geholfen hatte, weil er ein Verbündeter, ja fast schon ein Freund war? Oder, um sich für spätere, geschäftliche Verhandlungen einen kleinen Vorteil zu verschaffen? Wahrscheinlich traf beides zu.

In seiner Residenz angekommen, rief er die beiden Ninjas zu sich und erklärte ihnen, was er vorhatte.

»Meister Kagami hat uns bereits instruiert. Wir werden drei Nachtläufer aus Than-Do bekommen können. Dazu müssten wir allerdings zuerst nach Süd-Westen.«

»Dann würden wir ja fast den dreifachen Weg zurücklegen müssen, um nach Phinus zu kommen. Die Nachtläufer sind zwar viel schneller als der Echsenwagen, den die Entführer genommen haben. Aber sie werden schon in Phinus sein, bevor wir Than-Do erreichen können.«

»Wir müssen nicht bis Than-Do reisen. Die Nachtläufer werden uns an der Küste erwarten. Und zwar dort, wo die große Mauer ins Meer ragt.«

»Mit dem Schiff müssten wir die ganze Zeit hart am Wind entlang segeln. Außerdem kommen wir nicht sehr nahe an die Küste heran, da sie dort sehr flach ist. Und dort gegen den Wind mit einem Ruderboot zur Küste zu fahren, ist auch ziemlich schwierig.«

»Haben Sie schon einmal auf einem Windsurfer gestanden?«, wollte einer der Ninjas wissen.

»Ich werde wohl allmählich bequem. Stimmt. Mit einem Surfbrett sollten wir direkt bis zum Strand segeln können. Und das noch viel schneller, als mit einem Schiff.«

»Gut. Sobald es dunkel wird, können wir lossegeln.«

»Ich nehme an, die Segel der Surfbretter werden schwarz sein.«Zum ersten Mal sah Flavius die beiden Ninjas lächeln.

26

»So ein Quatsch, mit einem Echsenkarren zu verschwinden! Hättest du nicht wenigstens eine etwas schnellere Echse kaufen können? Außerdem soll es in dieser Gegend Raptoren geben.«

»Nördlich von Phinus gibt es keine Raptoren. Keine Ahnung warum, aber diese Viecher kommen erst weiter südlich vor. Und was die Echse betrifft, Erebos wollte ein möglichst langsames Tier haben.«

»Wieso das denn? Viel bequemer ist dieses langsame Herumschaukeln auch nicht. Man könnte meinen, er will, dass wir erwischt werden.«

»Genau so ist es«, gab Erebos über die Schulter zurück und schaute dann wieder nach vorne. »Und hör' auf zu meckern. Sonst kannst du zu Fuß nach Phinus gehen. Wir halten jetzt erst mal an und essen was.«

Der Echsenkarren blieb ruckelnd stehen. Erebos befreite Letitia vom Knebel.

»Gebt der Sklavin auch was.«

»Sie kann sich ihr Essen ja verdienen«, meinte Ramos mit einem anzüglichen Blick auf Letitia.

»Falls es dir noch nicht aufgefallen ist, Ramos: Sie trägt einen Keuschheitsgürtel.«

»Na und? Dann besorgt sie es mir halt mit dem Mund.«

»Du solltest mir nichts in den Mund stecken, was du noch brauchst«, konterte sie trocken.

Ramos schaute sie böse an, während die anderen lachten.

»Auch egal. Es gibt ja noch eine dritte Möglichkeit«, fauchte er und versuchte, Letitia auf den Bauch zu drehen. Sie wehrte sich trotz ihrer Fesselung heftig dagegen. Nur knapp entging er einem kräftigen Tritt ihrer zusammengebundenen Beine in seinen Unterleib.

»Lass den Quatsch, Ramos«, wies Erebos ihn zurecht. »Glaube bloß nicht, daß ich dich mitschleppe, falls sie dich verletzen sollte. Unsere Mission hat absolute Priorität. Wenn wir Flavius erledigt haben, schenke ich sie dir. Dann kannst du sie meinetwegen ficken, foltern und umbringen. Das ist mir egal. Aber jetzt reiß dich gefälligst zusammen.«

Erschreckt schaute sie Erebos an. Er schien das ernst zu meinen.

»Was soll der Aufstand?«, wollte Ramos genervt von Letitia wissen.

»Du bist eine Sklavin. Es kann dir doch egal sein, wem du es besorgst. Jetzt gehörst du halt uns.«

»Ich soll deine Sklavin sein? Vergiss es. Vielleicht bin ich dein nächstes Opfer. Aber deine Sklavin? Nie im Leben. Du hast wahrscheinlich das Zeug zum Mörder, aber Herr einer Sklavin wirst du niemals.«

Kopfschüttelnd wandte er sich ab.

»Interessante Reaktion«, sinnierte Erebos. »Das passt auch zu einer anderen Geschichte, die ich in Nova-Veni gehört habe. Flavius ist mit ihr in der Stadt spazieren gegangen. Und es soll mehr nach einem Liebespaar als nach ›Herr mit Sklavin‹ ausgesehen haben. Vielleicht folgt Flavius uns ja aus einem weiteren Grund, als nur dem, mehr über uns zu erfahren und in verletzter Eitelkeit sein Eigentum zurückzuholen. Immer vorausgesetzt, er kommt heil aus unserer kleinen Intrige heraus. Ein verliebter Retter dürfte jedenfalls leichter in eine Falle tappen. Na, mal sehen.«

Letitia warf ihm einen wütenden Blick zu, was er mit einem Lachen quittierte.

»Wenn Flavius mit seiner halben Leibwache hier auftaucht, haben wir ein Problem.«

»Das wird er nicht tun. Egal, ob er mehr über uns herausfinden oder seine Sklavin befreien will, er wird es unauffällig anstellen müssen. Also wird er uns alleine oder nur mit wenigen Begleitern verfolgen. Und er wird versuchen, uns nachts zu überrumpeln. Also helfen wir ihm ein wenig. Wir schlagen heute Nacht ein großes Zelt auf und zünden auch ein helles Lagerfeuer an.«

»Ist das nicht eine etwas zu auffällige Falle?«

»Doch, natürlich«, antwortete Erebos grinsend.

Nachdem sie gegessen und auch die gefesselte Sklavin gefüttert hatten, wandte sich Ramos noch einmal Letitia zu. Sie funkelte ihn böse an, war aber auch erkennbar verunsichert. Während er mit einem Fuß auf das Seil zwischen ihren Fußgelenken trat, um nicht doch noch getreten zu werden, schob er ihr Kleid mit beiden Händen bis zur Taille hoch und sah sich den Keuschheitsgürtel an, der zum Vorschein kam.

»Interessante Konstruktion«, murmelte er, während er das Vierkantschloss betrachtete. »Wofür ist das? Aufgeschlossen wird der Gürtel doch sicher mit dem darüberliegenden Schloß.«

Sie drehte den Kopf von ihm weg und sagte kein Wort. Plötzlich grinste Ramos und nahm seinen Dolch zur Hand.

»Probieren wir es doch einfach mal aus«, fuhr er fort und drückte den Knauf seines Dolches so ins Vierkantschloss, dass er es damit drehen konnte.

Letitia konnte ein Aufstöhnen nicht unterdrücken, auch wenn sie sich dafür hasste. Einen Moment schaute Ramos sie verwirrt an, dann lachte er lauthals los. Breit grinsend drehte er immer weiter an dem Mechanismus, bis dieser sich nicht mehr bewegen ließ.

»Schaut euch das an«, verkündete er lautstark den anderen. »Dieser Gürtel hat einen Mechanismus eingebaut, mit dem die

Sklavin geil gemacht werden kann. Dieser Flavius ist ja ein ganz Verrückter.«

Die anderen stimmten in sein Lachen ein, während Letitia einen roten Kopf bekam. Außerdem fiel es ihr immer schwerer, sich gegen die aufkommende Lust zu wehren, auch wenn sie dazu eigentlich gar nicht in Stimmung war.

»Ich glaube, ich halte diesen Mechanismus am Laufen, bis wir in Phinus angekommen sind«, feixte Ramos, während er die vor Erregung und Scham zitternde Sklavin betrachtete.

27

»Können wir Erebos irgendwie erreichen?«, wollte Armedes wissen.

»Erst, wenn er in Phinus angekommen ist. Oder sollen wir ihm jemanden von dort entgegenschicken?«

»Nein. Das muss reichen. Du kannst gehen.«

Der Offizier verließ die Höhle mit sichtlicher Erleichterung. Selbst, wenn man nicht in akuter Gefahr war, raubte einem diese Albtraumgrotte fast die Sinne.

»Läuft dein Vorhaben etwa nicht nach Plan?«, fragte Nyx mit schadenfrohem Unterton, nachdem sie wieder alleine waren. Offensichtlich genoss sie es, dass auch der überlegene Armedes nicht unfehlbar war.

»Bis jetzt läuft alles wie geplant. Mir macht allerdings der Zwischenfall in der Felswüste Sorgen.«

»Versuch nicht, von deinen Problemen abzulenken.«

»Darum geht es nicht. Aber die Tatsache, dass unsere Gegner dir entkommen konnten, zeigt, dass auch sie über suggestive Kräfte verfügen. Und diesen Aspekt habe ich nicht bei meinem Plan berücksichtigt.«

»Ohne die Nachtläufer hatten sie keine Chance gehabt.«

»Das bestreite ich gar nicht. Ich kann mir nicht vorstellen, dass es ein Wesen gibt, das deinen verstärkten Kräften widerstehen kann.«

»Ein Kompliment von dir?«

»Eine schlichte Tatsache.«

Sie gab ein knirschendes Geräusch von sich.

»Was mich beunruhigt ist, dass auch eine deutlich schwächere Kraft Erebos und seinen Leuten gefährlich werden könnte. Zumal sie nichts davon wissen. Selbst wenn Flavius – oder wer immer deinen Angriff abgeschwächt hat – nur über die Fähigkeit verfügt, Suggestionen zu erkennen, macht das den Helmträger in Erebos' Team bereits nutzlos und bringt vielleicht die Mission insgesamt in Gefahr.«

»Wieso ist es denn so wichtig, gerade diesen Menschen aus dem Weg zu räumen. Können wir das nicht später noch machen?«

»Vielleicht müssen wir es sogar später angehen. Nämlich, wenn wir jetzt scheitern. Aber dieser Flavius ist besonders gefährlich. Je früher wir ihn ausschalten, desto besser ist unsere Lage.«

»Ich habe übrigens noch etwas über die Angreifer aus der Felswüste herausgefunden. Zwei wurden ja getötet. Sie stammen weder aus Bator noch aus Nova-Veni.«

»Woher weißt du das?«

»Ihre Leichen wurden zwar beim Rückzug in Brand gesteckt, aber meine Schwester konnte trotzdem einige Überreste ihrer schwarzen Kleidung untersuchen. Sie war aus Baumseide. Und die wächst nur jenseits der schwarzen Mauer.«

Armedes schaute sie entsetzt an.

»Das bedeutet, dass das Kaiserreich Che-Min ebenfalls zum Bündnis gegen uns gehört. Eine ausgesprochen schlechte Nachricht. Und wahrscheinlich eine Folge der Verbindungen dieses Flavius. Wir hätten ihn sofort beseitigen sollen.«

»Das hast du doch versucht, als er auf der Bildfläche erschien.«

Einen höhnischen Unterton konnte Nyx sich dabei nicht verkneifen, als sie ihn an seinen ersten Fehlschlag seit langem erinnerte. Auch, wenn sie es sehr ärgerlich fand, dass dabei ein ganzes Schiff zerstört worden war.

»Du kannst dir die Schadenfreude sparen. Wir haben beide unter den Konsequenzen dieses Misserfolges zu leiden.«

Einen Moment dachte er nach.

»Wenn ich anstelle der anderen wäre, würde ich versuchen, uns so schnell wie möglich zu isolieren. Und Flavius ist sicher auch bereits auf diese Idee gekommen. Wir sollten sofort einige Schiffe auf das Salzmeer schicken. Jeweils mit ein bis zwei begabten Helmträgern. Dann können wir vielleicht noch eine Blockade auf See verhindern.«

Ein Bote kam hereingestürmt. Er sah ziemlich aufgeregt aus. Und das nicht nur, weil er offenbar eine schlechte Nachricht zu überbringen hatte.

»Was gibt es?«, forderte Nyx ihn zum Sprechen auf.

»Zwei brennende Schiffe treiben auf unsere Küste nahe dem Hafen zu.«

»Es hat also bereits begonnen«, murmelte Armedes. »Werden sie in den Hafen treiben? Oder treffen sie die Küste an einer anderen Stelle?«

»Wahrscheinlich verfehlen sie den Hafen. Aber auf dem Salzmeer sind noch mehr zu sehen.«

Es tat mehrere dumpfe Schläge. Armedes stürmte aus der Höhle hinaus und erklomm eine Anhöhe, von der aus er den Hafen und das angrenzende Meer überblicken konnte. Zwei brennende Kähne zerschellten gerade an der Küste. Undeutlich waren weitere Schiffe auf dem Meer zu erkennen. Einige hatten längs zur Küste geankert und schossen in Richtung Noctur. Offensichtlich wussten sie nicht, wo genau sich die Stadt befand, denn ihre abgefeuerten Granaten explodierten wahllos auf den Felsen, die ins Meer ragten. Aber an ein Verlassen des Hafens war bei diesem Trommelfeuer nicht zu denken. Lange würden die Angreifer dieses Bombardement zwar sicher nicht aufrecht erhalten können, aber das war wohl auch gar nicht geplant. Nördlich von Noctur,

an der Küste der Felswüste, konnte Armedes sehen, wie Schiffswracks auf der Route versenkt wurden, die man zwangsläufig befahren musste, wenn man Noctur mit dem Segler verlassen
wollte. Die Blockade zur See hatte also bereits begonnen. Armedes lächelte böse. Trotz allem würde die Wirkung weit geringer
sein, als die Angreifer erhofften.

28

Es war eine sehr rasante Fahrt auf den Surfbrettern gewesen. Sie hatten es noch in der Nacht geschafft, die Stelle zu erreichen, an der die große Mauer ein Stück ins südliche Salzmeer ragte. Die Nachtläufer warteten in Begleitung zweier Bewohner des Kaiserreichs Che-Min bereits auf sie. Die Hüter der Tiere waren zwar wie einfache Männer gekleidet, bewegten sich jedoch unverkennbar wie Soldaten. Flavius versuchte zu verstehen, in welchem Verhältnis dieses Kaiserreich zu den Orten Yaku und Kuza stand. Meister Kagami hatte ihn in einem Kastell hinter den Mauern unterrichtet, gehörte also dazu. Gleichzeitig schien er auch den Piraten und den Ninjas Befehle geben zu können. Sollten die beiden Orte nur vorgeschobene Posten des Kaiserreiches sein? Das würde sogar einen gewissen Sinn ergeben. Durch die Piraterie profitierten auch die drei Städte Hai-Chang, Than-Do und Kin-Pe vom Handel auf dem Salzmeer, obwohl sie selbst keinen Hafen hatten. Yaku gab den Bewohnern jener sittenstrengen Städte die Gelegenheit, mal richtig über die Stränge zu schlagen. Und außerdem konnte der Handel mit allerlei zwielichtigen Waren problemlos über diesen Sündenpfuhl laufen, ohne die moralisch strenge Gesellschaft hinter der Mauer zu kompromittieren. Flavius hatte bereits Erfahrungen damit gesammelt, wie wichtig es jenen Bewohnern war, nicht das Gesicht zu verlieren. Ohne sein Gespür für diese Eigenheit hätte er nie seine erfolgreiche Geschäftsbeziehung zu Lyn aufbauen können. Einiges ergab aber weiterhin keinen Sinn für ihn. Welche Macht besaß Meister Kagami im Kaiserreich? Er war gespannt, wie viel er darüber noch herausfinden würde.

»Wenn wir die Verfolgung noch in dieser Nacht aufnehmen wollen, müssen wir sofort aufbrechen«, riss ihn einer der Ninjas aus seinen Gedanken. Sie schwangen sich auf die Nachtläufer und jagten durch das Ödland, das sich zwischen Than-Do, Nova-Veni und Phinus erstreckte. Da das Reiten auf den Nachtläufern nicht viel Aufmerksamkeit erforderte und auch die Ninjas schweigsam neben ihm herritten, versank Flavius wieder in seinen Gedanken.

In Phinus war er schon viele Male gewesen. Nur die Bewohner jenes Städtchens waren verrückt genug, sich auf das Staubmeer zu wagen. Daher gab es auch nur bei ihnen Staubfische zu kaufen. Aber so verrückt, ihre Häuser direkt am brüllenden Staubmeer zu bauen, waren auch sie nicht. Daher war Flavius bisher nur zweimal in unmittelbarer Nähe der Küste gewesen. Es war beängstigend gewesen, die Staubfontäne zu sehen, die direkt an der Küstenlinie wie eine Wand in die Luft schoss. Das permanente, laute Dröhnen unterstrich diesen Eindruck noch. Die Fischer verständigten sich daher an der Küste und auf dem Meer nur mit Handzeichen und Rucken an den Signalleinen. Ein Händler auf dem Fischmarkt hatte ihm einmal erzählt, dass der Lärm weiter draußen noch zunehmen würde. Beim Gedanken an den Marktplatz von Phinus war es Flavius, als würde er den tranigen Geruch der Staubfische auch jetzt riechen. Es war ein unangenehmer Geruch. In Bator waren diese Tiere allerdings als Delikatesse sehr gefragt. In Nova-Veni galten sie dagegen als unappetitlich, und der Kontakt mit ihnen war verpönt. Daher hatte Flavius praktisch keine Konkurrenz und der Handel mit den Staubfischen war für ihn äußerst einträglich. Die Bewohner von Phinus waren einfache, fröhliche Leute, obwohl – oder wahrscheinlich sogar gerade weil – das Befahren des Staubmeeres oft Opfer unter ihnen forderte. Sie genossen das Leben bei jeder Gelegenheit. Vielleicht, weil sie nie wussten, wie lange sie das noch konnten.

Wie es wohl Letitia jetzt erging? Mit Gewalt verdrängte Flavius diesen Gedanken. Er musste einen klaren Kopf behalten. Daher konzentrierte er sich auf die Gegner. Die Entführer hatten einen Echsenkarren genommen. Die trägen, sechsbeinigen Zugtiere bewegten sich nur langsam und auch nur bei Tage. In der Nacht würden die Gegner daher rasten müssen.

Wie aufs Stichwort tauchte am Horizont ein helles Lagerfeuer auf. Eigentlich war es dafür viel zu früh. Die Flüchtenden hätten schon viel weiter gekommen sein müssen.

Flavius und seine Begleiter verlangsamten die Nachtläufer und ritten zunächst einen Bogen um das leuchtende Feuer. Von Süden näherten sie sich langsam dem auffälligen Lager. Sie stiegen von ihren Reittieren ab, um sich unauffällig heranpirschen zu können. Einer der Ninjas reichte Flavius ein Fernglas. Überrascht stellte dieser fest, dass die Sicht damit trotz der Dunkelheit erstaunlich gut war. Offenbar hatte es eine sehr lichtstarke Optik. Denn eine künstliche Verstärkung der Helligkeit konnte er nicht erkennen. Außerdem war er sich sicher, dass es auch im Kaiserreich noch nicht die industriellen Grundlagen gab, verstärkende Elektronik herzustellen. Bei optischen Präzisionsgeräten mussten sie allerdings weiter sein, als Flavius zu träumen gewagt hätte.

Er suchte das Lager ab. Drei Zelte standen um das Feuer. Menschen konnte er nicht erkennen. Ob es überhaupt ihre Gegner waren? Ein Echsenkarren war nicht zu erkennen, allerdings auch keine anderen Fortbewegungsmittel. Das ergab alles keinen Sinn. Gegen den Lichtschein des Feuers war in einem der Zelte gelegentlich so etwas wie ein Schatten zu sehen. Es sah aus, wie ein gefesselter Körper. Wenn er noch einen Zweifel daran gehabt hätte, dass es sich um eine von den Gegnern aufgestellte Falle handelte, wäre er jetzt ausgeräumt gewesen. Aber warum baute jemand eine derart offensichtliche Falle auf?

Der zweite Ninja, der auch ein Fernglas vor Augen hatte, tippte ihn an und zeigte in eine Richtung abseits der Zelte. Flavius folgte dem Blick. Zwischen einigen Hecken konnte man eine Gestalt mit Armbrust erahnen.

»Ich kümmere mich um ihn«, meinte der erste Kämpfer.

»Noch nicht«, wies Flavius ihn an. »Die Falle ist so offensichtlich, dass jeder nach dem Hinterhalt gesucht hätte. Wenn unsere

Gegner uns nicht für Idioten halten, muss die eigentliche Falle weniger offensichtlich sein. Wir gehen zunächst nur ein kleines Stück näher heran. So unauffällig wie möglich.«

Als sie sich dem auf der Lauer liegenden Attentäter genähert hatten, entdeckten sie unweit einen weiteren, noch besser getarnten Gegner. Im Gegensatz zum ersten bewegte er sich allerdings gelegentlich geringfügig. Ob der erste Gegner eine Attrappe war?

Während sie langsam auf das zweite Versteck zukrochen, spürte Flavius wieder den Druck im Kopf, der mit fremden Suggestionen einherging. Er gab den Ninjas ein Zeichen, regungslos liegen zu bleiben. Dann verwandte er seine ganze Konzentration auf die Suche nach der Quelle der gedanklichen Manipulation.

Nach einer Weile konnte er sie ausmachen. Unweit des zweiten Gegners saß jemand auf einem provisorischen Hochsitz. Wie der Attentäter aus Bator, Alexander, hatte auch er einen Helm auf dem Kopf und ein Kästchen vor der Brust. Außerdem lag ein Blasrohr über seinen Beinen. Ein Seil ging von dem Hochsitz aus zum zweiten Versteck. Der Blasrohrschütze zog gelegentlich daran und sorgte so für die wiederkehrenden Bewegungen des vermeintlichen Armbrustschützen im Hinterhalt.

In Wirklichkeit war der Hinterhalt also dreistufig angelegt. Nur ein naiver Verfolger würde ins Lager eindringen. Alle anderen würden zumindest den ersten, vermeintlichen Attentäter im Hinterhalt entdecken. Dieser lag allerdings außerhalb der Reichweite des Blasrohrschützen. Dort musste es wohl noch eine weitere Falle geben. Ließ sich jemand nicht von dem einfachen Hinterhalt täuschen, würde er den zweiten Heckenschützen entdecken und dort zum Opfer der eigentlichen Falle werden. Ohne seine besonderen Fähigkeiten wären Flavius und seine Begleiter ebenfalls in diesen Hinterhalt geraten. Er erzählte den Ninjas von seiner Entdeckung. Dann kroch er alleine auf den für alle anderen unsichtbaren Hochsitz zu. Dort angekommen erzeugte er kraft seiner Gedanken die Illusion, der Hochsitz würde wanken und ächzen. Der Helmträger stand erschreckt auf und hielt sich an einer der Streben fest. Flavius verstärkte beim Helmträger das Gefühl, dass seine erhöhte Position jeden Moment einstürzen würde. Als dieser heruntergeklettert war, befand Flavius sich bereits unsichtbar neben ihm und schlug ihn mit einem kräftigen Schlag gegen die Schläfe nieder. In diesem Moment erschien auch den beiden Ninjas der Hochsitz aus dem Nichts. Sie kamen hinzu und halfen Flavius, dem bewusstlosen Gegner den Helm abzunehmen und ihn zu fesseln.

»Was ist mit den anderen Heckenschützen?«, fragte einer der Ninjas.

»Die dürften nur Attrappen sein. Sonst hätten sie längst reagiert, als der Hochsitz sichtbar wurde. Aber vielleicht kann unser Gefangener uns noch einiges dazu sagen, sobald er aufwacht.«

Stöhnend tat er das einige Minuten später. Einen Moment lang stemmte er sich gegen seine Fesseln. Dann blieb er ruhig liegen.

Noch bevor Flavius ihm eine Frage stellen konnte, hatte einer der Ninjas dem Gefangenen eine Nadel in den Arm gestochen.

»Was soll das?«, wollte Flavius verärgert wissen.

»Das ist nur ein Wahrheitsserum.«

Der gefesselte Gegner wurde für einen Moment unruhig, danach wirkte er fast lethargisch.

»Ist außer dir noch jemand von euch hiergeblieben?«

»Nein«, kam es mit emotionsloser Stimme.

»Alle anderen hier sind also nur Attrappen?«

»Ja.«

»Was wäre passiert, wenn wir ins Lager oder zum ersten Heckenschützen gegangen wären?«

»Ihr wärt vergiftet worden.«

»Warum?«

»Die Dornen der Büsche wurden vergiftet.«

»Und wenn wir zum zweiten Armbrustschützen gegangen wären, hättest du uns mit dem Blasrohr getötet, richtig?«

»Ja.«

»Wie lange wirkt das Gift an den Büschen?«

»Noch drei Tage.«

»Was ist mit der Sklavin, die ihr gefangen habt?«

»Erebos hat sie mitgenommen.«

»Ist Erebos euer Anführer?«

»Er leitet diese Mission.«

»Was hättest du gemacht, wenn dein Auftrag hier erfüllt gewesen wäre?«

»Ich wäre Erebos gefolgt.«

»Wohin ist er mit den anderen gegangen?«

»Zur Staubmeerküste.«

»An welche Stelle?«

»Südlich von Phinus.«

»Wie viele Leute seid ihr hier?«

»Vier und die Sklavin.«

»Also außer dir noch drei Kämpfer aus Noctur?«

»Ja.«

»Was wollt ihr am Staubmeer?«

Der Gefangene starrte Flavius an, würgte, senkte sein Kinn auf die Brust und warf dann den Kopf mit so viel Schwung in den Nacken, dass er sich dabei das Genick brach.

»Was war denn das?«, fragte Flavius entsetzt.

»Das verstehe ich auch nicht«, meinte einer der Ninjas. »Die Wahrheitsdroge hätte noch mindestens zehn Minuten wirken müssen. Und zumindest in dieser Zeit hätte er gar nicht den Willen aufbringen können, sich umzubringen. Es sah aus, als hätte Ihre Frage bei ihm etwas ausgelöst, was keine willentliche Entscheidung von ihm benötigte. Es soll möglich sein, so etwas im Unterbewusstsein zu verankern. Aber nur mit großem Aufwand.«

»Gespenstisch. Alle anderen Fragen konnte er unter der Droge beantworten. Es muss also etwas sehr Wichtiges und sehr Geheimes sein, was da am Staubmeer vorgeht.«

Sicherheitshalber überprüften sie am nächsten Morgen, ob das Lager und die anderen Hinterhalte wirklich bloß mit Attrappen bevölkert waren. Dabei achteten sie sorgfältig darauf, keinem der Dornenbüsche zu nahe zu kommen. Wo sie die Büsche nicht umgehen konnten, schlugen sie mit Schwertern eine Bresche. Der Gefangene hatte die Wahrheit gesagt. Bei Tageslicht konnten sie auch die Spur des Echsenkarrens sehen, die in Richtung Phinus führte. Da ihre Nachtläufer am Tage als Reittiere unbrauchbar waren, ruhten sie sich aus. Abwechselnd hielt einer Wache, während die anderen schliefen. Gegen Abend stärkten sie sich mit Proviant und Wasser. Dann schwangen sie sich wieder auf die Laufvögel und jagten auf Phinus zu.

Am Morgen des dritten Reisetages kam Phinus in Sicht. Die Nachtläufer legten sich hin, um sich auszuruhen. Flavius tauschte sein schwarzes Ninja-Outfit gegen gewöhnliche Kleidung aus, die er in einem Bündel mitgeführt hatte. Dann ging er zu Fuß nach Phinus, während seine Begleiter bei den Nachtläufern blieben. Er war überrascht, wie sehr sich das Städtchen seit seinem letzten Besuch verändert hatte. Die Fröhlichkeit der Menschen war verschwunden und hatte einer bedrückten Stimmung Platz gemacht. Der Markt für Staubfische war menschenleer. In einer Gaststätte, die er schon früher besucht hatte, bestellte er sich ein Bier und fragte den Wirt, was denn los sei.

»Es ist ein großes Unglück passiert. Bei allen Staubbooten sind die Haltetaue gerissen. Und die Männer am Ufer sind wohl ebenfalls dem Staubmeer zum Opfer gefallen.«

»Wie konnte denn das passieren?«

»Das weiß niemand. Als die Staubfischer nicht wieder in die Stadt kamen, sind einige zum Ufer gegangen und haben nachgesehen. Es war niemand mehr da. Keine Ufermannschaft, keine Staubfischer und keine Boote. Nur zwei Boote, die gerade in Reparatur waren, lagen noch am Ufer. Die Taue hingen lose ins Meer und waren stark ausgefranst. Es ist gespenstisch. Es würde Monate dauern, wieder genügend Staubboote zu bauen. Manche behaupten, es müsse ein Angriff von Raptoren gewesen sein. Aber die sind in unmittelbarer Nähe von Phinus schon lange nicht mehr gesichtet worden. Außerdem halten sie immer einen deutlichen Abstand zur Küstenlinie. Solange keiner weiß, was wirklich passiert ist, traut sich jedenfalls niemand mehr, aufs Meer hinauszufahren. Und ohne den Staubfisch wird das hier bald eine Geisterstadt werden. Die ersten Bürger haben schon die Stadt verlassen. Nur, wohin soll man ziehen? Ein paar Leute können sicher in Nova-Veni oder Bator Arbeit finden. Aber eine ganze Stadt?«

Flavius konnte die Verzweiflung gut nachvollziehen. Gleichzeitig fragte er sich, ob diese Vorfälle etwas mit Erebos und seinen Leuten zu tun haben könnten.

»Wann ist das Unglück denn geschehen?«

»Vor zwei Wochen.«

Es musste wenige Tage nach Satos Rettung aus dem Salzmeer passiert sein. Erebos und seine Männer hatten zu dieser Zeit noch nicht hier sein können. Aber Flavius war sich sicher, dass es irgendwie mit der Bedrohung aus Noctur zusammenhing. Nur wie? Die Antwort auf diese Frage musste enorm wichtig sein. So wichtig, dass die Attentäter konditioniert waren, sich selbst zu töten, ehe sie darüber Auskunft geben konnten. Neben Letitias Befreiung war es das Dringendste, eine Antwort auf diese Frage zu finden. Nachdem er sein Bier bezahlt und dem Wirt ein gutes Trinkgeld gegeben hatte, verließ er die Gaststätte wieder. Möglichst unauffällig schlenderte er in Richtung Küste. Nachdem er zwei verwunderte Blicke von Anwohnern aufgefangen hatte, als er das Städtchen bereits fast verlassen hatte, beschloss er, bei nächster Gelegenheit ganz aus dem Blickfeld der Menschen zu verschwinden. Sobald er einen Moment alleine war, baute er eine Unsichtbarkeitssuggestion um sich herum auf. Weitere Passanten nahmen keine Notiz mehr von ihm.

Entschlossen ging er jetzt direkt auf die Küste zu. Zu seinem Erstaunen bemerkte er, dass sich drei Männer in unmittelbarer Nähe der Staubfontäne aufhielten. Es waren allerdings keine Fischer.

Trotzdem ragte neben ihnen ein gespanntes Haltetau in die Staubwand, die die Küstenlinie markierte. Statt sich über Handzeichen zu verständigen, wie es die Bewohner von Phinus an der tosenden Küste taten, brüllten sich diese Männer an, um sich zu verständigen. Flavius hielt seine Unsichtbarkeit aufrecht und kam näher heran.

»Wie lange wird das Seil halten?«

»Wahrscheinlich noch zwei oder drei Tage. Es ist aber schon ziemlich ausgefranst. Wenn Flavius bis dahin nicht gekommen ist, hatte unsere Falle Erfolg.«

»Und dann?«

»Na, dann reißt das Seil und die Sklavin wird mit dem Boot ins offene Meer gerissen.«

»Nein, ich meine, was wir dann machen?«

»Wir gehen zu den anderen und helfen beim Bau.«

»Na toll.«

»Wärst du lieber bei der Mission gestorben?«

»Warum gibt es eigentlich immer nur die Alternativen, irgendetwas Unangenehmes zu tun oder zu sterben?«

»Na, so unangenehm war diese Mission doch nicht, oder?«

»Stimmt auch wieder. Bis jetzt ist alles glatt gelaufen. Und was willst du machen, wenn dieser Flavius doch noch kommt?«

»Ganz einfach, ihr beide werdet ihn töten. Oder, falls ihr das nicht schafft, drohe ich ihm damit, das Seil zu dem Boot mit seiner Sklavin zu durchtrennen, wenn er seine Waffen nicht wegwirft. Ist er so doof und wirft sie weg, tötet ihr ihn. Andernfalls kappe ich das Seil und wir greifen ihn zu dritt an. Wahrscheinlich ist er dann wütend und kämpft schlechter.«

»Irgendwie schade um die Sklavin. Sie wird ja in jedem Fall sterben. Eigentlich wolltest du sie mir doch schenken.«

»Pech für dich. Tatsächlich ist sie schon tot. Sie weiß es nur noch nicht. Das Seil ist bereits so ausgefranst, dass es reißt, wenn man versucht, das Boot daran wieder hereinzuziehen.«

In Flavius stieg kalte Wut auf, als er dem Gespräch der beiden lauschte. Wenn er Letitia retten wollte, musste er sich etwas einfallen lassen. Und zwar sehr bald. Auch unsichtbar konnte er nicht alle drei töten, ohne dass einer vorher das Tau kappte, an dem das Staubboot mit Letitia hing. Er brauchte Hilfe. Zügig und unter Aufrechterhaltung seiner Unsichtbarkeit ging Flavius wieder zurück zu den Ninjas. Mit ihnen arbeitete er einen Plan zur Beseitigung der drei Entführer aus. Davon, wie er Letitia danach retten wollte, hatte er nur eine vage Vorstellung. Vielleicht konnte ihm dann jemand aus Phinus helfen. Aber zuerst musste er Erebos und seine Helfer unschädlich machen.

29

In der Nacht kehrte er mit den beiden Ninjas zur Küste zurück. Dabei stellte er sich vor, dass er und seine beiden Begleiter nur ein Windhauch seien, der in der tosenden Staubbrandung unterging.

Flavius selbst stellte sich direkt vor Erebos auf, der unmittelbar neben dem Haltetau stand und sein Schwert gezogen hatte. Jeder der Ninjas postierte sich neben einem der anderen Gegner. Auf ein Signal hin, das nur die Ninjas wahrnehmen konnten, enthaupteten beide ihre Gegner. Im gleichen Moment hob Flavius die Unsichtbarkeit auf und schlug mit seinem Schwert den erhobenen Schwertarm von Erebos ab, bevor dieser das Tau zu Letitias Boot durchtrennen konnte. Dadurch bekam Erebos das Übergewicht zur anderen Seite und stürzte in die Staubmauer, die ihn augenblicklich ins Meer hineinriss. Ein Ruck am Haltetau zeigte, dass sein Körper gegen das Staubboot geprallt sein musste. Erkennen konnte man das durch die Staubwand nicht. Einige weitere Fasern des Taus rissen.

Die Ninjas warfen die Körper und Köpfe der Getöteten etwas weiter seitlich vom Boot ins Meer. Auch der Schwertarm von Erebos folgte ihnen. Dann blieben die Ninjas bei der Befestigung des Bootes zurück, während Flavius im Dauerlauf nach Phinus hineinrannte. Er stürmte in die noch gut gefüllte Gaststätte.

»Ich brauche sofort ein paar Leute, die sich mit Staubbooten auskennen und sich ein paar Dukaten verdienen wollen.«

»Wir sollen uns für ein paar Dukaten vom Staubmeer verschlingen lassen? Vergessen Sie's.«

»Von euch braucht keiner aufs Meer. Ich will nur erklärt bekommen, wie es funktioniert. Und zwar jetzt sofort.«

Einige Leute erklärten ihm, wie die Winden im Innern des Bootes bedient wurden, andere beschrieben ihm, wie er das Boot am Ufer befestigen musste.

»Wie kann ich mit einem Boot ein anderes retten, dessen Seile fast durchgescheuert sind?«

»Das ist völlig unmöglich. Auf dem Staubmeer kann man nicht an ein anderes Boot heranmanövrieren.«

»Und wenn das eine Boot direkt neben dem anderen ins Meer gelassen wird?«

»Hm. Man müsste versuchen, mit einer Angel eine der Befestigungsösen für das Signalseil zu treffen. Dann könnte man sich ans andere Boot heranziehen. Ich glaube zwar nicht, dass man das zweite Boot so retten kann, aber vielleicht die Leute, die drauf sind. Fragen Sie das jetzt nur so, oder braucht wirklich jemand Hilfe?«

»Es ist wirklich jemand in Gefahr. Wo bekomme ich so eine Angel her?«

»Vergessen Sie es. Um so gut damit umzugehen, dass das klappen kann, braucht man jahrelange Erfahrung.«

»Na gut, dann brauche ich eben jemanden mit Erfahrung. Tausend Dukaten für denjenigen, der mit aufs Meer kommt und es versucht.«

Einen Moment herrschte Stille. Dann meldete sich ein alter Fischer.

»Geben Sie meinem Sohn das Geld vorher. Dann komme ich mit. So ist er wenigstens versorgt, wenn uns das Staubmeer verschluckt.«

Flavius holte einige Zertifikate hervor, die zusammen tausend Dukaten wert waren. Einige Münzen verteilte er an die Leute, die ihm vorher brauchbare Ratschläge gegeben hatten. Dann brach er mit dem alten Mann auf.

Als sie das Ufer erreichten, warf der Mann einen kritischen Blick auf das Tau, das Letitias Boot hielt.

»Was für Stümper haben das denn gemacht? Man kann doch ein Boot nicht an einem dünnen Signalseil befestigen. Waren Sie das?«

»Nein. Darüber können wir später noch sprechen. Wir nehmen das Boot dort hinten.«

»Das muss erst noch repariert werden. Sehen Sie nicht die Schäden an der Stirnseite? Da kommt dauernd Staub rein, wenn man so aufs Meer fährt.«

»Sie haben das dünne Signalseil gesehen. Wir haben keine Zeit, erst ein Boot zu reparieren.«

Der alte Fischer murmelte noch ein paar Flüche vor sich hin, die bei dem Lärm des Staubmeeres allerdings nicht zu verstehen waren. Er zeigte Flavius und den Ninjas, wie die beiden Haltetaue am Boot und am Ufer zu befestigen waren. Für diese Arbeiten war er selbst nicht mehr kräftig genug. Das hinderte ihn allerdings nicht daran, die Arbeiten hinterher sorgfältig zu überprüfen. Schließlich war alles zu seiner Zufriedenheit angeleint.

Flavius nagelte noch schnell einige Bretter über die Löcher in der Stirnseite des Bootes, was ihm eine griesgrämige Anerkennung des Fischers einbrachte. Es war zwar nur eine sehr grobe und behelfsmäßige Reparatur, aber sie wollten ja auch nicht lange auf dem Meer bleiben.

Flavius stieg mit dem Fischer in das Boot. Von außen sah es aus, als hätte man zwei Ruderboote an der Reling aufeinandergenagelt. Die untere Hälfte war abgeflacht und keilförmig, während die obere bauchig aussah. Flavius fühlte sich bei der Form an Walnüsse erinnert, eine der zahllosen Pflanzen, die noch von den Alten Schiffen kamen und auf dem Planeten heimisch geworden waren. An der spitzen Seite waren die beiden Haltetaue befestigt.

Der Fischer hatte sich an eine der beiden Winden gestellt, Flavius übernahm die andere. Langsam ließen sie Tau nach, während die Ninjas das Boot über eine Schräge ins Meer schoben. Kurzzeitig wurde die Staubwand geteilt, als das Boot hineinragte. Ein lautes Knirschen war im Innern des seltsamen Gefährts zu hören, als die Staub- und Geröllteile begannen, am Boden entlangzuschaben. Das Boot schaukelte dabei zunächst heftig, sodass Flavius alle Mühe hatte, nicht von seiner Winde weggeschleudert zu werden. Er warf einen Blick auf den Fischer. Dieser hatte sich einen Gurt umgelegt, der an der Winde herunterhing. Flavius folgte seinem Beispiel.

Sobald sie weiter draußen auf dem Staubmeer waren, ließen die Schlingerbewegungen nach. Im Gleichtakt gaben sie mehr und mehr Tau frei. Dann gurteten sie sich los und schauten aus dem Heckfenster. Es war ein beeindruckendes Bild, auch wenn Flavius die Muße fehlte, es ausgiebig zu betrachten. Um sie herum rasten Staub und Geröll zum Horizont. Abseits der Küste schien sich der Staub nur auf Höhe des Schiffs zu bewegen. Die Luft war annähernd staubfrei und nicht so diesig wie auf dem Salzmeer.

Etwas weiter draußen sahen sie auch das andere Boot. Da es nur an einer Leine befestigt war, schlingerte es wild umher. Der Fischer schüttelte nur den Kopf. Es war nicht schwer zu erraten, dass er sich fragte, welcher Idiot das andere Boot so auf das Staubmeer gelassen hatte. Sie ließen noch mehr Tau nach, um schließlich auf die gleiche Höhe wie Letitias Boot zu kommen.

»Sieht ja noch schlimmer aus, als ich dachte«, brüllte der Fischer, während er nach einer Angel griff und einen speziellen Haken befestigte. Mit einer weit ausholenden Bewegung schleuderte er das Angelseil mit dem Haken zu dem anderen Boot. Durch dessen Schlingern verfehlte er immer wieder eine der Befestigungsösen. Allerdings ließ er sich nicht dadurch entmutigen. Mit stoischem Gleichmut versuchte er es wieder und wieder. Schließlich, als Flavius schon kaum noch darauf zu hoffen wagte, gelang es endlich. Die Angelschnur hatte sich um eine der Ösen geschlungen und im Haken verfangen. Mit vereinten Kräften zogen sie das andere Gefährt zu sich heran.

»Jetzt müssen die Leute vom anderen Boot zu uns rüberkommen«, brüllte der Fischer gegen das Getöse an.

»Ich fürchte, dazu werde ich erst hinübergehen müssen.«

Der Fischer schüttelte nur den Kopf. Flavius wollte sich ein Halteseil um die Hüfte schlingen, bevor er auf das andere Boot sprang.

»Lassen Sie das lieber. Wenn Sie das andere Boot verfehlen, sterben Sie sowieso. Und wenn Sie dann am Seil in der Staubströmung hängen, reißt es Ihnen die Haut und das Fleisch von den Knochen. Kein schöner Tod.«

Es klang so, als hätte er das bereits einmal mit angesehen. Trotzdem ließ Flavius das Seil an seinem Platz. Vielleicht konnte er damit das andere Schiff noch dichter heranholen, wenn er mit Letitia zurückkam. Dann sprang er.

Kaum war er auf der Reling des anderen Bootes gelandet, schlingerte es noch heftiger. Und auch das Befestigungsseil riss mit einem Ruck noch weiter auseinander. Noch einmal durfte das Seil nicht belastet werden. Er öffnete eine Luke im Boot und betrat den Innenraum.

Letitia lag nackt, gefesselt und apathisch auf dem Boden. Ihre Lippen waren spröde. Sie musste am Verdursten sein. Diese Schweine hatten sie vor ein paar Tagen einfach gefesselt in das Boot geworfen.

Zuerst befreite Flavius sie von ihren Fesseln. Dann hob er sie hoch.

Sie war ganz leicht. Nur der Keuschheitsgürtel hatte noch ein spürbares Gewicht. Flavius befreite sie daraus und schlang sein Seil auch um ihre Hüfte. Aus eigener Kraft würde sie sich nicht an ihm festhalten, geschweige denn aufs andere Boot springen können.

Da das eine Ende seines Seils im anderen Schiff befestigt war, konnte er durch Ziehen die beiden Staubboote noch näher zusammenbringen. Dann stellte er sich mit seiner gerade noch lebenden Sklavin in die Luke und wartete ab, bis das Schlingern des Schiffs ihm genug zusätzlichen Schwung gab, das andere Gefährt zu erreichen. Er sprang. Und er polterte mit Letitia durch die Luke des rettenden Bootes. Der Absprung hatte das dünne Halteseil des anderen Staubbootes endgültig reißen lassen. Es schoss zum Horizont und versank.

Nachdem er Letitia von sich losgebunden hatte, schloss Flavius die Luke wieder und kurbelte im Gleichtakt mit dem Fischer das Staubboot zurück zum Ufer. Dort angekommen, nahm er Letitia über die Schulter und folgte dem Fischer zurück nach Phinus. Auch die beiden Ninjas begleiteten sie.

30

Im Gasthaus ging Flavius direkt auf den Wirt zu, während der Fischer den staunenden Gästen erzählte, was er gerade erlebt hatte.

»Ich brauche sofort ein Zimmer mit Dusche, zwei große Karaffen mit frischem Wasser und später ein Kleid für meine Begleiterin.«

Der Wirt nannte ihm eine Zimmernummer und brachte selbst kurze Zeit später die zwei Karaffen mit Wasser. Dann ließ er Flavius mit Letitia allein. Hoffentlich war es noch nicht zu spät. Letitia hatte seit der Rettung kein Lebenszeichen mehr von sich gegeben.

Zunächst legte er sie aufs Bett und befeuchtete ihre Lippen mit einem Lappen, den er in Wasser getaucht hatte. Langsam kam das Leben in Letitia zurück. Aus einem Becher gab er ihr ein wenig Wasser zu trinken, das sie gierig herunterschluckte. Allmählich nahm sie auch ihre Umgebung wieder bewusst wahr. Ungläubig schaute sie Flavius an. Ein Lächeln stahl sich auf ihr Gesicht, und ihre Augen bekamen einen feuchten Glanz. Er drückte sie einen Moment an sich. Und sie schluchzte.

»Nicht jetzt. Erst musst du noch mehr trinken, bevor du genug Flüssigkeit für Tränen übrig hast.«

Sie musste lachen, auch wenn es sie sichtbar anstrengte. Als sie bereits mehr als eine Karaffe ausgetrunken hatte, sank sie erschöpft aufs Bett zurück. Flavius ließ die Karaffe wieder auffüllen, während er selbst unter die Dusche ging und den Staub abspülte, der sich bei der Rettungsaktion auf seinem ganzen Körper abgelagert hatte.

Frisch geduscht ging er zurück in den Schankraum und bestellte für Letitia und sich ein leichtes Essen aufs Zimmer. Die

Ninjas saßen etwas abseits und nahmen ebenfalls eine Mahlzeit zu sich. Den anderen Gästen waren sie in ihrer schwarzen Bekleidung offensichtlich nicht geheuer.

»Ich vermute, dass eure Fischer ermordet wurden. Nicht vom Staubmeer, sondern von fremden Soldaten, die hier ihr Unwesen treiben.«

Alle wandten Flavius ihre Aufmerksamkeit zu.

»Wir haben eine Gruppe von ihnen hierher verfolgt, nachdem sie in Nova-Veni einen Anschlag verübt hatten.«

»Was wollen die von uns? Wir haben doch niemandem was getan. Und wir sind weder reich noch eine Bedrohung für irgendwen.«

»Ich weiß auch noch nicht, was sie genau vorhaben. Sie wollen es aber unter allen Umständen geheim halten. So sehr, dass sich ihre eigenen Leute sogar töten, bevor sie es verraten können. Ich vermute, eure Fischer haben etwas entdeckt. Oder hätten es entdecken können, wenn sie nicht vorher ermordet worden wären.«

»Wo verstecken sich diese Schweine?«, fragte ein aufgebrachter Bürger.

»Ihr solltet nicht versuchen, euch mit ihnen anzulegen. Sie verfügen über Waffen, gegen die ihr keine Chance habt. Es ist besser für euch, wenn ihr zunächst in der Stadt bleibt und die Küste meidet. Wir werden versuchen, mehr herauszubekommen.«

»Und wir sollen tatenlos hinnehmen, was die uns angetan haben?«

»Nein, das sollt ihr nicht. Aber wenn ihr sie jetzt angreift, werden sie wahrscheinlich jeden Einwohner von Phinus töten. Sie sind nicht nur eure Feinde, sondern auch unsere. Sobald wir wissen, wie wir mit ihnen fertig werden können, bekommt auch ihr die Gelegenheit, mitzukämpfen.«

Flavius hatte bewusst seine Fähigkeiten eingesetzt, um die Bewohner von Phinus auf seine Seite zu ziehen. Sonst wären sie sicher nicht so schnell davon zu überzeugen gewesen, dass ihre Fischer keinem Unglück oder Staubmeerungeheuer, sondern feindlichen Soldaten zum Opfer gefallen waren. Er war zwar davon überzeugt, dass es sich genau so verhielt, hatte außer Indizien allerdings keine wirklichen Beweise. Um so wichtiger war es, mehr über die Pläne und Aktivitäten Nocturs zu erfahren.

Als er wieder zu Letitia ins Zimmer ging, saß sie bereits auf dem Bett und trank einen Becher Wasser, den sie sich aus der zweiten Karaffe eingegossen hatte.

Schnell stellte sie das Wasser weg und kniete sich vor ihm hin. Dabei schaute sie zu Boden.

»Ich weiß nicht, wie es passiert ist«, begann sie zaghaft.

»Was meinst du?«

»Der Keuschheitsgürtel. Er ist weg. Aber ich habe mich nicht an ihm zu schaffen gemacht.«

Flavius lächelte und strich ihr durchs Haar.

»Den habe ich dir abgenommen, als ich dich vom Staubboot holte. Mit dem Gürtel wäre die Rettung zu gefährlich geworden.«

»Es tut mir leid ...«

»Ach, vergiss den Gürtel. Ich kann jederzeit einen neuen anfertigen lassen. Es ist mir viel wichtiger, dass ich dich retten konnte.«

»Aber ich bin doch nur Ihre Sklavin.«

»Still jetzt. Gehe erst mal unter die Dusche und spül dir den Staub von Haut und Haaren.«

Während sie unter der Dusche war, brachte der Wirt das Essen und auch ein schlichtes Kleid für Letitia.

»Komm her, setz dich und iss etwas«, forderte er sie auf, als sie mit nassen Haaren aus der Dusche kam. »Das Kleid brauchst du erst, wenn du das Zimmer verlässt.«

Nachdem sie mit dem Essen fertig waren, befahl er ihr, sich breitbeinig aufs Bett zu legen.

»Warst du unter der Dusche auch brav?«, wollte er von ihr wissen.

»Ja, Herr.«

Sie war froh, der Versuchung widerstanden zu haben, der sie ohne ihren Keuschheitsgürtel ausgesetzt war. Zwar fühlte sie sich seit ihrer Rettung lebendig wie selten zuvor und verspürte wieder das unbändige Verlangen nach Lust und Befriedigung, aber es wäre ihr sehr schwer gefallen, zugeben zu müssen, ihn enttäuscht zu haben. Das hatte ihr unter dem brausenden Wasser die Kraft gegeben, standhaft zu bleiben.

»Ich bin sehr zufrieden mit dir«, flüsterte er, während seine Hände über ihren Körper strichen. Sie räkelte sich unter seinen Berührungen. Hoffentlich hörte er nicht so schnell damit auf. Ihre Hände krallten sich in das Bettlaken, während er sie mit seinen Liebkosungen vor Leidenschaft brennen ließ.

»Darf ich Ihnen aus der Kleidung helfen, Herr?«

Mit einem Nicken gab er ihr die Erlaubnis. Er war erkennbar erregt. Kaum war er von allem Stoff befreit, ging sie vor ihm in die Knie und verwöhnte ihn inbrünstig. Dann zog er sie aufs Bett und drang kraftvoll in sie ein. Sie presste ihren Körper an seinen und stöhnte hemmungslos. Alle Angst und Wut der vergangenen Tage fielen von ihr ab. Schließlich schrie sie ihre Lust heraus. Und auch er erreichte mit lautem Stöhnen seinen Höhepunkt.

»Ich möchte dich gar nicht wieder loslassen. – Entschuldigung, Herr. Ich meinte natürlich, ich möchte Sie nicht wieder loslassen.«

»Ist schon gut. Wenn wir alleine sind, darfst du mich mit Du anreden.«

»Ich bin froh, dass du der Intrige und der Falle entkommen konntest, die diese Mistkerle für dich aufgebaut hatten«, sagte sie, während sie ihn zärtlich streichelte. »Es war schrecklich, es mit ansehen zu müssen, ohne etwas tun zu können.«

»Hast du mitbekommen, warum sie das ganze Theater veranstaltet haben?«

»Sie hatten den Auftrag, dich unschädlich zu machen. Warum genau wussten sie auch nicht. Nur, dass du für die Pläne Nocturs besonders gefährlich bist.«

»Haben sie etwas dazu gesagt, was sie am Staubmeer wollten?«

»Nein. ... Das heißt, eine Bemerkung hat der Anführer mal gemacht. Er meinte, dass er vielleicht vom Staubmeer aus zuschauen könne, wie das Seil meines Bootes reißen würde. Der Teufel soll diesen Mistkerl holen.«

»Das hat er bereits. Erebos meinte, er könne zuschauen? Interessant. Ich werde versuchen, morgen mehr darüber in Erfahrung zu bringen.«

»Bring dich bitte nicht in Gefahr. Diese Typen kennen keine Gnade.«

»Ich weiß. Aber ich glaube nicht, dass die Gefahr für mich besonders groß sein wird.«

»Das klingt nach berühmten letzten Worten. – Autsch! – Entschuldigung, Herr.«

31

Letitia blieb zusammen mit einem Ninja in Phinus zurück, als Flavius sich mit seinem anderen Begleiter auf den Weg machte. Sie ließen die Nachtläufer nur langsam und mit gebührendem Abstand zur Küstenlinie nach Süden laufen. Auch wenn die Staubwand bei Nacht nur undeutlich zu erkennen war, stellte es kein Problem dar, genügend Abstand zum Staubmeer zu halten. Die Intensität des Dröhnens der aufgewirbelten Staub- und Geröllpartikel war bereits ein sicherer Indikator für die richtige Distanz zur Küste. Immer wieder hielt Flavius seinen Laufvogel an, um mit dem Nachtglas nach den Angreifern aus Noctur Ausschau zu halten. Ganz so ungefährlich, wie er es gegenüber Letitia dargestellt hatte, war diese Mission nicht. Die Gegner konnten sich sowohl mit traditionellen Fallen und getarnten Vorposten vor Entdeckung geschützt haben, als auch mit Suggestionen jener Intensität, die er bereits in der Felswüste schmerzhaft erlebt hatte.

Flavius beschloss, zunächst in größerem Abstand zum Staubmeer nach Südwesten zu reiten, um dann aus der hoffentlich weniger gut bewachten Richtung, nämlich aus Südosten, nach dem Lager zu suchen. Er hoffte, dabei keinem Rudel Raptoren in die Quere zu kommen. Südlich von Phinus waren sie eine gefährliche Plage, sobald man sich zu weit von der Küste entfernte.

Während sie den Abstand zur Staubwand allmählich vergrößerten, entdeckten sie plötzlich mitten im Ödland einen Lichtschein. Sie machten einen noch größeren Bogen und näherten sich von Westen dem flackernden Licht. Dabei stiegen sie von ihren Nachtläufern ab, um möglichst keine erkennbare Silhouette gegen den Horizont abzugeben. Die nur schwach wahrnehmbaren Helligkeitsschwankungen kamen offenbar aus einer Senke. Kurz darauf war das Flackern ganz verschwunden. Hatte man sie entdeckt? Sie hatten die Nachtläufer an einem Busch festgebunden und schlichen gebückt auf die Stelle zu, die jetzt wieder im Dunkeln lag. Plötzlich hatten sie den Rand der Senke erreicht. Unter ihnen lagerten einige riesige Eisendrahtrollen und unzählige Stapel mit Platten. Sie konnten jetzt auch die Quelle des Lichtscheins sehen. Drei Leute mit Fackeln leuchteten einer größeren Gruppe von Arbeitern, die eine der Drahtrollen und einige der Platten Richtung Küste schleppten.

Nachdem sie sich eine ungefährliche Stelle für ihren Abstieg gesucht hatten, die sie beim Rückweg auch wieder hinaufklettern konnten, ließen sich Flavius und sein Begleiter in die Senke hinab. Unauffällig folgten sie den Arbeitern, wobei sie die Drahtrollen und Plattenstapel als Deckung benutzten. Die Senke schien in eine weitere zu münden. Allerdings war es unmöglich, in diese hineinzusehen. Statt dessen spürte Flavius wieder das Gefühl einer fremden Beeinflussung. Er musste ab hier alleine weitergehen. Würde er die Suggestion nicht nur für sich, sondern auch für den Ninja aufheben, könnte dies wahrscheinlich von den Gegnern festgestellt werden. Zunächst kletterten beide wieder aus der Senke heraus. Der Ninja schlich zurück zu den Nachtläufern, während Flavius dem südlichen Rand der Senke zum Staubmeer hin folgte.

Er benötigte einen Moment, um sich der Suggestion zu entziehen. Die Senke öffnete sich in eine größere, die auf der gegenüberliegenden Nordseite von Armbrustschützen bewacht wurde. Viel später hätten er und der Ninja nicht nach Westen abbiegen dürfen, fuhr es ihm durch den Kopf. Unter sich konnte er erkennen, wie aus Eisendrähten ein armdickes Seil geflochten wurde. Die Platten, die wahrscheinlich aus besonders hartem Eisenholz bestanden, wurden zu großen Teilen zusammengesetzt, die eine flache U-Form hatten. Als Flavius nach der Quelle der Suggestion suchte, die diese recht laute und helle Fabrikation verbarg, gefror ihm fast das Blut in den Adern. Eine kleinere Ausgabe jener Göttin, der er in der Felswüste fast zum Opfer gefallen wäre, schwebte am östlichen Ausgang der großen Senke. Obwohl er sicher war, dass das Erscheinungsbild eine Illusion war, konnte er sie nicht durchdringen. Andererseits war er sich sicher, die wahre Gestalt dieses Wesens bereits einmal gesehen zu haben. Zweifellos steckte ein technisch aufgerüsteter Staubkrabbler hinter dieser Erscheinung.

Als er weiter ostwärts kroch, wäre er fast eine Böschung hinuntergerutscht. Dass sich die Senke noch einmal erweiterte, hatte er genauso wenig erkennen können, wie die tatsächliche Gestalt des Staubkrabblers. Die Suggestionskraft dieser Wesen musste gigantisch sein. Erst nachdem er wusste, dass hier erneut etwas vor ihm verborgen wurde, konnte er allmählich diese Illusion durchdringen. Trotzdem begriff er zunächst nicht, was er sah. Zwei armdicke Drahtseile wurden mit einer Vielzahl von Befestigungen im Boden verankert und zogen sich in Richtung Staubmeer. Zwischen diesen Seilen war ein Abstand von ungefähr fünf Metern. An beiden Enden der Seile wurden weitere Meter des Materials angeschweißt und verflochten. In mehreren Schüben öffneten Arbeiter abwechselnd die Befestigungen der Seile und ließen sie so ein Stück weiter zur Küste hin rutschen. Die Seile wurden dadurch Zug um Zug verlängert. Flavius fragte sich, ob sie sie über das gesamte Staubmeer spannen wollten.

Etwas weiter östlich wurde ein U-förmiges Teil von unten an die Seile gehoben. Innerhalb des U befestigten Arbeiter weitere Platten und schlossen so die Seile in der Form ein. Dann wurde sie zur Küste geschoben. Schlagartig begriff Flavius, was er dort sah. Diese Arbeiter bauten eine Brücke über das Staubmeer. Statt Pfeilern ließen sie die Konstruktion von der Strömung tragen. Aber damit konnten sie höchstens eine Brücke geradeaus bis in die Mitte des Staubmeers bauen, da die Strömung diese Brücke nur in ihrer Richtung stützen würde.

»Das darf doch nicht wahr sein«, entfuhr es Flavius halblaut. Mit einem Mal begriff er das gesamte Ausmaß der Konstruktion.

Wenn auch Noctur so eine Brücke ins Staubmeer baute, konnte man die Enden auf dem Meer verbinden und so eine Brücke von Noctur bis Phinus bauen. Ihr Versuch, Noctur durch eine Seeblockade auf dem Salzmeer zu isolieren, wurde durch diese Brücke sinnlos. Flavius schien dieser Aufwand allerdings viel zu groß. Schließlich war auch diese Brückenverbindung strategisch leicht zu blockieren, sobald man von ihr wusste. Deshalb mussten wohl auch die Fischer von Phinus sterben. Vielleicht war das auch ein Grund, warum man ihn unbedingt ausschalten wollte. Schließlich war er der einzige, der eine Geschäftsverbindung nach Phinus unterhielt. Trotzdem konnte Flavius sich des Eindrucks nicht erwehren, dass es mit dieser Brücke noch eine weitere Bewandtnis haben musste. Nur welche? Mehr würde er hier und heute nicht in Erfahrung bringen können. Vorsichtig kehrte er zu dem Platz zurück, an dem der Ninja bei den Nachtläufern wartete.

Irgendetwas war falsch hier. Flavius konnte die Bedrohung spüren. Es hatte allerdings nichts mit dem Druck im Kopf zu tun, den er bei fremden Suggestionen spürte. Es war einfach nur das Gefühl, dass etwas nicht stimmte. Er war alarmiert, konnte aber zunächst nicht erkennen, wieso. Der Ninja wartete bereits in Sichtweite. Allerdings schien er in eine andere Richtung zu schauen. Flavius konnte in dieser Richtung jedoch nichts sehen. Sein Blick wanderte zurück zum Ninja. Plötzlich wusste er, was ihn an der Szenerie störte. Der Ninja lehnte sich leicht nach hinten. Es gab aber hinter ihm nichts, woran er sich lehnen konnte. In der Hocke holte er sein Nachtglas heraus. Als die Kleidung seines Begleiters im stetigen Südwestwind flatterte, konnte Flavius erkennen, dass eine Lanze ihn aufrecht hielt. Sie musste in seinem Rücken stecken. Sie waren also entdeckt worden. Und offensichtlich warteten die Gegner nun darauf, dass der zweite Eindringling, also er, zurückkam. Fliehen kam ohne den Nachtläufer allerdings nicht in Frage. Er musste den Hinterhalt entdecken und die Feinde ausschalten, wenn er zu seinem Laufvogel kommen wollte. Und er musste es bald tun. Es konnte nicht mehr lange dauern, bis die Sonne aufging. Dann war der Nachtläufer praktisch blind und würde weder mit gutem Zureden, noch mit Gewalt zum Weiterlaufen zu überreden sein. Auf allen vieren robbte Flavius sich an die Laufvögel und den toten Ninja heran. Plötzlich spürte er einen Fuß, der ihn gewaltsam zu Boden drückte.

»Ich habe den anderen! Soll ich ihn gleich hier töten?«

Flavius spürte ein Messer an seinem Hals. Der Gegner kniete jetzt auf seinem Rücken und ließ ihm keinen Bewegungsspielraum. Wenn er sich nicht augenblicklich aus seiner Lage befreien konnte, war er verloren. Auch, wenn man ihn nicht sofort tötete, wäre sein Schicksal besiegelt. Sobald er in den unmittelbaren Einflussbereich des Staubkrabblers kam, hatte er nicht einmal mehr den Anflug einer Chance. Gegen dessen Suggestionen konnte er sich nicht zur Wehr setzen. Sie würden nicht nur ihn töten, sondern auch die Bewohner von Phinus und Letitia, die sich noch dort aufhielt, wenn sie erfuhren, was er bereits herausbekommen hatte.

»Steche ihn in den Bauch. Dann ist er zu stark verletzt, um fliehen zu können, lebt aber noch lange genug, um verhört zu werden.«

Aus eigener Kraft würde er sich nicht aus dem Griff des feindlichen Soldaten befreien können. Die Vorstellung, im Verhör des Staubkrabblers alle Geheimnisse preiszugeben, war für ihn noch schlimmer als der Gedanke an den eigenen Tod. Schlagartig kam ihm die rettende Idee. Er ließ seinen Gegner den schrillen Aufschrei eines angreifenden Raptoren hören. In dieser Gegend musste man mit Angriffen dieser Biester rechnen, die entfernt mit den Nachtläufern verwandt waren. Erschreckt schaute der Soldat in die Richtung, aus der er den Schrei vernommen zu haben glaubte. Auch seinen Dolch hielt er abwehrend in diese Richtung. Flavius nutzte die Verwirrung, um sich aus dem Griff des Feindes zu befreien. Ehe dieser begriff, was geschah, hatte er bereits Flavius' Dolch im Herzen. Die außergewöhnlich scharfe Klinge hatte auch den Lederharnisch des Soldaten problemlos durchstochen.

Sofort machte Flavius sich unsichtbar und griff auch den zweiten und einen dritten Soldaten an. Einen Moment später waren auch sie tot. Ein wütendes Kreischen ertönte aus der Senke. Offenbar war seine Suggestion auch dort nicht unbemerkt geblieben. Er musste schnellstens verschwinden. Aber das hatte er ohnehin vorgehabt. Den toten Ninja lud er auf einen der Nachtläufer und schwang sich auf den zweiten. Neben dem Lärm, der aus der Senke ertönte, hörte er ganz in der Nähe einen Raptoren schreien. Sollte seine Suggestion tatsächlich diese gefährlichen Raubtiere angelockt haben? Das konnte ihm nur recht sein. Denn dann war eine Verfolgung durch die Soldaten aus Noctur praktisch ausgeschlossen. Und vielleicht würden die Gegner zu der Ansicht kommen, dass ihre Patrouille ebenfalls diesen Jägern zum Opfer gefallen war.

Die Nachtläufer brauchte er nicht zur Eile antreiben. Es wäre ihm im Gegenteil kaum möglich gewesen, sie langsamer laufen zu lassen, nachdem sie das Geschrei ihrer entfernten Verwandten vernommen hatten. Glücklicherweise waren die Raptoren im Gegensatz zu den Nachtläufern nicht sehr ausdauernd, auch wenn sie auf kurzen Strecken jedes andere Lebewesen einholen konnten, das er kannte. Die grünen Panther fielen ihm ein. Ob sie mit diesen im Rudel angreifenden Fressmaschinen wohl fertig werden konnten? Möglich wäre es. Einmal bemerkte er, wie einige Raptoren versuchten, ihm den Weg abzuschneiden. Als er die Nachtläufer Richtung Staubmeer ausweichen ließ, blieben sie allerdings zurück. Vielleicht störte der Lärm der Staubströmung ihre Orientierung. Für den Rest der Strecke nach Phinus blieb er jedenfalls unbehelligt.

Es dämmerte bereits, als das Städtchen in Sicht kam. Er schaffte es gerade so zu der Stallung, in der bereits der andere ihrer Laufvögel untergebracht war. Dann legten sich die Tiere in den Sand und schliefen. Flavius ging in die Gaststätte und informierte den anderen Ninja über das Schicksal seines Kollegen. Dieser nahm seinem toten Gefährten alle Ausrüstungsgegenstände ab, brachte seine sterblichen Überreste zum Staubmeer und warf sie nach einem kurzen Moment des Gedenkens hinein.

»Zumindest brauchen wir uns keine Gedanken darüber zu machen, wie wir Ihre gerettete Sklavin nach Nova-Veni transportieren können«, meinte er danach mit ausdruckslosem Gesicht.

Flavius hatte allerdings den Eindruck, dass der Ninja mit dieser Bemerkung nur die wahren Gefühle überspielen wollte, die der Verlust seines Kameraden bei ihm auslöste.

»Ich hätte lieber unrecht gehabt, was die Gefährlichkeit deines Ausflugs betrifft«, sagte Letitia nur leise, als Flavius ihr von den Geschehnissen auf dem Rückweg erzählte. Sie war wieder gut genug bei Kräften, um einen Ritt auf den Laufvögeln ohne Hilfe durchhalten zu können. Bis zum nächsten Abend mussten sie damit allerdings noch warten.

Flavius überbrückte die Zeit, indem er dem Ninja und Letitia erzählte, was er in der Senke entdeckt hatte und wofür er es hielt. Diese Information war für den Kampf gegen Noctur überaus wichtig und durfte auch dann nicht verloren gehen, wenn ihm etwas zustieß.

32

»Eine meiner Schwestern hat mir gerade erzählt, dass sie am Brückenkopf von Raptoren angegriffen wurden. Und möglicherweise auch noch von jemand anderem. Irgendjemand hatte kurz vorher eine starke Suggestion benutzt.«

»Erebos ist auch bereits überfällig. Ich fürchte, es ist nicht gelungen, diesen Flavius auszuschalten. Auch unser Brückenkopf ist wahrscheinlich nicht mehr geheim. Es wird höchste Zeit, dass wir wieder die Initiative ergreifen, statt uns in die Defensive drängen zu lassen.«

»Zuerst sollten wir Phinus zerstören. Das Städtchen ist viel zu nahe an der Brücke.«

»Dafür haben wir nicht genug Soldaten auf der anderen Seite. Außerdem dürfen wir uns nicht verzetteln und unsere Kräfte aufteilen.«

»Du bist der große Stratege, Armedes«, antwortete Nyx spöttisch.

»Was also schlägst du vor?«

»Das Wichtigste ist die Brücke. Wir müssen sie unbedingt fertigstellen, um endlich mit unserer Operation auf dem Staubmeer beginnen zu können. Das heißt, dass wir den Brückenkopf unter allen Umständen sichern und halten müssen. Es wird Zeit, dass wir deiner Schwester dort einen größeren Energiepack geben. Sie muss stark genug sein, jeden Angriff alleine abwehren zu können.«

»Und du könntest versuchen, uns gegeneinander auszuspielen? Vergiss es. Das Letzte, was ich brauchen kann, ist eine ehrgeizige Konkurrentin.«

»Meinst du nicht, dass das im Moment unsere kleinste Sorge ist, Nyx? Ich glaube nicht, dass wir noch einmal eine Chance bekommen, die Operation Staubmeer durchzuführen, wenn der andere Teil der Brücke zerstört wird. Früher oder später bist du auf das Gelingen dieser Aktion angewiesen. Das weißt du genau. Außerdem, wie soll ich deine Schwester gegen dich aufhetzen, wenn sie auf der anderen Seite des Staubmeers ist? Ich habe schließlich keinen direkten Kontakt zu ihr, so wie du.«

»Und wer würde ihr den stärkeren Energiepack anschließen? Ich denke, dazu bist nur du in der Lage. Oder sollte es bereits jemanden geben, der dich ersetzen kann?«

Ihre Augen blitzten gefährlich, auch wenn es sich nur um Illusionen handelte.

»Stimmt. Das kann nur ich. Ich könnte allerdings ihre Energie etwas begrenzen. Dann wäre sie zwar stark genug, um Feinde abzuwehren, aber für dich keine Gefahr.«

»Woher weiß ich, dass du mich nicht hintergehst? Sag' jetzt nicht, ich könne dir vertrauen. Ich habe zwar nicht dein technisches Wissen, aber blöd bin ich auch nicht.«

»Tja, es gibt eben kein Vertrauen mehr«, antwortete Armedes mit gespielter Resignation. »Ich hätte da noch eine andere Idee, um die Brücke zu sichern. Vielleicht kannst du dich ja mit dieser eher anfreunden. Wie wäre es, wenn deine zweite Schwester aus der Felswüste die erste an der Brücke unterstützt? Gemeinsam dürften sie zusammen mit den Soldaten kaum zu überwinden sein.«

»Und wer bewacht dann die Felswüste?«

»Normalerweise die Soldaten. Wenn es kritisch wird, kommst du ihnen zu Hilfe. Das ist zwar für dich etwas unbequemer, aber dafür musst du auch keiner deiner Schwestern so viel Macht geben, wie du selbst hast.«

»Wie soll sie dort hinkommen? Der Weg über das Salzmeer ist durch die Blockade ja versperrt. Wir haben auch kein Schiff mehr auf dem Salzmeer, das sie irgendwo an der Küste der Felswüste aufnehmen könnte.«

»Wenn wir nicht warten wollen, bis die Brücke fertig ist, können wir je ein Staubboot aus Noctur und aus dem Brückenkopf losschicken. So, wie wir bereits das erste Drahtseil für die Brücke gespannt hatten. Deine Schwester steigt am Treffpunkt um.«

»Das wird ihr gar nicht gefallen. Aber du hast recht. Das ist eine Möglichkeit. Dann muss sie da wohl durch. Ich werde es ihr sagen. Bereite du das Staubboot vor, das sie von hier wegbringt.«

33

»Komm mal hier zu mir herüber.«

Aluna saß, mit nur einem hauchdünnen Negligé bekleidet, auf ihrem Bett, während Alexander aus dem Fenster schaute. Er vermied es, sie anzusehen. Ihr Anblick erregte ihn immer wieder hochgradig und machte ihm gleichzeitig erbarmungslos bewusst, dass es für dieses Verlangen in seinem Keuschheitsgürtel keinen Platz gab. Widerstrebend drehte er sich zu ihr um. Sie lächelte verführerisch.

»Komm zu mir ins Bett. Ich will, dass du mich spüren lässt, dass ich eine Frau bin. Ich will, dass du mich nimmst. Jetzt und energisch.«

Alexander wagte nicht, Hoffnung in sich aufkeimen zu lassen. Sollte er endlich auch einmal seine Wünsche erfüllt bekommen? Oder spielte sie nur mit ihm, wie schon zahllose Male zuvor? Gegen seinen Willen nahm ihn die Erregung ganz gefangen. Aluna war der Traum eines jeden Mannes. Allerdings liebte sie es, immer wieder mit seinen Sehnsüchten zu spielen. Darin hatte sie eine perfide Perfektion erlangt. Sie war dabei nicht einmal arrogant oder herablassend. Wenn sie wenigstens bösartig wäre, dann könnte er sie dafür hassen. So aber war es für ihn doppelt schlimm. Sie schenkte ihm viel Aufmerksamkeit, war zärtlich und freizügig. Und doch quälte sie ihn mit seiner eigenen Lust. Erst einmal hatte sie ihm einen Orgasmus erlaubt. Einen grandiosen Orgasmus, wie er sich sehnsuchtsvoll erinnerte. Die restliche Zeit versetzte sie ihn zwar in dauernde Erregung, enthielt ihm den erlösenden Höhepunkt allerdings immer wieder vor. Sollte er jetzt endlich zu seinem Recht kommen? Der Keuschheitsgürtel um seine Hüften brachte sich deutlich in Erinnerung, indem er seiner körperlichen Erregung enge Grenzen setzte. Lasziv entledigte Aluna sich ihrer spärlichen Kleidung und leckte sich provokant über die Lippen. Auf dem letzten Meter vor ihrem Bett kam sie ihm entgegen und schlang ihm ihre Arme um den Hals. Dabei presste sie ihren Körper an seinen. Alexander war kaum noch zu einem klaren Gedanken fähig, während sie ihn ins Bett zog. Sie streichelte ihn an jeder zugänglichen Stelle seines Körpers. Nur der stählerne Gürtel war noch im Weg. Sie beugte sich über ihn und reckte sich zu einer Kommode. Während er dabei ihre Brüste direkt vor Augen hatte, hoffte er inbrünstig, dass sie nach dem Schlüssel für seinen Tugendbewahrer griff.

Statt dessen hatte sie plötzlich einen künstlichen Penis in der Hand und ließ ihn dort am Gürtel einrasten, wo sich Alexanders bestes Stück verzweifelt gegen sein unbarmherziges Gefängnis auflehnte. Er hatte Tränen der Frustration in den Augen.

»Mein armer, kleiner Alexander«, versuchte sie ihn mit nicht sehr glaubwürdig klingender Stimme zu trösten, während sie ihm mit ihrer Hand durchs Haar fuhr. »Wer wird denn verzweifeln? Ich habe dieses gute Stück«, sie strich dabei über den Kunstpenis, »extra nach deinem Vorbild fertigen lassen. Ist das nicht wenigstens ein kleiner Trost für dich? Ich finde ihn nämlich ausgesprochen aufreizend.«

In seinen Ohren klang das keineswegs tröstend, sondern wie der blanke Hohn. Aber er hatte bereits feststellen müssen, dass es keinen Sinn hatte, sie von ihren Absichten abbringen zu wollen. Und obwohl er sich dafür selbst hasste, minderte es seine Erregung kein bisschen, als sie begann, zärtlich mit der Nachbildung seines Gliedes zu spielen. Er hatte das Gefühl, jede Berührung ihrer Finger, ihrer Lippen und ihrer Zunge an seinem Original spüren zu können. Dadurch steigerte sich seine Erregung immer weiter, obwohl er nun wusste, dass es auch diesmal für ihn keine Erlösung geben würde. Schließlich forderte sie ihn auf, mit der Nachbildung in sie einzudringen und sie kraftvoll zu nehmen. Sie genoss dabei jede Bewegung und krallte sich an ihn. Lustvoll stöhnte sie bei jedem Stoß seiner Lenden. Ihre Erregung heizte auch ihn immer weiter an. Schließlich stieß sie einen lang gezogenen Schrei aus und zitterte unkontrolliert. Danach sank sie in das Bett zurück.

Mit dem Abebben ihrer Lust wurde Alexander wieder die Chancenlosigkeit seines eigenen Verlangens bewusst, und er rollte sich mit geballten Fäusten von ihr herunter. Obwohl er versuchte, sich unerotischen Gedanken zuzuwenden, ließ seine Erregung nicht nach, und seine Verzweiflung wuchs schier ins Unermessliche. Dadurch bekam er zuerst gar nicht mit, dass Aluna aufgestanden war und an den Ecken des Bettes Lederbänder mit Manschetten befestigte. Erst, als sie nach seiner rechten Hand griff und diese nach oben zog, um sie zu fixieren, nahm er davon Notiz. Widerwillig ließ er es geschehen. Auch seine Füße und die andere Hand verband sie mit den Lederbändern, sodass er wie ein X auf dem Bett lag. Dann verließ sie das Zimmer.

Als sie zurückkam, war eine Zofe in ihrer Begleitung. Diese trug eine Schüssel und ein Handtuch. Jetzt endlich öffnete Aluna mit einem Schlüssel seinen Keuschheitsgürtel und ließ die Bedienstete alles bis dahin Eingeschlossene gründlich reinigen. Dass diese sich einen Spaß daraus machte, Alexanders bestes Stück immer wieder zu necken, schien Aluna nicht zu stören. Im Gegenteil forderte sie ihre Zofe mit einem schelmischen Lächeln auf, die Reinigung gründlichst durchzuführen. Dann schickte sie sie aus dem Zimmer.

»Tja, dann muss ich dich jetzt also wieder einschließen«, meinte sie, während sie mit den Fingern an seiner Eichel spielte. Alexander sagte nichts und schaute sie nur gequält an.

»Du siehst süß aus, mit deinem leidenden Blick«, neckte sie ihn und setzte mit verheißungsvollem Tonfall hinzu: »Ich glaube, ich könnte noch einen Nachschlag vertragen.«

Sie setzte sich breitbeinig auf seine gespreizten Beine und spielte mit seiner Männlichkeit an ihrem Lustzentrum herum.

Alexander stöhnte und schloss die Augen. Er wusste nicht, wie lange sie dieses Spiel treiben wollte. Aber es hatte ohnehin keinen Sinn, sich dagegen wehren zu wollen. Also versuchte er, zu genießen, was er bekommen konnte. Auch, wenn er sich nicht der Illusion hingab, diesmal zu seinem Recht zu kommen.

Aluna setzte sich schließlich auf seinen aufgerichteten Phallus und ließ ihn tief in sich eindringen. Dann beugte sie sich nach vorne und begann mit rhythmischen Bewegungen ihres Beckens. Alexander spürte, wie ihre Scheidenmuskeln sein bestes Stück fest im Griff hielten. Quälend langsam steigerte sie das Tempo ihrer Bewegungen. Alle Gedanken Alexanders kreisten nur noch um seine Lust. Stoßweise presste er die Luft aus seinen Lungen, um sie danach keuchend wieder einzusaugen. Auch Alunas Feuer schien keine Grenzen mehr zu kennen. Nahezu zeitgleich erreichten beide den Gipfel ihrer Leidenschaft. Diesmal waren es Tränen der Erleichterung, die Alexander aus den Augenwinkeln rannen, als seine Erregung einer tiefen Entspannung wich. Als er die Augen aufschlug, glaubte er, echte Zuneigung in ihrem Blick erkennen zu können.

Nach einer erneuten Säuberung steckte Alexander wieder in seinem Tugendwächter. Aber zumindest fürs erste machte ihm das nichts mehr aus.

»Warum quälen Sie mich immer wieder so grausam, Herrin?«

»Es macht mir einfach Spaß, mit deiner Lust zu spielen. Abgesehen davon sind dadurch die Momente, in denen ich auf dein Verlangen eingehe, viel intensiver für dich. Oder siehst du das anders?«

Widerwillig musste Alexander sich eingestehen, dass sie recht hatte. Ohne die Anspannung, die sie in den Tagen zuvor in ihm aufgebaut hatte, wäre auch die Erlösung, die er gerade hatte erleben dürfen, viel weniger aufwühlend und befriedigend für ihn gewesen. Diese Erkenntnis würde ihm die nächste Durststrecke aber sicher trotzdem nicht viel leichter machen.

»Erzähl' mir vom Leben in Noctur«, forderte Aluna ihn auf.

»Da gibt es nicht viel zu erzählen. Jedenfalls nicht viel Positives. Das Leben ist schlicht und gefährlich. Immer wieder wird jemand der Göttin geopfert. Das heißt, eigentlich opfert sie jemanden. Dafür wurde wohl extra eine Art Tempel vor der Albtraumhöhle errichtet.«

»Was meinst du mit ›Albtraumhöhle‹?«

»Es ist zunächst ein Gang, der keine klare Form hat. Obwohl er in den Fels getrieben wurde, hat man den Eindruck, er würde sich winden, während man hineingeht. Zweimal war ich in der Höhle. Einmal habe ich mich bei einer Helmübung hineingeschlichen. Ich war neugierig. Das andere Mal war ich dort, als mir die Göttin den Auftrag gab, nach Bator zu gehen und Sato zu töten. Die Höhle selbst liegt meist im Dunkeln. Wenn man etwas von ihr sieht, fühlt man sich, als würde man in einem irrsinnigen Winkel in sie hineinstürzen. Der einzige Mensch, der sich außer der Göttin häufig dort aufhält, ist Armedes.«

»Die Beschreibung der Höhle kommt mir irgendwie bekannt vor. Ich habe so eine Idee, wo ich schon einmal davon gelesen habe. Was ist mit diesem Armedes? Ist das ein Priester der Göttin?«

»Nein, so etwas gibt es nicht. Er und die Göttin scheinen irgendwie aufeinander angewiesen zu sein, obwohl sie sich nicht besonders mögen sollen. Aber das sind nur Gerüchte.«

Aluna erinnerte sich an den Bericht von Flavius, als er in der Felswüste angegriffen worden war.

»Gibt es noch mehr Wesen wie diese Göttin?«

»Eigenartig, dass du das fragst. Ja, es gibt noch mindestens zwei kleinere Schwestern von ihr. Aber sie treten nur selten in Erscheinung.«

34

Als sie Flavius' Residenz in Nova-Veni erreicht hatten, verabschiedete sich der Ninja mit den drei Nachtläufern, um sie nach Than-Do zurückzubringen. Letitia bekam zu ihrer Überraschung – genaugenommen zu ihrer Enttäuschung – noch am selben Abend einen neuen Keuschheitsgürtel von Flavius angelegt. Hatte er welche in Reserve für sie anfertigen lassen? Sie hatte gehofft, dass es wenigstens einige Tage dauern würde, bis sie wieder verschlossen werden konnte. Resigniert fand sie sich damit ab. Immerhin würde der Gürtel ihr die Versuchung ersparen, sich selbst zu befriedigen. Denn das hatte Flavius ihr noch einmal ausdrücklich verboten.

»Selbstverständlich ist es dir nicht erlaubt, den Gürtel ohne meine Erlaubnis auszuziehen«, waren seine Worte gewesen, als er ihr den Gürtel kurz nach ihrer Ankunft angelegt hatte.

Sie fragte sich, wie er sich das vorstellte. Schließlich war sie ja nicht im Besitz eines passenden Schlüssels. Er hätte ihr genauso gut verbieten können, sich in die Lüfte zu erheben und über den Dächern von Nova-Veni spazieren zu fliegen. Oder würde sie demnächst die Chance bekommen, den Schlüssel irgendwie zu ergattern? Dass auch dieses Exemplar des Tugendwächters mit der Möglichkeit ausgestattet war, ihre Lust gekonnt zu stimulieren, hatte er ihr gleich nach dem Anlegen vorgeführt. Sie konnte sich des Eindrucks nicht erwehren, dass dieser Gürtel dabei noch wirkungsvoller war, als der letzte.

Wenige Tage nach ihrer Ankunft traf ein Bote in der Residenz ein.

»Was gibt es?«, wollte Flavius von ihm wissen, sobald sie unter vier Augen waren.

»Sie werden für morgen Mittag zu einer Konferenz gebeten. Das Haus kennen Sie ja bereits.«

Er hatte gehofft, dass er sich bald mit Meister Kagami und Aluna beraten konnte. Schließlich hatte er ihnen einiges aus Phinus zu erzählen. Rechtzeitig machte er sich auf den Weg zu dem Haus, in dem er bereits einmal mit den beiden anderen konferiert hatte, ohne sie persönlich zu treffen. Der Gedanke daran, dass die alte Frau, die dort als Medium arbeitete, seine Gedanken lesen konnte, war ihm allerdings noch immer unangenehm.

Auf dem Weg zu jenem Haus experimentierte er mit seiner Begabung. Statt sich komplett unsichtbar zu machen, suggerierte er allen Passanten, dass er völlig uninteressant sei. Das hatte für ihn den Vorteil, dass er nicht mehr darauf achten musste, mit Passanten zusammenzustoßen, die ihn nicht sahen. Jetzt wichen sie aus, ohne ihn eines Blickes zu würdigen. Diese Fähigkeit hatte viele Vorteile, dachte er lächelnd. Trotzdem nahm er sich vor, sie nicht leichtfertig oder gar verantwortungslos einzusetzen.

Kaum erreichte er das Haus, öffnete ihm das Medium die Tür und bat ihn hinein. Ihrer Wahrnehmung konnte er sich offenkundig nicht entziehen.

»Können Sie eigentlich nur die Gedanken lesen, an die ich gerade denke? Oder liegen Ihnen auch meine Erinnerungen und unterschwelligen Wünsche offen?«

»Das ist doch eine sinnlose Frage. Würde ich alles erkennen können, müsste ich es vor jedem anderen geheim halten, damit niemand zu dem Schluss käme, ich wüsste zu viel und müsste sterben. Was glauben Sie also, kann ich Ihnen auf diese Frage antworten?«

Flavius lachte.

»Stimmt, es war eine blöde Frage. Entschuldigung. Können wir gleich anfangen?«

»Sobald Sie sich gesetzt haben.«

Kaum hatte er sich auf dem Stuhl niedergelassen, der dem der alten Frau gegenüberstand, erschienen Meister Kagami und Aluna aus dem Nichts, während das Medium verschwand. Nach einer kurzen Begrüßung kam Flavius gleich zur Sache. Er erzählte von der Konstruktion, mit der die Feinde aus Noctur eine Verbindung über das Staubmeer bauten.

»Interessantes Vorhaben«, überlegte Meister Kagami, »aber militärisch von eher geringem Wert.«

»Vielleicht auch nicht«, warf Aluna ein. »Alexander hat mir etwas von einer ›albtraumhaften‹ Höhle erzählt. Darüber hatte ich früher schon einmal etwas gelesen. Und zwar in alten Aufzeichnungen aus der Zeit der Landung. Ich habe es noch einmal nachgelesen. Eins der Alten Schiffe war im Staubmeer gelandet. Damals gab es allerdings die Strömung noch nicht. Nachdem sich der aufgewirbelte Staub gelegt hatte, fuhren die Neuankömmlinge mit speziellen Kettenfahrzeugen über den tiefen Staub, um die Umgebung zu erkunden. Dabei fanden sie auch eine Höhle, die eine so verrückte Form hatte, dass es körperliches Unbehagen bereitete, sich auch nur in ihrer Nähe aufzuhalten. In dieser Gegend stießen sie auch auf Wesen, die der Beschreibung nach die Staubkrabbler sein müssen, mit denen Flavius bereits mehrfach Kontakt hatte. In weiteren Unterlagen, die ich früher nie gelesen habe, weil sie mir nicht wichtig erschienen, wird davon berichtet, dass diese Staubkrabbler Anzeichen von Intelligenz zeigten und man Versuche unternahm, mit ihnen in Kontakt zu treten. Besonders erfolgreich war man mit einer speziellen Form von Gehirnwellenverstärkern.«

»Am Körper der Staubkrabbler angebrachte Metallteile und Elektronik, nehme ich an.«

»Genau, Flavius. Die Kommunikation funktionierte wohl viel weitreichender, als man zunächst angenommen hatte. Nach einigen mysteriösen Vorfällen kam es zum Streit darüber, ob man die

Experimente fortführen oder sofort abbrechen sollte. Die Wissenschaftler vor Ort wollten unbedingt weitermachen, während die Kommando-Crew des Schiffs auf einer sofortigen Einstellung bestand. Irgendwann eskalierte die Auseinandersetzung. Die Wissenschaftler versuchten offenbar, über die Staubkrabbler mittels Suggestion das Schiff unter ihre Kontrolle zu bekommen. Als Gegenmaßnahme wurden im Schiff die Triebwerke gestartet und so das Staubmeer unpassierbar gemacht. Was dann passierte, ist unklar. Die Berichte stammen von Teilen der Besatzung des Schiffs, die zum Zeitpunkt dieser Eskalation Besiedelungsmöglichkeiten am Salzmeer erkundeten. Kurz nach dem Starten der Triebwerke des Schiffs riss der Kontakt ab.«

»Dann ist die verheerende Strömung im Staubmeer die Folge des Triebwerkstarts? Aber dann müssten diese ja noch immer laufen. Hätten sie denn genug Energie für mehrere tausend Jahre?«

»Das könnte schon sein«, warf Meister Kagami ein. »Wären die Triebwerke mit voller Leistung betrieben worden, hätte das Schiff abgehoben. Das heißt, dass sie nur mit vergleichbar geringer Leistung liefen, gemessen an den Energien, die zur Verfügung standen.«

»Aber was ist aus der Besatzung des Schiffs geworden? Sind wir alle Nachfahren dieser Leute?«

»Nein«, kam es fast gleichzeitig von Aluna und Meister Kagami.

»Einige Erkundungsteams waren rund um das Salzmeer unterwegs, als der Kontakt zum Schiff abriss. Aber es waren nicht genug Leute, um zur heutigen Bevölkerung geführt zu haben.«

»Ein weiteres Schiff«, ergänzte Meister Kagami die Ausführungen der Herrscherin von Bator, »war auf der anderen Seite der großen Mauer gelandet.«

»Moment mal«, unterbrach Flavius. »Soll das heißen, die Mauer stand damals schon? Ich dachte, sie sei vom Kaiserreich Che-Min errichtet worden.«

»Ja«, nickte Kagami, »sie stand bereits. Wir sind nicht die erste Spezies, die auf diesem Planeten gelandet ist. Die anderen waren allerdings keine Schiffsbrüchigen. Nachdem sie eine Weile versucht hatten, hier Fuß zu fassen, gaben sie es schließlich auf und verließen den Planeten wieder.«

»Warum hatten sie denn die Mauer gebaut?«

»Um sich vor den Staubkrabblern zu schützen. Die Öffnungen in der Mauer wurden später von der Besatzung des anderen Schiffs gebohrt, um zum Salzmeer zu kommen. Es gab zu Anfang sehr viel mehr Kontakte zwischen den Überlebenden der beiden Schiffe. Das hat sich erst spät mit aufkommenden Rivalitäten geändert.«

»Ich nehme an, von den anderen ›Besuchern‹ dieses Planeten haben Sie durch die grünen Panther erfahren.«

»Auch das, Aluna. Allerdings sind wir auch auf viele Spuren von ihnen gestoßen.«

»Ich finde das Ganze zwar sehr interessant und würde mich in friedlichen Zeiten gerne näher darüber informieren, aber was hat das mit der Brücke über das Staubmeer zu tun?«

»Sie haben natürlich recht, Flavius, wir sollten uns zuerst auf die Bedrohung konzentrieren. Aber es gibt da durchaus einen wichtigen Zusammenhang. Wenn mitten im Staubmeer ein relativ intaktes Schiff steht, ist es von immenser militärischer Bedeutung, falls es jemandem gelingt, sich dessen Technik nutzbar zu machen.«

Flavius schlug sich gegen die Stirn.

»Mein Hirn ist von dem Ausflug auf das Staubmeer wohl etwas eingetrocknet. Aber um den Wettlauf zu dem Schiff zu gewinnen, müssten wir die Brücke erobern. Nur, wie sollen wir mit den technisch verstärkten Staubkrabblern fertig werden?«

»Mit unserer stärksten Waffe gegen Suggestion, Flavius. Mit Ihnen.«

»Danke für die Blumen. Aber ich konnte ja bereits zweimal feststellen, dass meine Fähigkeiten gegenüber den Staubkrabblern wirkungslos sind.«

»Deshalb müssen wir noch etwas für Ihre Fähigkeiten tun. Dazu müssen Sie allerdings nach Kin-Pe kommen. Am besten so schnell wie möglich.«

»Wollen Sie mir etwa eine elektronische Verstärkung anpassen, wie sie die Attentäter aus Noctur oder die Staubkrabbler haben?«

»Eine interessante Idee. Allerdings besitzen wir nicht die Technik und das Wissen dafür. Nein, es gibt hier eine andere Alternative. Aber die würden Sie mir nicht glauben, wenn ich sie Ihnen verrate. Das müssen Sie sich schon selbst ansehen.«

»Und ich bleibe dabei unwissend?«, fragte Aluna gereizt.

»Auch Sie sind herzlich nach Kin-Pe eingeladen, wobei die Möglichkeit selbst nur Flavius offensteht und nur er sie in vollem Umfang erfassen wird.«

»Dann bleibe ich lieber in Bator und lasse mir später einmal die Kurzfassung erzählen.«

»Ich breche gleich morgen auf.«

»Sie können gerne in Begleitung kommen. Ein Transportmittel wird am Tor nördlich von Kuza für Sie bereitstehen.«

»Prima. Ich mache mich gleich morgen auf den Weg.«

35

Auf dem Rückweg zu seiner Residenz überlegte Flavius, was in Kin-Pe wohl geeignet sein könnte, seine Fähigkeiten für den Kampf gegen die Staubkrabbler zu verbessern. Ob es sich um eine Technologie der früheren Besucher dieses Planeten handelte? Ihm blieb nichts anderes übrig, als sich überraschen zu lassen.

»Ich werde für ein oder zwei Wochen verreisen müssen. Sag' Brutus, dass er mir Kleidung für diese Zeit packen lassen soll.«

Letitia machte ein trauriges Gesicht. Dann würde sie ja schon wieder alleine zurückbleiben müssen. In Anbetracht der Ereignisse während seiner letzten Abwesenheit dürfte sie sicher nicht einmal mehr ohne Bewachung im Park spazieren gehen.

»Such' auch du dir Kleidung für diesen Zeitraum heraus. Du wirst mich begleiten.«

Man konnte deutlich sehen, dass ihr diese Aussicht weit besser gefiel, als in der Residenz auf seine Rückkehr warten zu müssen.

»Wohin geht es denn?«

»Das ist geheim. Aber du wirst es noch früh genug erfahren.«

Ein wenig beleidigt war sie schon, dass er ihr nicht zutraute, ein Geheimnis zu bewahren. Andererseits bedeutete das allerdings auch, dass er sie nicht als Geheimnisträgerin in zusätzliche Gefahr brachte. Sie zuckte mit den Schultern und ging zu Brutus, um ihm den Auftrag von Flavius auszurichten. Dann begab sie sich in ihr Zimmer und legte für sich genügend Kleidung zurecht. Es wäre einfacher gewesen, wenn sie gewusst hätte, wohin sie unterwegs sein würden. Brauchte sie eher praktische Sachen? Oder sollte sie eher raffinierte Kleider einpacken? Sie wählte eine Mischung aus allem.

Dabei fiel ihr auch die Maske in die Hand, mit der Flavius sie bei ihrer Einkleidung erschreckt hatte. In einer ersten Reaktion legte sie sie wieder zurück. Das war kaum ein geeignetes Kleidungsstück für eine Reise. Gleichzeitig spürte sie eine sonderbare Aufregung, die dieses Teil bei ihr auslöste. Mit gemischten Gefühlen legte sie die Maske an, achtete allerdings darauf, sie nicht einrasten zu lassen, da sie sie sonst ohne Flavius' Hilfe nicht wieder abnehmen könnte. Dieses Gefühl von Hilflosigkeit und Ausgeliefertsein erregte sie auf eine schwer zu beschreibende Weise. Mit zittrigen Fingern nahm sie die Konstruktion wieder ab und hielt sie für einen Moment in der Hand. Dann legte sie sie kurz entschlossen zu den Dingen, die sie mit auf die Reise nehmen würde.

Flavius hatte Kapitän Rufus zu sich gebeten.

»Machen Sie mein Schiff klar für eine Reise. Wir fahren morgen früh los. Wohin es geht, sage ich Ihnen, sobald wir abgelegt haben.«

Auch Kapitän Rufus war anzusehen, dass er die Geheimniskrämerei nicht besonders schätzte. Das hinderte ihn allerdings nicht daran, sofort die Mannschaft zusammenzurufen und das Schiff seetüchtig zu machen.

Als Letitia ihm ausrichtete, dass ihre Sachen für die Reise bereitlagen, inspizierte er ihre Auswahl. Beim Anblick der Maske huschte ein Lächeln über sein Gesicht.

»Ich bin mit deiner Auswahl sehr zufrieden.«

Sie freute sich darüber, auch wenn seine Reaktion auf die Maske nur bedeuten konnte, dass er sie auch einsetzen würde. Dies löste eine Mischung aus Angst und Vorfreude bei ihr aus, die ihr gleichzeitig die Einschränkungen ihres Keuschheitsgürtels bewusst machte. Bevor sie Flavius kennengelernt hatte, war es für sie undenkbar gewesen, ein Sklavendasein als lustvoll zu empfinden. Aber jetzt erregte sie die Vorstellung, ihm hilflos und nur zu seinem Vergnügen ausgeliefert zu sein. Gleichzeitig verfluchte sie allerdings auch den Bewahrer ihrer Lust.

»Leinen los!«

Langsam entfernte sich das Schiff aus dem Hafen von Nova-Veni und das Dreieckssegel bauschte sich auf.

»Unser Ziel ist die Bucht nördlich von Kuza.«

Kapitän Rufus verkniff es sich erkennbar, diese Anweisung zu kommentieren. So beliebt Yaku bei den Seeleuten war, so verhasst war Kuza. Und die Küste nördlich von Kuza galt als Operations-gebiet der dortigen Piraten. Er hatte zwar bereits mitbekommen, dass es ein Bündnis mit diesen Freibeutern gab, aber an dem Un-behagen beim Gedanken an diese Schrecken des Salzmeers än-derte das nichts.

»Werden wir uns lange in dieser Gegend aufhalten?«, wollte Rufus wissen. Das Wort ›Gegend‹ sprach er dabei wie ein Schimpfwort aus.

»Nein. Sie werden mich dort an Land lassen, anschließend Ba-tor anlaufen und dann nach Yaku segeln. Dort warten Sie, bis Sie von Madame Lyn informiert werden, wann und wo Sie mich wie-der abholen können. Die Crew kann sich dort vergnügen, solange das Schiff dabei einsatzbereit bleibt. Wie Sie das organisieren, ist wie immer Ihre Angelegenheit.«

Das Schiff neigte sich dezent nach Steuerbord, als es auf Halb-windkurs nach Nord-Westen ging.

Als Flavius seine Kabine betrat, lag Letitia bis auf den Keusch-heitsgürtel und die Reifen um Hals, Hand- und Fußgelenke nackt auf dem Bett und räkelte sich lasziv. In einer Hand hielt sie die Gesichtsmaske und schaute ihn fragend an. Er schenkte ihr ein Lächeln und nickte auffordernd. Mit geübten Griffen legte sie die

Maske an und ließ sie mit einem Klicken einrasten. Er befestigte ihre Hände mittels der Handreifen rückwärtig am Keuschheitsgürtel. Aus dem Rascheln, das sie vernahm, schloss sie, dass er sich seiner Kleidung entledigte. Dann wurde sie zum Rand des Bettes und breitbeinig auf seinen Schoß gezogen. Er musste also auf der Bettkante sitzen. Während er eine Hand auf ihren Rücken gelegt hatte, damit sie nicht herunterfallen konnte, streichelte die andere ihren Hintern. Für einen Moment verschwand die zweite Hand dort, und sie hörte, wie das Uhrwerk ihres Keuschheitsgürtels aufgezogen wurde. Die Stimulation an ihrem Lustpunkt setzte augenblicklich ein und ließ sie aufstöhnen. Seine Hand lag wieder auf ihrem Hintern und streichelte ihn. An ihren Brüsten spürte sie seine Lippen, die abwechselnd an einem ihrer beiden Nippel saugten und knabberten. Ihr Stöhnen wurde immer lauter und unbeherrschter. Vorsichtig schob er sie von seinem Schoß herunter. Sie wusste, was er von ihr erwartete und ging augenblicklich in die Knie. Dabei nahm sie ihren Kopf nach vorne, um seinem sicherlich erregten Glied näherzukommen. Sie spürte, wie es in ihren durch die Maske offengehaltenen Mund eindrang. Sofort verwöhnte sie es mit ihrer Zunge und – soweit die Maske es zuließ – mit ihren Lippen. Der Mechanismus in ihrem Gürtel stimulierte ihre Lust dabei ununterbrochen weiter. Mit Genugtuung hörte sie, wie auch er von ihren Zuwendungen immer stärker erregt wurde. Sie nahm sich vor, seinen Höhepunkt so lange wie möglich hinauszuzögern. Zwar würde sie ihm diesen nicht verweigern können, das wollte sie auch gar nicht, aber es bereitete ihr trotzdem Vergnügen, auch ihn längere Zeit der Erlösung entgegenfiebern zu lassen. So bekam er zumindest einen schwachen Eindruck von dem, was er ihr immer wieder zumutete. Da sie nichts sah, konnte sie nur über seine immer heisereren Atemzüge und die Zuckungen seiner Männlichkeit in ihrem Mund abschätzen, wie weit seine Lust bereits gesteigert war. Wann immer sie zu der Einschätzung kam, dass sein Höhepunkt unmittelbar bevorstand, schwächte sie ihre Stimulationen ab oder wandte ihre

Aufmerksamkeit einer weniger empfindlichen Stelle seines Gliedes zu. Lächelnd nahm sie zur Kenntnis, wenn er enttäuscht stöhnte. Sollte er ruhig auch einmal unter seinem Verlangen leiden. Schließlich konnte und wollte sie es nicht länger hinauszögern und setzte zu einem Endspurt an. Mit lautem Stöhnen explodierte seine Lust. Sein Orgasmus schien gar nicht mehr aufhören zu wollen. Und sie setze ihre Zuwendungen fort, bis er sie etwas von sich schob. Sie blieb vor seinem Schoß knien und lauschte dem nur langsamen Abklingen seines schweren Atems. Inzwischen hatte die Stimulation ihres Keuschheitsgürtels aufgehört, und sie spürte auch ihre eigene Lust allmählich abklingen. Zwar sehnte sie sich nach dem Orgasmus, der ihr vorenthalten geblieben war, aber trotzdem fühlte sie sich glücklich. Und sie würde auch die nächsten Tage nichts unversucht lassen, Flavius zu erregen. Über kurz oder lang sollte es ihr gelingen, ihn zu Vergnügungen zu verführen, die auch für sie befriedigend endeten.

»Kann es sein, dass du eben nicht ausschließlich die Absicht verfolgt hast, mir Vergnügen zu bereiten?«

Flavius hatte ihr die Maske wieder abgenommen und beobachtete sie genau, während er auf die Beantwortung seiner Frage wartete.

Sie lächelte entwaffnend.

»Ich hatte nicht den Eindruck, dass es dir besonders unangenehm war. Und ein hinausgezögerter Höhepunkt ist doch viel aufwühlender, wie ich inzwischen aus eigener – leidvoller – Erfahrung weiß. Auch, wenn meine Erinnerungen an einen Orgasmus allmählich verblassen.«

Auch er musste grinsen. Dann gab er ihr einen kräftigen Klaps auf den Hintern, den sie mit einem erschreckten Aufschrei quittierte. Seine Hand zeichnete sich leuchtend rot auf ihrer Pobacke ab. Sie deutete dezent ein Schmollen an und rieb sich den brennenden Hintern.

»Da du dich ja so für hinausgezögerte Höhepunkte begeistern kannst, wird es dich sicher freuen zu hören, dass ich den Schlüssel für deinen Gürtel nicht auf unsere Reise mitgenommen habe.«

Jetzt entgleisten ihr die Gesichtszüge. So gemein konnte er doch gar nicht sein. Sie sah das dünne Grinsen auf seinem Gesicht und wusste, dass er keinen Scherz gemacht hatte. Sie würde wirklich mindestens bis zu ihrer Rückkehr warten müssen, bis sie wieder Chancen auf einen Orgasmus hatte. Einen Seufzer konnte sie nicht unterdrücken.

36

Flavius stand am Bug des Schiffes und hatte die Augen geschlossen. Er genoss diese Fahrten über das Salzmeer. Der Wind
strich ihm über das Gesicht. Der leichte Salzgeruch, der aus der
dickflüssigen Lake aufstieg, die sie durchquerten, hatte in dieser
Höhe über der Oberfläche fast etwas Erfrischendes. Auch, wenn
er sich die Ablagerungen nachher wieder von der Haut waschen
musste, um keine Rötungen zu riskieren.

Das Leben ist schön, dachte Flavius lächelnd. Das Gefühl von
Freiheit und Abenteuer, das er immer bei seinen Überfahrten
empfand, die temperamentvolle Sklavin an seiner Seite, die für
ihn schon viel mehr war, und schon bald ein Besuch in Kin-Pe,
der sagenumwobenen Hauptstadt des Kaiserreichs Che-Min. Nur
wenige Menschen außerhalb der großen Mauer hatten diese Stadt
bisher gesehen. Es gab eine Menge Gerüchte über sie, aber nur
sehr wenig Konkretes. Außergewöhnlich sollte sie sein, auf eine
schwer zu beschreibende Weise schön und völlig anders, als man
sie sich vorstellen würde. In ein paar Tagen würde er mehr wissen.

Letitia schmiegte sich an ihn.

»Stimmt das mit dem Schlüssel wirklich?«

Er brauchte die Augen nicht zu öffnen, um die Mischung aus
Sorge und Erregung zu erkennen, mit der sie diese Frage gestellt
hatte. Einerseits fieberte sie dem Moment entgegen, an dem ihre
angestaute Lust in einem Orgasmus explodieren durfte. Andererseits erregte sie auch der Gedanke daran, von ihm längere Zeit mit
unerfüllter Sehnsucht belegt zu werden.

»Ja, Letitia, es stimmt. Du wirst dich also bis zu unserer Rückkehr gedulden müssen. Mindestens. Vielleicht auch länger. Beispielsweise, wenn du dieses Thema jetzt nicht auf sich beruhen lässt.«

Er spürte, wie sie kurz erstarrte. Erneut huschte ein Lächeln über sein Gesicht. Etwas nachdenklicher fragte er sich, ob seine nächste Prüfung für sie nicht etwas zu schwer werden würde. Andererseits war sie inzwischen lange genug bei ihm, um zu wissen, dass sie jeden Ungehorsam ihm gegenüber sehr bereuen würde. Diese Lektion wollte er demnächst noch einmal in einer Weise vertiefen, die sie bestimmt nicht mehr vergessen würde. Egal, ob sie die Prüfung bestand oder nicht. Aber er hoffte – auch um ihretwillen – dass sie nicht versagte. Es war eigenartig. Er liebte sie, auch wenn er es ihr noch nicht gesagt hatte. Trotzdem war es für ihn wichtig, dass sie sich ihm bedingungslos unterordnete.

Er fasste sie um die Taille und drückte sie an sich. Dann schlenderte er mit ihr zur Brücke, auf der Kapitän Rufus sich mit dem Steuermann unterhielt.

»Was ich nicht verstehe«, überlegte der Steuermann gerade, »ist, wieso wir nicht eine dieser Bomben auf Noctur zutreiben lassen, mit der wir neulich das angreifende Piratenschiff versenkt haben. Eigentlich müsste die Zerstörungskraft doch ausreichen, auch eine mittlere Stadt zu zerstören. Eine Bombe, und wir hätten das Problem vom Hals.«

»Vielleicht haben Sie recht«, mischte Flavius sich in die Unterhaltung ein. »Vielleicht würde eine dieser Bomben wirklich reichen, alle Einwohner von Noctur zu töten. Alle Männer, Frauen und Kinder. Und vielleicht sogar diese seltsame ›Göttin‹, die hinter den ganzen Angriffen steht.«Steuermann und Kapitän drehten sich zu ihm um. Es war dem Steuermann anzusehen, dass es ihm unangenehm war, mit seiner Bemerkung, die man auch als respektlose Kritik verstehen konnte, Aufmerksamkeit auf sich gezogen zu haben.

»Es hat schon mehr als einmal den Versuch eines Patrizierhauses von Nova-Veni gegeben, Bator wegen Handelsstreitigkeiten anzugreifen«, fuhr Flavius fort. »Wäre es in so einem Fall aus Ihrer Sicht gerechtfertigt, wenn Bator deshalb mit einer vergleichbaren Waffe alle Einwohner von Nova-Veni töten würde?«

»Nein, natürlich nicht«, kam es halblaut vom Steuermann.

»Ganz meine Meinung. Und auch in Noctur leben viele Menschen, die diese Angriffe auf uns nicht zu verantworten haben. Einen von ihnen habe ich in der Residenz der Herrscherin von Bator überwältigt. Er sollte dort einen Meuchelmord begehen. Er hätte auch die Gelegenheit dazu gehabt. Allerdings konnte er es nicht mit seinem Gewissen vereinbaren. Soweit ich das mitbekommen habe, gibt es für die meisten Bewohner von Noctur keine andere Wahl als zu gehorchen. Und ich möchte nicht das Blut vieler tausend Unschuldiger an meinen Händen kleben haben. Sich in Notwehr gegen Angreifer zu wehren oder sie bei einem Gegenangriff zu töten, das ist etwas Anderes. Aber zahllose Unschuldige auszulöschen, um vielleicht auch ein paar der Schuldigen zu erwischen, das möchte ich nicht mit meinem Gewissen ausmachen müssen.«

Der Steuermann schaute betroffen vor sich auf die Schiffsplanken. Flavius legte ihm eine Hand auf die Schulter.

»Seien Sie froh, keine solchen Entscheidungen treffen zu müssen.«

»Ich hoffe, dass ich es auch nie muss«, sagte er leise, als er sich von Rufus und dem Steuermann wegdrehte. Dann ging er mit Letitia im Arm unter Deck.

»Ich kenne ihn jetzt schon viele Jahre, aber er überrascht mich immer wieder«, sagte Rufus nachdenklich.

37

Nach zwei Tagen kam die Küste in Sicht. Zuerst war nur die riesige, schwarze Mauer zu erkennen, die im Hinterland alles andere überragte. Dann kamen allmählich auch die schroffe Küste und das karge Land bis zur Mauer in Sicht. Das Schiff ankerte in einer kleinen, windgeschützten Bucht. Mit einem Ruderboot wurden Flavius und Letitia zusammen mit ihren beiden großen Koffern an Land gebracht.

Flavius hatte dem Kapitän noch einmal eingeschärft, dass niemand von der Mannschaft etwas von diesem Abstecher erzählen sollte. Offiziell wäre Flavius zu geschäftlichen Verhandlungen in Bator und die Mannschaft hätte einige Tage Zeit, sich in Yaku zu vergnügen, bevor sie von Flavius wieder benötigt wurde. Da er das den Seeleuten auch in der Vergangenheit gelegentlich gestattet hatte, war an der Geschichte zunächst nichts Unglaubwürdiges.

An Land wartete ein gelangweilt aussehender, stämmiger Mann mit einem Echsenkarren auf sie. Im Gegensatz zu normalen Transportmitteln dieser Art waren allerdings zwei relativ schlank aussehende Echsen vor das Gefährt gespannt. Es handelte sich auch nicht um den üblichen Pritschenwagen, sondern um eine geschlossene Kastenform, die an historische Postkutschen erinnerte. Sobald die Koffer verladen waren und Flavius mit Letitia im Inneren Platz genommen hatte, trabten die Echsen mit erstaunlicher Geschwindigkeit los. Die Tiere wurden auch nicht langsamer, als sie sich dem großen Tor in der Mauer näherten. Die schweren Türen standen weit offen, und der Echsenkarren fuhr mit unverminderter Geschwindigkeit in die zehn Meter lange Durchfahrt. Glücklicherweise waren die Räder des Wagens gut gefedert und auch die Polsterung der Bänke im Innern war bequem, denn es sah aus, als würde der Kutscher erst wieder langsamer werden wollen, wenn sie ihr Ziel erreicht hatten. Und das musste selbst bei dieser Geschwindigkeit bestimmt deutlich länger als einen Tag dauern.

Tatsächlich hielt die Kutsche dann doch ungefähr alle drei Stunden an, damit die Passagiere etwas essen und trinken konnten. Auch anderen Verrichtungen, die im Wagen nicht möglich waren, konnte so Rechnung getragen werden. Als Kin-Pe am Mittag des zweiten Tages in Sicht kam, verringerte der Kutscher endlich die Geschwindigkeit, und sie fuhren im Schritttempo auf die Stadt zu.

Zuerst begriffen Flavius und Letitia gar nicht, dass sie die Hauptstadt bereits erreicht hatten. Es sah aus, als würden sie sich mit der Kutsche einer dichten Rankenhecke nähern, die zu einem undurchdringlichen Knäuel verschlungen war. Je dichter sie herankamen, desto größer wurde das Gewirr. Gleichzeitig offenbarten sich immer mehr Lücken zwischen den Ranken. Als sie die erste der Ranken passierten, die im Boden verschwand, rieben sie sich ungläubig die Augen. Diese »Ranke« hatte einen Durchmesser von mindestens zwanzig Metern. Aus der Nähe konnte man erkennen, dass es sich nicht um eine Pflanze, sondern um eine künstliche Konstruktion handelte, auch wenn die Oberfläche matt und grün war. Es gab einen Eingang und Fenster darin.

»So ungefähr muss eine Hecke aus Sicht einer Ameise aussehen«, stieß Letitia hervor. Die ganze Konstruktion überstieg in ihrer Größe und Komplexität ihr Vorstellungsvermögen.

»Jetzt verstehe ich zumindest, warum es keine klaren Beschreibungen von Kin-Pe gibt«, sagte Flavius kopfschüttelnd.

Sie fuhren mit der Kutsche zwischen den riesigen Streben entlang, die sich über ihnen in kaum vorstellbarer Weise wanden, sich in Kugeln und anderen, eher organisch anmutenden Formen trafen und wieder verästelten. An einer dieser Streben kam die Kutsche zum Stehen.

Meister Kagami grinste bis über beide Ohren, als er sie in Empfang nahm.

»Es ist immer wieder ein Vergnügen, sich die Wirkung von Kin-Pe auf Neuankömmlinge anzuschauen.«

Er nickte Flavius und Letitia zu.

»Das sieht mir nicht nach einer menschlichen Konstruktion aus«, sinnierte Flavius und deutete nach oben.

»Sie haben recht. Das haben die Erbauer der großen Mauer zurückgelassen, als sie es aufgaben, diesen Planeten zu besiedeln. Es hat Jahrhunderte gedauert, die Konstruktion und ihre Technologie so weit zu verstehen, dass wir dies als unsere Hauptstadt in Besitz nehmen konnten. Und wir stoßen noch immer auf Überraschungen. Aber keine Angst, unangenehme Entdeckungen waren schon lange nicht mehr dabei. Kommen Sie bitte mit. Der Kutscher bringt Ihr Gepäck nach.«

Sie betraten die künstliche Ranke. Es war deutlich heller darin, als die von außen sichtbaren Fenster hatten erahnen lassen. In einer durchsichtigen Röhre mit ovalem Querschnitt tauchte etwas aus dem Boden auf und kam zum Stehen. Das Fahrzeug war ringsherum transparent. Im Innern befanden sich drei bequem aussehende Sitzreihen mit jeweils Platz für drei Personen. Als sie darauf zugingen, verschwand ein Teil der Außenwand, als sei sie weggeschmolzen. Kagami setzte sich in die erste Reihe und bot Flavius und Letitia die zweite an. Vor ihm befand sich ein Pult mit Knöpfen. Nachdem auch die beiden Koffer ins Fahrzeug geladen worden waren, betätigte Kagami einen Schalter. Die Außenwand schmolz wieder zusammen und das Gefährt setzte sich in Bewegung. Es beschleunigte langsam aber stetig auf eine enorme Geschwindigkeit.

»Bei den Entfernungen, die wir hier in Kin-Pe haben, brauchen wir schnelle Transportmittel«, erklärte der Meister.

Während anfangs nicht viel zu erkennen war, konnten die Reisenden wenig später die Stadt sehen, durch die sie sich bewegten.

»Die Wände der Streben sind zwar nicht durchsichtig, geben die Eindrücke von außen aber an das Transportmittel weiter. In gewisser Weise funktioniert die Außenschicht wie eine gigantische Kamera. Wenn wir wieder langsamer werden, verschwindet dieser Effekt allerdings.«

Wie aufs Stichwort bremste die Transportkabine ab. Langsam fuhren sie in eine Art Trommel. Diese begann zu rotieren und brachte sie so vor eine weitere Röhre. Es schien sich um eine Weichenkonstruktion zu handeln. Dann ging die Fahrt wieder beschleunigt weiter. Noch einige Male wechselten sie über weitere, rotierende Trommeln die Transportröhre und kamen dabei immer weiter nach oben. Schließlich hielt die Kabine, und die Außenwand schmolz zur Seite, um einen Ausstieg zu bilden.

»Wir sind hier in einer Wohnschote. Sie werden einige Tage unsere Gäste sein. Hier können Sie sich von den Strapazen der Anreise ausruhen und etwas essen. Wenn Sie möchten, führe ich Sie morgen noch etwas herum.«

Die Form dieser Verdickung in der Stadtkonstruktion erinnerte tatsächlich an eine Bohnenschote. Meister Kagami zeigte ihnen den Weg zu ihrem Appartement und zu den Restaurants in dieser Schote.

»Nimmt man hier Dukaten aus Nova-Veni?«, wollte Flavius wissen.

Schließlich mussten sie ihr Essen ja irgendwie bezahlen.

»Sie sind meine Gäste. Das ist hier bereits bekannt. Von Ihnen wird niemand Geld haben wollen.«

»Vielen Dank. Ich möchte nicht unhöflich sein oder drängeln, aber wann können wir uns um den eigentlichen Zweck meines Besuches hier kümmern?«

»Ich denke, das wird in zwei bis drei Tagen möglich sein.«

»Und wann wollen Sie mir erzählen, wie meine Fähigkeiten so weit gesteigert werden sollen, um stark genug für die Staubkrabbler zu werden?«

Meister Kagami lächelte.

»Wenn ich Sie morgen abhole, erzähle ich Ihnen die Details. Jetzt habe ich leider noch etwas Dringendes zu erledigen. Ich wünsche Ihnen einen angenehmen Abend und eine erholsame Nacht.«

»Zumindest bin ich hier nicht die Einzige, die über wichtige Dinge ihrer Zukunft im Unklaren gelassen wird«, feixte Letitia, als Meister Kagami sich verabschiedet hatte.

»Sie werden bereits morgen einen Ausflug in den angrenzenden Wald machen«, eröffnete Kagami am nächsten Morgen dem aufmerksam zuhörenden Flavius. »Ihre Begleiterin wird hier auf Sie warten müssen.«

»Und was erwartet mich bei dem Waldspaziergang?«

»Nun, ein Spaziergang wird es nicht werden. Sie werden morgen im Wald die grünen Panther treffen. Und sie werden entscheiden, ob sie Sie bei der Auseinandersetzung mit den Staubkrabblern unterstützen werden. Grundsätzlich sind sie dazu bereit. Allerdings hängt es noch davon ab, ob die Panther Sie für stark genug halten, mit den sich daraus ergebenden Belastungen und Versuchungen fertig zu werden.«

»So ganz klar ist mir noch immer nicht, was das bedeutet. Werden die Panther mitkommen, um gegen die Staubkrabbler zu kämpfen? Aber warum ist dann meine Stärke – was immer das in diesem Zusammenhang bedeutet – so wichtig? Oder wollen sie meine suggestiven Fähigkeiten verstärken?«

»In gewisser Weise beides. Sie werden Sie mit einer zusätzlichen Eigenschaft ausstatten, die Sie zusammen mit Ihren Suggestionskräften nutzen können. Aber das ist ein zweischneidiges

Schwert. Sowohl für die Panther als auch für Sie. Mehr kann ich Ihnen dazu nicht erklären. Sie werden es verstehen, wenn die Panther sich dafür entscheiden. Und für Sie wird es genauso schwer sein wie für mich, es in Worte zu fassen.«

»Und was passiert, wenn die Panther sich gegen mich entscheiden?«

»Dann sind Sie morgen wahrscheinlich tot.«

»Finden Sie nicht, dass Sie etwas großzügig mit meinem Leben umgehen?«

»Wenn ich eine bessere Alternative wüsste, hätte ich sie längst ergriffen. Außerdem bin ich mir sehr sicher, dass die Panther Sie akzeptieren werden. Ich bin dieses Risiko auch schon einmal eingegangen. Leider würden auch meine verstärkten, suggestiven Fähigkeiten nicht für die Staubkrabbler ausreichen. Deswegen müssen Sie diesen Weg nun gehen.«

»Und wenn ich morgen sterben sollte, wie wollen Sie dann mit der Bedrohung fertig werden?«

»Es gibt immer noch die schreckliche Bombe, mit der Sie das Piratenschiff aus Noctur vernichtet haben.«

»Woher wissen Sie davon?«

Meister Kagami lächelte nur als Antwort.

»Und woher wissen Sie, dass ich diese Möglichkeit nicht dem Risiko vorziehe, mich von den Panthern töten zu lassen?«

»Wenn Sie bereit wären, diese Waffe einzusetzen, hätten Sie uns in den Konferenzen bereits davon erzählt.«

Flavius machte ein säuerliches Gesicht. Er mochte es gar nicht, benutzt und manipuliert zu werden. Aber Meister Kagami hatte recht. Auch er wollte einen Weg finden, die Staubkrabbler unschädlich zu machen, ohne zum Massenmörder zu werden. Allerdings wäre ihm deutlich wohler, wenn er das Risiko selbst abschätzen könnte, das die Panther für ihn darstellten.

»Wenn Sie wieder einmal vorhaben, mich als Schachfigur einzusetzen, sagen Sie es mir vorher. Ich möchte selbst über mein Schicksal entscheiden können.«

»Aber das können Sie doch. Es ist Ihre Entscheidung, ob Sie morgen in den Wald gehen.«

Letitia hörte der Unterhaltung mit wachsender Besorgnis zu.

»Mir gefällt das ganz und gar nicht, wenn du dein Schicksal in die Hand irgendwelcher fremdartigen Wesen legst«, sagte sie, als sie abends wieder alleine waren.

»Meinst du, ich sollte vorher Anweisungen hinterlassen, dich aus dem Keuschheitsgürtel herauszulassen, wenn mir etwas zustößt? Keine Sorge, das ist schon längst geschehen.«

»Du weißt genau, dass es mir nicht darum geht!«, antwortete sie aufgebracht. »Oder ist dir wirklich noch nicht aufgefallen, dass ich dich liebe? Ich will nicht, dass dir etwas zustößt.«

Sie schniefte und wischte sich unwirsch einige Tränen aus den Augen. Flavius nahm sie in den Arm und streichelte über ihr Haar.

»Entschuldige. Natürlich weiß ich das. Ich bin halt auch etwas nervös wegen morgen. Ich sehe allerdings keine Alternative. Mir bleibt nichts anderes übrig, als dieses Risiko einzugehen. Darüber möchte ich nicht mehr diskutieren.«

Sie kuschelte sich dicht an ihn. Und er hielt sie ganz fest.

38

Als Meister Kagami am nächsten Morgen kam und Flavius abholte, nahm dieser Letitia noch einmal in den Arm.

»Bis nachher«, sagte er und ging dann zügig zu der Transportröhre.

Letitia schaute noch lange in die Richtung, in die er gegangen war.

»Ab jetzt müssen Sie alleine weiter. Ich werde hier auf Sie warten. Gehen Sie einfach diesen Weg entlang.«

Kagami deutete in die Richtung, die Flavius gehen sollte. Er selbst blieb an der Strebe zurück, zu der sie die Transportröhre gebracht hatte.

Entschlossenen Schritts ging Flavius immer tiefer in den Wald hinein. Die Richtung wurde durch einen schmalen Trampelpfad vorgegeben. Nach etwa einer Stunde erreichte er eine Lichtung. Der Weg endete hier. Also blieb auch Flavius stehen und wartete. Dabei versuchte er, sich zu entspannen. Er wurde das Gefühl nicht los, von mindestens einem Dutzend Augenpaaren beobachtet zu werden. Plötzlich spürte er einen Luftzug. Als er sich umdrehte, sah er, wie mehrere Panther auf die Lichtung sprangen. Immer mehr dieser grünen Wesen landeten geschickt auf ihren Vorderpfoten und bildeten allmählich einen Kreis um ihn herum. Etwas schubste ihn in die Kniekehlen und ließ ihn in die Hocke gehen. Der Panther, der das getan hatte, nahm im Kreis Platz. Ein weiterer sprang ihn von vorne an und riss ihn zu Boden. Der Panther blieb über ihm stehen. Hatte er etwas falsch gemacht? Oder war er den grünen Raubkatzen einfach unsympathisch? Einen Moment breitete sich Ärger in seinen Gedanken aus. Der Panther über ihm beobachtete ihn genau. Eine endgültige Entscheidung schien noch nicht gefallen zu sein. Dann sah Flavius eine Kralle aus der Vorderpfote herauskommen. Wie in Zeitlupe senkte sie sich auf seine Schulter. Er spürte das Eindringen der Kralle. Und ein brennender Schmerz durchspülte ihn. Dabei war er gelähmt. Nicht einmal atmen konnte er. Sollte so sein Ende aussehen? Er wollte wenigstens wissen, was falsch gelaufen war.

Langsam ebbte der Schmerz wieder ab. Es war ihm, als sähe er seinen Körper von außen. Fühlte sich so der Tod an? Plötzlich begriff er, dass er sich durch die Augen der Panther sah. Er fühlte ihre Präsenz. Etwas verband ihn mit den Wesen. Er spürte sie. Es war keine richtige Kommunikation. Sie sagten ihm nichts mit Worten. Und doch begann er, sie zu verstehen. Die Panther begannen ihrerseits, ihn zu begreifen. Es war ein euphorisches Gefühl, plötzlich mit all diesen Raubkatzen gleichzeitig verbunden zu sein. In dieses Hochgefühl drang ein brennender Schmerz seiner Lunge. Er musste atmen. Unter größten Anstrengungen stieß er die Luft aus und sog sie wieder ein. Der nächste Atemzug war schon leichter. Allmählich bekam er die Kontrolle über seinen Körper zurück. Die Verbindung zu den Panthern riss dabei nicht ab. Sie wurde im Gegenteil immer intensiver. Für einen Moment spürte er das Gefühl grenzenloser Macht und unbegrenzter Möglichkeiten. Gleichzeitig drängte sich aber auch das Wissen um die enorme Verantwortung in sein Bewusstsein. Wenn seine Fähigkeiten jetzt auch nur annähernd so stark geworden waren, wie er das gerade spürte, dann musste er sich vor der ungeheuren Versuchung in Acht nehmen, die von ihnen ausging. ›Macht korrumpiert. Absolute Macht korrumpiert absolut.‹ Nie war ihm die Bedeutung dieser Weisheit klarer vor Augen gewesen, als in diesem Moment. Diese Macht war zu groß für einen Menschen. Früher hatte er sich gelegentlich gewünscht, über mehr Möglichkeiten, mehr Macht zu verfügen. Doch das Ausmaß, das er jetzt spürte, war eine Pervertierung seiner Wünsche. Er war zu einer Waffe geworden. Eine Waffe für die Auseinandersetzung mit der Göttin Nyx, die in Wirklichkeit ein Staubkrabbler war. Aber danach? Er hatte das Gefühl, ein Vulkan würde in ihm brodeln. Machtvoll, aber auf Dauer nicht beherrschbar.

Der Panther über ihm musterte ihn mit einem besorgten Blick. Flavius verstand diesen Blick, weil er den Panther verstand. Und plötzlich spürte er die Macht wieder schwinden. Schlagartig begriff er. Und Erleichterung erfüllte ihn. Es war nicht seine Macht, die er gespürt hatte. Es war die der Panther. Sie konnten sie ihm zur Verfügung stellen, seine Fähigkeiten damit immens verstärken. Aber sie würden es nur tun, wenn sie es für nötig hielten. Bei der Auseinandersetzung mit den Staubkrabblern würden sie helfen. Aber sie würden ihm die Verfügungsgewalt über diese Macht nur kurzfristig einräumen. Und nur so lange, wie er sie in ihrem Sinn einsetzte. Das war eine große Erleichterung für ihn. Es bewahrte ihn davor, seinen eigenen Prinzipien und Wertvorstellungen untreu zu werden. Er hatte jetzt die Mittel, um mit der Bedrohung fertig zu werden. Nicht mehr und nicht weniger.

Erschöpft richtete er sich auf. Nur ein Panther war noch auf der Lichtung zu sehen. Die anderen mussten bereits ihrer Wege gegangen sein. Flavius verspürte ein Gefühl der Freundschaft – und das Versprechen, einander bald wieder zu begegnen. Dann machte auch der letzte grüne Panther einen mächtigen Sprung und verschwand im Wald. Flavius fühlte sich erschöpft aber zufrieden. Gemächlich schlenderte er den Weg zurück zur Stadtgrenze von Kin-Pe.

»Ich bin froh, Sie wiederzusehen.«

Echte Erleichterung war Kagami ins Gesicht geschrieben.

»Vermutlich ist es sinnlos zu fragen, was sie erlebt haben.«

Flavius nickte nur.

»Es ist für jeden anders«, plapperte Kagami weiter. »Und kaum jemand hat es bisher in verständliche Worte fassen können. Aber eine wichtige Frage habe ich doch: Können Sie jetzt mit den Staubkrabblern fertig werden?«

»Ja, ich denke schon.«

»Gut. Mehr muss ich nicht wissen. Ich nehme an, Sie werden sich etwas erholen müssen. Das Gift der grünen Panther ist auch in kleinen Mengen sehr belastend für den menschlichen Organismus.«

Sie fuhren schweigend zu der Wohnschote. Als Flavius die Tür zu dem Appartement öffnete, kam Letitia auf ihn zugestürmt und fiel ihm um den Hals. Meister Kagami zog sich diskret zurück.

»Du siehst blass aus«, stellte Letitia besorgt fest. »Und du blutest an der Schulter.«

»Das ist nicht der Rede wert. Ein Kratzer von einem grünen Panther. Ich bin allerdings ziemlich erschöpft.«

»Hat es einen Kampf gegeben?«

Flavius erzählte ihr von seinem Erlebnis, soweit er in der Lage war, es in Worte zu fassen. Gespannt hörte sie zu. Dann schob sie Flavius auf das große Bett des Appartements.

»Du solltest dich jetzt ausruhen.«

Sie half ihm aus seinen Kleidern und streichelte ihn sanft, während er die Augen schloss und sich völlig entspannte. Einen Moment später war er lächelnd eingeschlafen.

39

Als Flavius wieder aufwachte, fühlte er sich lebendig wie nie zuvor. Letitia lag noch immer neben ihm, stützte ihren Kopf auf einen Arm und streichelte mit dem anderen seinen Körper. Sobald sie sah, dass er aufgewacht war, wurde ihr Streicheln zunehmend erotischer. Sie beugte sich über ihn und küsste ihn – zunächst auf den Mund, dann am Hals und auf der Brust. Immer tiefer wanderte ihr Mund auf seinem Körper. Noch bevor sie seinen Schoß erreicht hatte, wurde sie dort bereits von seiner aufgerichteten Männlichkeit erwartet. In diesem Moment hörte sie das Klappern des Vierkantschlüssels an ihrem Keuschheitsgürtel und stöhnte kurz auf, als die Stimulation an ihrem Lustpunkt begann.

Als Flavius sich später entspannt und zufrieden anzog, lag sie noch immer mit dem pochenden Mechanismus im Gürtel auf dem Bett und wühlte sich in die Decke. Sie fragte sich, ob sie sich wünschen sollte, dass die Berührungen ihrer Klitoris endlich aufhörten oder dass sie noch lange weitergingen. Der schlimmste Moment war, wenn sie aufhörten. Letitia war dann hochgradig erregt und musste zitternd vor Verlangen warten, bis ihre Lust von alleine wieder abklang. Sie hasste Flavius für diese Konstruktion und genoss es gleichzeitig, von ihm mit ihrer eigenen Geilheit gequält zu werden.

»Ich treffe mich noch einmal mit Meister Kagami. Ein letzter Kriegsrat, bevor wir versuchen, diesen Spuk um Noctur zu beenden. In ein bis zwei Stunden bin ich wieder zurück. Du kannst dich ja solange ausruhen.«

Er gab ihr noch einen Klaps auf den Hintern und verließ das Appartement. Sie hätte ihm am liebsten ein Kissen nachgeworfen.

Aber damit hatte sie früher bereits schlechte Erfahrungen gesammelt. Ihre Beine umklammerten die Bettdecke, als die lustvollen Berührungen des Gürtels aufhörten. Ein enttäuschtes Stöhnen entfuhr ihr. Sie schaute sich im Zimmer um und überlegte, wie sie sich ablenken könnte. Auf dem Tisch nahe beim Bett lag der Vierkantschlüssel, mit dem das Uhrwerk im Gürtel aufgezogen wurde, um sie dann lustvoll zu quälen. Sollte sie sich noch ein paar Minuten damit gönnen? Das würde das frustrierende Gefühl, unter dem sie gerade litt, noch einmal für einige Zeit hinausschieben. Ob ihr das verboten war? Sie erinnerte sich, dass Flavius ihr vor der Reise verboten hatte, den Gürtel zu öffnen. Von der Nutzung der Stimulation hatte er nichts gesagt.

Irritiert schaute sie erneut auf den Tisch. Dort lag nicht nur der Schlüssel zum Aufziehen des Uhrwerks. An einem kleinen Ring hing noch etwas. Sie stand auf und griff nach dem Ring. Das andere musste der Schlüssel ihres Keuschheitsgürtels sein. Flavius hatte doch gesagt, er habe ihn nicht mit auf die Reise genommen. Wenn er ihn nicht mitgenommen hatte, konnte sie ihn ja auch nicht benutzen, dachte sie grinsend. Sie könnte etwas Entspannung gut gebrauchen.

Sie schob den Schlüssel in das passende Schloss ihres Gürtels. Dann hielt sie inne. Er führte sie absichtlich in Versuchung. Und er wusste, dass es eine starke Versuchung war. Bestimmt würde er sie nachher fragen, ob sie den Schlüssel benutzt hatte. Würde sie ihn belügen? Nein, das konnte sie nicht. Und er wäre enttäuscht, wenn sie nicht gehorcht hätte. Außerdem erinnerte sie sich, dass die Folgen von Ungehorsam für sie immer schlimm gewesen waren. Es hatte sich nie gelohnt, sie in Kauf zu nehmen. Mit Grausen dachte sie an die Bloßstellung, die Flavius ihr auf dem Schiff zugemutet hatte, als sie sich unerlaubt selbst befriedigt hatte. Es war sicher kein Zufall, dass er ihr vor der Reise eingeschärft hatte, den Gürtel nicht unerlaubt zu öffnen.

Mit einem Seufzer nahm sie den Schlüssel wieder unbenutzt aus dem Schloss. Sie wollte ihm ja gehorchen. Und sie hatte schon häufiger damit fertig werden müssen, unbefriedigt im Gürtel zu stecken. Die Vorstellung, dass er enttäuscht von ihr sein würde, war für sie genauso schrecklich, wie die Angst vor einer sicherlich schlimmen Strafe. Nein, sie würde gehorchen. Mit einer heftigen Bewegung knallte sie die Schlüssel zurück auf den Tisch.

Als Flavius nach zwei Stunden wieder zurückkam, sah er den Schlüsselring auf dem Tisch liegen. Er steckte ihn ein.

»Hast du einen der Schlüssel benutzt?«, wollte er ernst von ihr wissen.

»Nein, keinen der beiden«, kam es von ihr nicht ohne Stolz. »Ich dachte, du hättest den Schlüssel zum Gürtel nicht dabei.«

»Das habe ich auch nicht. Mit dem zweiten Schlüssel kann man deinen Keuschheitsgürtel nicht aufschließen. Im Gegenteil. Wenn man ihn benutzt, verriegelt sich das Schloss endgültig.«

Sie starrte ihn entsetzt an. Ihr Magen zog sich zusammen.

»Was ... warum ... wozu?«, stammelte sie.

»Hast du den Schlüssel etwa doch benutzt?«

»Nein. Das heißt, ich hatte ihn einmal kurz im Schloss, habe ihn allerdings nicht gedreht.«

»Dann ist es gut.«

»Wozu gibt es denn so einen Schlüssel? Warum willst du mir so etwas antun?«

Sie war verunsichert, enttäuscht und verletzt. Sie liebte ihn, und er spielte grausame Spiele mit ihr. Wenn sie jetzt doch schwach geworden wäre? Ihr wurde gleichzeitig heiß und kalt. Und sie fühlte sich irgendwie verraten.

»Ich hätte den Schlüssel nicht benutzt. Wenn, dann hättest du es getan. Du solltest inzwischen wissen, dass Ungehorsam für dich immer schlimme Folgen hat. Ich denke, spätestens jetzt wirst du es nicht mehr vergessen.«

»Ich versuche doch auch so schon, dir zu gehorchen, weil ich dich liebe und dich nicht enttäuschen will.«

»Das war auch meine Einschätzung und Hoffnung. Ich wollte nicht, dass du dich dauerhaft einschließt. Aber ich will, dass es für dich außer Zweifel steht, mir zu gehorchen.«

»Du bist grausam«, antwortete sie leise. »Zumindest mir gegenüber. Beim Angriff auf Noctur machst du dir darüber Gedanken, wie viele Unschuldige du töten könntest. Aber bei mir?«

Sie klang dabei nicht vorwurfsvoll, nur traurig. Er schaute sie einen Moment nachdenklich an. Dann nickte er bedächtig.

»Vielleicht hast du recht«, sagte er genauso leise. »Vielleicht bin ich wirklich etwas zu weit gegangen. Es ist kompliziert, wenn man sich in seine Sklavin verliebt hat. Bis wann behält man die Kontrolle? Ab wann ist nicht mehr sicher, wer Sklave und wer Herr ist? Und wie wichtig ist diese Frage überhaupt?«

Flavius schaute ihr in die Augen. Und sie sah ihn erstaunt und verunsichert an. Es war das erste Mal, dass er davon sprach, sich in sie verliebt zu haben. Ihr Herz machte einen Sprung.

»Es ist nicht so«, fuhr er in ruhigem Ton fort, »dass es mir keinen Spaß machen würde, dich zu beherrschen, in Versuchung zu führen oder unerfüllter Lust auszusetzen. Aber harte Strafen, wie die auf dem Schiff, verhänge ich nicht gerne. Ich kann und will allerdings nicht zulassen, dass du meine Autorität in Frage stellst.«

Sie nickte.

»Ich verstehe, was du meinst. Ich möchte deine Autorität doch gar nicht in Frage stellen. Es erregt mich sogar, wenn du mich deine Macht über mich spüren lässt. Aber es ist nicht nötig, dir oder mir zu beweisen, dass du der Herr bist – und ich die Sklavin.

Ich gehorche dir ohnehin, so gut ich kann. Nicht aus Angst – zumindest nicht nur. Sondern auch aus Liebe. Das ist ein Versprechen!«

Einen Moment lang konnte sie seinen Blick nicht einordnen. Er beobachtete sie sehr aufmerksam. Und sie fragte sich, ob sie eben vielleicht zu weit gegangen war. Nicht mit ihrem Versprechen. Das meinte sie genauso, wie sie es gesagt hatte. Sondern damit, ihm klar zu sagen, was im Umgang mit ihr nötig war und was nicht. Womöglich war das gerade das Verhalten, was er verhindern wollte. Das ihm den Eindruck gab, von ihr manipuliert zu werden. So hatte sie das allerdings nicht gemeint. Vielleicht sollte sie noch einmal versuchen, ihm zu erklären, worauf sie hinaus wollte. Aber damit machte sie es eventuell noch schlimmer. Sie schaute ihn unsicher an.

»War mein Verhalten jetzt ungebührlich?«, fragte sie schließlich zaghaft.

Er drückte sie an sich und strich ihr durchs Haar.

»Nein, es war nicht ungebührlich. Ich glaube, erst jetzt fange ich an, dich richtig kennenzulernen. Und mir gefällt, was ich entdecke. «

»Was mich selbst betrifft«, fügte er hinzu, »werde ich wohl auch einmal auf Entdeckungsreise gehen müssen. Auch, wenn die nächsten Tage wahrscheinlich keine Zeit für Nachdenklichkeit bleiben wird.«

40

Als Aluna von ihrer Gedankenkonferenz mit Meister Kagami und Flavius zurückkehrte, war sie nicht sehr optimistisch. Flavius hatte zwar davon berichtet, dass er jetzt zumindest leihweise über ausreichende Suggestionskraft verfügen konnte, um Nyx zu überwinden, allerdings mussten sie Noctur von zwei Seiten angreifen. Und nur auf einer Seite konnte Flavius helfen. Wobei ihr die Vorstellung nicht gefiel, dass es vom guten Willen fremdartiger Wesen abhing, ob er die benötigten Fähigkeiten überhaupt mobilisieren konnte. Andererseits hätte es ihr auch nicht behagt, wenn ein Patrizier Nova-Venis über mehr Macht verfügte, als jede andere Partei am Salzmeer. Die Rolle einer Statistin, die möglicherweise zur Ablenkung eigene Soldaten in den Tod schicken musste, statt wirksam ins Geschehen einzugreifen, mochte sie überhaupt nicht. Ganz abgesehen davon, dass das ihre Position nicht gerade stärkte, wenn später die Karten über den Einfluss am Salzmeer neu verteilt wurden. Wenn es wenigstens eine Möglichkeit gäbe, die Fähigkeiten dieser Nyx zu binden, während ihre Truppen durch die Felswüste vorrückten.

»Was bedrückt Sie, Herrin?«

Alexander schaute sie mitfühlend an, während er ihr zu Füßen an ihrem Sessel kniete. Sie strich ihm durchs Haar und lächelte ihn traurig an.

»Die Auseinandersetzung mit Noctur geht in eine kritische Phase. Und ich habe das Gefühl, dass wir nicht genug vorbereitet sind.«

Sie scheute sich, Alexander alle Details der Pläne zu offenbaren. Zwar glaubte sie nicht, dass er sie vorsätzlich verraten würde, aber in mancher Hinsicht war er etwas naiv. Eine unbedachte Bemerkung in der falschen Gesellschaft konnte bereits fatale Folgen haben. Sie ging zwar davon aus, dass die Bediensteten in ihrem Palast loyal waren, aber es waren zu viele, um das mit Sicherheit voraussetzen zu können.

Alexander dachte nach, wie er helfen könnte. Er wollte nicht, dass Aluna traurig war. Und vielleicht konnte ja auch sein Wissen um viele Vorgänge in Noctur hilfreich sein.

»Es gibt neben dem Tempel in Noctur«, erinnerte er sich halblaut, »ein sehr stabiles Gebäude, das Tag und Nacht streng bewacht wird. Ich habe nur Armedes gelegentlich hineingehen sehen. Sonst darf es niemand betreten. Außer natürlich die Göttin. Allerdings habe ich nie mitbekommen, dass sie das Haus, eigentlich ist es eher eine kleine Festung, betreten hätte. Die meisten Bewohner von Noctur dürfen nicht einmal in die Nähe des Gebäudes gehen. Ursprünglich dachte ich, dass dort ein Schatz liegt. Aber es muss etwas viel Wichtigeres sein. Als mal ein Dieb versucht hat, dort einzudringen, war Nyx außer sich vor Zorn, während Armedes es eher gelassen nahm. Danach wurde auch der Platz vor dem Haus abgesperrt. Vielleicht ist dort etwas, das der Göttin schaden kann.«

»Vielleicht. Aber wenn Armedes dort hinein darf und er sich mit Nyx nicht besonders versteht, wie du mal erzählt hast, wird es sicher keine Waffe gegen sie sein. Auf jeden Fall klingt es interessant. Allerdings würde Nyx sicher nicht zulassen, dass wir versuchen, in dieses Gebäude zu gelangen. Selbst wenn wir mit den Wachen fertig werden könnten, gegen Nyx können wir nicht kämpfen.«

»Das ist vielleicht auch gar nicht nötig. Denn es scheint noch einen zweiten Zugang zu dem Gebäude zu geben. Ich habe Armedes mal in das Gebäude gehen und aus dem Tempel zurückkommen sehen. Deshalb vermute ich, dass es eine Verbindung zwischen der Albtraumhöhle und dem Gebäude gibt. Und in der Höhle dürfte es auch keine Wachen geben. Außer Armedes geht niemand freiwillig dort hinein.«

»Wobei wir nicht wissen, was sich wirklich in dem Gebäude befindet – und wie man es gegen Nyx einsetzen könnte. Mal abgesehen davon, dass es praktisch unmöglich sein dürfte, unbemerkt nach Noctur zu kommen.«

Einen Moment überlegte Alexander, ob er wirklich sagen sollte, was ihm gerade durch den Kopf ging. Er wusste einen Weg, wie man unbemerkt nach Noctur hineinkommen und wahrscheinlich auch das Gebäude betreten konnte. Allerdings hatte er ein mehr als flaues Gefühl im Magen, als er an die Konsequenzen dachte, die es nach sich zog, wenn er weitersprach. Trotzdem gab er sich einen Ruck.

»Unmöglich ist es nicht. Zumindest nicht, wenn der Helm noch intakt ist, mit dem ich hergekommen war.«

»Suchst du nach einer Möglichkeit, vor mir zu fliehen?«, wollte Aluna mit einem traurigen Unterton wissen.

»Nein«, antwortete Alexander entrüstet. »Mich zieht nichts nach Noctur zurück. Diese Vorstellung macht mir sogar ziemlich Angst. Aber ich würde es für Sie riskieren, Herrin.«

Aluna konnte nicht sagen, warum, aber sie glaubte ihm. Gleichzeitig fragte sie sich, ob sie es erlauben sollte. Sie wollte Alexander nicht verlieren, egal ob durch Flucht vor ihr oder durch Gefangennahme oder Tod in Noctur. Andererseits eröffnete Alexanders Überlegung eine Möglichkeit, den Kampf gegen Noctur bzw. Nyx auch ohne die Unterstützung durch fremdartige Wesen zu gewinnen – falls diese es sich etwa in letzter Minute noch anders überlegten.

41

Alexander wusste, dass es ein Himmelfahrtskommando war, auf das er sich eingelassen hatte. Er versuchte, sich nicht auszumalen, was passieren würde, wenn die Göttin ihn erwischte. Er könnte sich in diesem Fall glücklich schätzen, wenn sie ihn in einem Wutanfall gleich umbrachte. Unwirsch schüttelte er den Kopf. Die Entscheidung war bereits gefallen. Er stand auf Deck und wartete, bis das Schiff die richtige Position erreicht hatte, ihn auf einem Boot Richtung Noctur treiben zu lassen. Der Gedanke an das traurige Gesicht von Aluna, als sie ihm diese Mission erlaubt hatte, ließ sein Herz hüpfen. Sie hatte Angst um ihn. Er war also nicht nur ein Spielzeug für sie. Das war mehr als er zu hoffen gewagt hatte. Sie hatte ihm zum Abschied sogar den Keuschheitsgürtel abgenommen.

Der Kapitän des Schiffes kam zu ihm an die Reling.

»Es ist so weit.«

Ein Boot wurde ins Wasser gelassen und Alexander kletterte an einer Strickleiter vom Schiff ins Boot. Noch einmal überprüfte er seine Ausrüstung.

»Wenn ihr mich nicht mehr seht, lasst die Leine los!«, rief Alexander halblaut den beiden Matrosen zu, die das Tau hielten, das sein Boot noch mit dem Schiff verband. Er konzentrierte sich darauf, nur eine Welle im Salzmeer zu sein. Dann sah er, wie er vom Schiff wegtrieb, das damit begann, gegen den Wind zu kreuzen, um sich so wieder von der Küste vor Noctur zu entfernen. Jetzt gab es kein Zurück. Er würde Noctur nicht mehr aus eigener Kraft verlassen können. Verkrampft hielt er die Ruderpinne des Bootes fest. Er musste eine Stelle an der Küste finden, an der er unbemerkt das Boot verlassen konnte. Mehr als diese leichten Richtungsänderungen konnte er nicht vornehmen. Und es gab auch keinen zweiten Versuch.

Mit einem heftigen Ruck prallte sein Boot gegen einen Felsbrocken, der unmittelbar vor der rauen Küste im Salzmeer lag. Vorsichtig, um seine Ausrüstung nicht in die Salzlake kommen zu lassen, stieg er aus seinem Boot und watete die letzten Meter bis zum Land durch das dickflüssige Wasser. Seine Beine würden bald unter den Ablagerungen leiden, die diese Brühe an ihnen hinterließ. Immerhin war er bis jetzt nicht entdeckt worden. Notdürftig trocknete er seine Beine ab und bemerkte bereits das Brennen der Salze auf seiner Haut. Er war etwas nördlich von Noctur an Land gegangen und musste den Rest der Strecke zu Fuß zurücklegen. Der schwere Rucksack, dessen Inhalt für das Gebäude bestimmt war, machte seine Wanderung nicht einfacher. Glücklicherweise hatte Noctur im Gegensatz zu Bator keine Stadtmauer. Die meisten Soldaten würden wahrscheinlich in der Felswüste Wache halten. Und den Küstenbeobachtern war er dank des Helmes entgangen.

42

Die Rückreise von Kin-Pe verlief ereignislos. Als sie die Bucht nördlich von Kuza erreichten, lag das Schiff bereits vor Anker und erwartete sie.

»Setzen Sie Kurs auf Nova-Veni, Kapitän Rufus«, befahl Flavius, sobald sie an Bord gekommen waren.

»Sollen wir so schnell fahren, wie wir können?«, wollte der Kapitän mit Anspielung auf die besonderen Fähigkeiten des Schiffs wissen.

»Nein. Ganz normale Fahrt ist ausreichend. Wenn möglich wählen Sie bitte eine Route, bei der wir in ungefährliche Nähe zum Staubmeer kommen. Ich möchte mir dieses Schauspiel noch einmal aus der Nähe anschauen.«

»Ich dachte, dass du so schnell wie möglich nach Nova-Veni zurück willst, um den Angriff auf den Brückenkopf südlich von Phinus zu starten«, meinte Letitia, als sie alleine in der Kabine waren.

»Wir werden uns mit einer Streitmacht aus Che-Min treffen. Es wird ein paar Tage dauern, bis diese bereitsteht. Außerdem muss ich noch im Rat der Patrizier berichten, wie es weitergeht. Und der Rat tritt erst in gut einer Woche zusammen. Wir haben es also nicht eilig. Oder wird es dir etwa unbequem in deinem Keuschheitsgürtel?«

Letitia rollte die Augen, verkniff sich allerdings jede Bemerkung dazu, dass sie jetzt bereits seit über einer Woche nicht aus dem Bewahrer ihrer Lust herausgekommen war.

»Du sagtest eben, du wolltest die Grenze zwischen Salz- und Staubmeer noch einmal sehen. Das klang, als würdest du zukünftig dazu keine Gelegenheit mehr haben.«

»Gut beobachtet. Es kann passieren, dass es dieses Naturschauspiel bald nicht mehr geben wird. Warst du schon mal in der Nähe dieser Grenze?«

»Nein, noch nie. Es soll ja auch ziemlich gefährlich sein, die Stelle zu besuchen, an der sich Salzmeer und Staubmeer treffen. Und wieso soll sich daran etwas ändern?«

»Stimmt, es ist gefährlich. Die Strömungen des Salzmeeres sind dort ungewöhnlich stark. Und wer ins Staubmeer gezogen wird, verschwindet darin für immer. Zumindest war es die vergangenen Jahrtausende so. Allerdings weiß ich seit Kurzem, dass das Naturwunder ›Staubmeer‹ gar nicht so natürlichen Ursprungs ist, wie wir bisher angenommen hatten.«

»Du sprichst in Rätseln.«

Flavius lachte.

»Du wirst es vielleicht bald mit eigenen Augen sehen können.«

Drei Tage später erreichten sie die Grenze zwischen Salz- und Staubmeer. Alle, die nicht unbedingt für die Navigation des Schiffs nötig waren, standen an Deck und schauten sich dieses beeindruckende, allerdings auch bedrohliche Schauspiel an. Kapitän Rufus hatte das Schiff so nahe an die Grenze heranfahren lassen, wie dies gefahrlos möglich war. Das sonst so träge Wasser schien zu kochen. Ein ungefähr hundert Meter breiter Streifen brodelte, erzeugte breite Strudel und riesige Fontänen. Was immer diesem Streifen zu nahe kam, wurde zum Spielball der Naturgewalten und trieb früher oder später in das Staubmeer.

Flavius fragte sich, warum das Salzmeer nicht schon längst in das Staubmeer geflossen und ausgetrocknet war. Darüber hatten sich allerdings schon Generationen von Forschern den Kopf zerbrochen. Immer wieder war auch auf dem Schiff die ungewöhnlich starke Strömung zu spüren. Der Rudergänger hielt das Steuerrad mit beiden Händen fest und manövrierte das Schiff in sicherem Abstand zu der schäumenden Wassergrenze. Die Anstrengung war ihm allerdings deutlich ins Gesicht geschrieben. Würde jetzt das Ruderblatt brechen, gäbe es nichts mehr, was sie vor dem sicheren Tod bewahren könnte.

»Lassen Sie uns wieder auf Abstand gehen«, wies Flavius den Kapitän an.

Dieser nickte kurz und gab den Befehl an den Rudergänger weiter. Sichtlich erleichtert änderte er den Kurs wieder aufs offene Salzmeer hinaus.

»Ich hatte erwartet«, sinnierte Letitia, »dass es auch hier eine Staubwand geben würde.«

»Offenbar geht die ganze Kraft des hochschießenden Staubs in die Salzlake und sorgt für dieses Schauspiel. Welche Kräfte genau hier miteinander ringen, hat allerdings noch niemand schlüssig erklären können.«

Nach weiteren vier Tagen auf See kam endlich der Hafen von Nova-Veni in Sicht. Letitia hoffte, bald aus ihrem Keuschheitsgürtel herauszukommen. Allerdings schien Flavius mit seinen Gedanken bereits bei der bevorstehenden Auseinandersetzung mit Noctur zu sein. Denn er hatte die letzten zwei Tage der Fahrt nur noch über Karten gebrütet und sich Notizen gemacht. Daher war Letitia auch nicht überrascht, als er sich sofort in sein Kartenzimmer begab, nachdem sie seine Residenz erreicht hatten.

»Wann brechen wir denn zum Kampf gegen Noctur auf?«, riss sie ihn beim Abendessen aus seinen Gedanken.

»Wir? Gar nicht. Du bleibst hier. Und da ich nicht riskieren möchte, dass dir zwischenzeitlich etwas passiert, wirst du das Haus nicht verlassen.«

Er schaute zu ihr auf und sah in ihr enttäuschtes Gesicht.

»Tut mir leid, aber die kommenden Tage werden sehr gefährlich. Ich will nicht, dass dir etwas passiert. Außerdem werde ich keine Zeit für dich haben, sobald wir aufbrechen.«

Ein Grinsen huschte über sein Gesicht.

»Morgen, nach der Ratssitzung, sollte ich allerdings noch etwas Zeit erübrigen können.«

Die Ratssitzung verlief so, wie Flavius es befürchtet hatte. Alle wollten von den Vorteilen profitieren, die sich aus einem erfolgreichen Angriff auf Noctur ergeben konnten, aber niemand wollte einen Beitrag dazu leisten. Es kostete ihn sehr viel Überwindung, bei diesem Treffen nicht die Beherrschung zu verlieren. Und er musste wiederholt seine besonderen Fähigkeiten einsetzen, um schließlich eine akzeptable Beteiligung Nova-Venis an dem bevorstehenden Feldzug zu erreichen. Freunde hatte er sich damit nicht gemacht, aber wenn die Maßnahmen erfolgreich verliefen, würde es für alle von Vorteil sein.

Letitia empfing ihn mit einem Nichts von einem Kleid, als er erschöpft in seine Residenz zurückkam. Und es gelang ihr nach kürzester Zeit, seine Gedanken von der anstrengenden Ratssitzung und den bevorstehenden Kämpfen abzulenken. Zu ihrer Freude befreite Flavius sie bei dieser Gelegenheit auch von ihrem Keuschheitsgürtel und sorgte mit großer Aufmerksamkeit dafür, dass sie für ihre Wartezeit entschädigt wurde. Schließlich lagen beide erschöpft auf dem Bett.

»Den Gürtel brauchst du die nächsten Tage nicht wieder anlegen.«

Sie beugte sich über ihn und entfachte mit geschickten Händen erneut seine Lust.

»Soll ich nicht doch mitkommen? Du würdest es bestimmt nicht bereuen.«

»Nein, du bleibst hier in Sicherheit.«

»An deiner Seite ist es bestimmt am sichersten.«

»Keine Diskussion. So sicher wird es an meiner Seite übrigens nicht sein. Ich muss lernen, mit Kräften umzugehen, die ich noch nicht verstehe. Womöglich geht von mir dabei eine noch größere Gefahr aus, als von den Feinden. Was glaubst du, wie ich mich fühlen würde, wenn du meinetwegen verletzt oder getötet würdest?«

Sie schaute ihn betroffen an. Diese Möglichkeit war ihr gar nicht in den Sinn gekommen. Seine Hand fuhr zärtlich durch ihr Haar.

»Nach meiner Rückkehr werden wir viel Zeit füreinander haben.«

Dann grinste er breit.

»Wenn ich es mir recht überlege, haben wir auch jetzt noch etwas Zeit.«

Seine Hand tastete sich langsam bis zu ihrem Schoß vor. Und auch die ihre fand zielsicher zu seiner Männlichkeit. Wenig später verschmolzen ihre Körper wieder lustvoll miteinander.

43

In der Stadt herrschte gespannte Unruhe. Die wenigsten Bewohner hätten etwas dagegen gehabt, von ihrer Göttin befreit zu werden. Aber das wagten sie kaum zu hoffen. Statt dessen schlugen in unregelmäßigen Abständen Granaten an der Küste ein. Würden die Angreifer näher herankommen, gäbe es wohl Opfer unter den Bewohnern, wenn die Geschosse in Noctur selbst einschlugen. Letztlich würden sie wohl für ihre ungeliebte Göttin kämpfen müssen. Es war eine ausgesprochen deprimierende Situation.

Alexander machte einen großen Bogen um sein eigentliches Ziel und näherte sich dann dem Tempel. Hier standen nur zwei Wachen, an denen er leicht vorbeikam. Wo sich die Göttin wohl gerade befand? Hoffentlich kam sie ihm nicht entgegen, wenn er den gewundenen Gang betrat. Seine Beine schmerzten vom Salzwasser, und der schwere Rucksack zerrte an seinen Schultern. Verglichen mit dem, was jetzt vor ihm lag, waren das allerdings Kleinigkeiten. Er betrat den Gang und kämpfte um sein Gleichgewicht. Auch ohne das Gewicht auf seinem Rücken wäre es schwer gewesen, diesem chaotischen Gang zu folgen. Immer wieder kam er ins Straucheln. Und er hoffte, dabei nicht zu viel Lärm zu verursachen. Sein Helm würde ihm nichts nutzen, wenn Nyx in seine Nähe käme. Er durfte daher um keinen Preis Aufmerksamkeit erregen. Als er die Höhle erreichte, war sie wie üblich in ein Halbdunkel gehüllt. Im Zwielicht fiel es ihm schwer, den richtigen Gang zu finden. Bedingt durch die Konstruktion des riesigen Hohlraums war es ihm auch nicht möglich abzuschätzen, welche der Öffnungen er überhaupt erreichen konnte. Einige Male versuchte er vergeblich, einen der Gänge zu erreichen, um dann festzustellen, dass er dabei gegen die Schwerkraft hätte schweben müssen. Nach einigen dieser vergeblichen Versuche hatte er nur noch eine vage Vorstellung, durch welchen Gang er ursprünglich gekommen war. Selbst wenn er sein Ziel erreichen sollte, wäre die anschließende Flucht für ihn nahezu aussichtslos.

Schließlich gelangte er zu einem Gang, der nach wenigen Metern leichter begehbar war. Die Decke wölbte sich halbkreisförmig über ihm und hatte im Zenit alle paar Meter eine schwache Lichtquelle, während der Boden eben war. Dieser Gang schien von Menschen angelegt worden zu sein. Und Alexander war sich sicher, auf dem richtigen Weg zu sein. Um so enttäuschter war er, als der Gang urplötzlich endete. Vor ihm war nichts als eine glatte Wand. Einen Moment stand er enttäuscht und ratlos davor. Dann kam ihm der Gedanke, dass es sich um eine Illusion handeln könnte. Die Wand fühlte sich allerdings rau und kalt an. Es war ihm auch nicht möglich, einfach durch sie hindurchzugehen. Angestrengt überlegte er, wie er sich Sicherheit verschaffen könnte. Wenn er mit Schwung gegen die Wand rannte, würde ihn eine Illusion nicht aufhalten können. Wäre die Wand dagegen echt, würde er sich dabei selbst außer Gefecht setzen. Dann huschte ein Grinsen über sein Gesicht. Eine Illusion könnte ihm zwar vorgaukeln, dass die Wand massiv sei, den einfachen Gesetzen der Schwerkraft hätte sie allerdings nichts entgegenzusetzen. Er legte die Hände gegen die Wand und stützte sich immer schräger dagegen. Als sein Körper die Balance nicht mehr selbst halten konnte, stolperte er durch die Wand. Das räumte auch seine letzten Zweifel aus, auf dem richtigen Weg zu sein. Der Gang machte noch eine Kurve und endete dann in einem großen, rechteckigen Raum. An den Wänden waren Öffnungen, durch die Tageslicht einfiel.

Er musste in dem Gebäude sein, das von außen so scharf bewacht wurde. Es bestand nur aus diesem einen, großen Raum. Ungläubig schaute Alexander auf zwei große Kettenfahrzeuge in futuristischem Design. Dann wurde seine Aufmerksamkeit durch eine seltsame Maschinerie geweckt, die leise vor sich hinsummte.

Einige Metallstreben ragten senkrecht aus ihr nach oben. Ansonsten bestand sie aus einigen, mit Streben verbundenen Kugeln, Quadern und Zylindern. An einem Quader blinkte es und Schriftzeichen liefen über seine Oberfläche. Wenn es hier irgendetwas Wichtiges gab, das zerstört werden musste, dann war es diese Maschine. Alexander näherte sich ihr und nahm den Rucksack ab. ›Experimentellen Sprengstoff‹ hatte Aluna die Päckchen genannt, die er herausholte. Es war noch nicht lange her, dass effizientes Schießpulver für die Kanonen entdeckt worden war. Das hier, hatte Aluna ihm erklärt, war allerdings um ein Vielfaches gefährlicher. Alexander verband die Päckchen, wie er es erklärt bekommen hatte, mit speziellen Drähten. Dann brachte er den Zünder an. Wie lange sollte er sich Vorsprung geben, um zunächst zur Albtraumhöhle zu gelangen und dann den Ausgang zu finden? Zu lange durfte die Zeit nicht sein, damit wenigstens seine Mission erfolgreich wäre, falls er entdeckt würde. Irgendwie tat es ihm fast leid, die Maschine zu zerstören. Sie sah auf eine schwer zu beschreibende Art eindrucksvoll aus. Einen Moment nahm er ihren Anblick auf und wandte sich dann wieder dem Zünder zu.

Mitten in der Bewegung erstarrte er.

»Findest du nicht, dass es schade um diese Maschine wäre?«

Alexander konnte sich zwar nicht umdrehen, wusste aber, wer gesprochen hatte. Es war die Stimme von Armedes.

»Sie steht jetzt schon so lange hier und arbeitet noch einwandfrei. Weißt du überhaupt, was du da vor dir hast? Ach ja, du kannst ja nicht antworten, solange Nyx dich im Griff hat. Egal, ich erzähle es dir einfach.«

»Sorge erst einmal dafür, dass der Sender außer Gefahr ist«, hörte Alexander die Stimme der Göttin. »Ich habe keine Lust, ihn länger bewegungslos zu halten, nur, damit du dich vor ihm aufspielen kannst.«

Armedes kam in sein Blickfeld. Er sammelte den Sprengstoff und den Zünder ein und zog alle Drähte wieder ab. Nachdem er alles im Rucksack verstaut hatte, gab er Nyx ein Zeichen. Dann rief er einige Wachen von draußen herein. Sobald diese Alexander im Griff hatten, verschwand die Kraft, die ihn bewegungslos gehalten hatte.

»Jetzt kannst du gerne mit ihm plauschen«, sagte Nyx in spöttischem Ton. »Stelle allerdings sicher, dass er nicht entkommt. Ich will bei der nächsten Opferzeremonie noch meinen Spaß mit ihm haben.«

Sie verschwand durch den Gang in Richtung Albtraumhöhle.

»Woher hast du den Sprengstoff? Außerhalb meines persönlichen Lagers habe ich so etwas schon lange nicht mehr gesehen.«

»Den habe ich aus Bator mitbekommen.«

Alexander würde nur solche Informationen weitergeben, die man in Noctur nicht wirklich nutzen konnte. Da er allerdings nicht wusste, welche Möglichkeiten Armedes oder Nyx hatten, ihm auch gegen seinen Willen Geheimnisse zu entreißen, bemühte er sich, nicht verstockt zu wirken. Sollte Armedes doch ruhig glauben, er würde seine Kenntnisse bereitwillig ausplaudern. Wobei ihm schlagartig klar wurde, dass er kaum eine Ahnung hatte, wie die Pläne gegen Noctur tatsächlich aussahen.

»Woher wusstest du eigentlich, was in dem gut bewachten Gebäude steht?«

»Ich wusste es gar nicht. Aber da es stets gut bewacht wurde, musste etwas sehr Wichtiges darin sein.«

»Stimmt«, sagte Armedes, während er vor Alexanders Zelle saß.

»Dein Scharfsinn gefällt mir. Deshalb werde ich dir auch erzählen, was du beinahe zerstört hättest. Verraten kannst du es ohnehin nicht mehr.«

Es war seltsam, wie Armedes mit ihm plauderte, als seien sie seit Langem beste Freunde. Aber Alexander gab sich nicht der Illusion hin, dass Armedes auch nur einen Finger rühren würde, um ihm seinen bevorstehenden schrecklichen Tod zu ersparen.

»In dem Gebäude befindet sich ein Generator. Er erzeugt große Mengen Energie. Damit können wir die Energiespeicher wieder aufladen, die du von den Helmen kennst. Und sogar die, mit denen Nyx und ihre Schwestern einen Teil ihrer Macht entfalten. Wobei Nyx sogar noch viel direkter auf die Energie zugreifen kann.«

»Lässt sich die Energie senden?«, fragte Alexander, der sich daran erinnerte, dass die Göttin den Apparat auch ›Sender‹ genannt hatte.

»Es macht wirklich Spaß, sich mit dir zu unterhalten. Genauso ist es. Die Stangen, die senkrecht nach oben zeigten, können Nyx direkt mit Energie versorgen. Sie trägt einen Empfänger für die Energie und einen Sender für ihre – nennen wir es ›Kraft‹ – mit sich herum.«

»Sieht man ihr gar nicht an.«

Alexander wusste bereits von Aluna, dass Nyx in Wirklichkeit ein einheimisches Wesen war, das erst durch verstärkende Energie zu dem geworden war, was alle in Noctur als Göttin kannten.

»Sei froh, dass du sie nie in ihrer natürlichen Gestalt gesehen hast. Aber wie ich sie kenne, wird sie sich dir zeigen, wenn sie beginnt, dich bei lebendigem Leib zu fressen. Alle anderen werden davon allerdings nichts mitbekommen. Sie ist ein ziemliches Ekel. Und seit ihrer Veränderung ist ihr Ego noch schneller gewachsen als ihr grotesker Körper.«

»Wenn Sie sie für ein Ekel halten, warum helfen Sie ihr dann?«

»Wir haben ein Geschäft auf Gegenseitigkeit. Ich halte ihre Implantate und den Generator instand. Und sie verlängert mein Leben. Wobei sie mich etwas übervorteilt hat. Denn gleichzeitig hält sie mich in Noctur gefangen. Tja, und da ich an meinem Leben hänge ...«

»Und warum haben sie die Städte außerhalb Nocturs angegriffen?«, nutzte Alexander die Erzähllaune von Armedes aus.

»Reines Machtstreben.«

»Von Ihnen oder von ihr?«

»Ja«, grinste Armedes.

»Aber wo wir gerade so nett plaudern«, fuhr er fort, »möchte ich auch etwas von dir wissen. Nicht, ob du damals Sato getötet hast. Schließlich ist er zwischenzeitlich wieder gesehen worden. Was mich interessiert ist, warum du zurückgekommen bist, um Nyx zu schaden. Du wusstest doch, dass du kaum eine Chance haben würdest, Noctur lebend wieder zu verlassen. Selbst, wenn du erfolgreich gewesen wärst.«

»Ich hatte genauso wenig Wahlmöglichkeit, wie bei meinem ersten Auftrag, bei dem ich nach Bator geschickt worden war.«

Alexander wollte Armedes nicht erzählen, dass er in Aluna verliebt war. Zum einen wollte er sich nicht deswegen verhöhnen lassen, zum anderen hätte Armedes dann sicher vermutet, dass Alexander noch mehr über das wusste, was die anderen vorhatten. Viel wusste er zwar nicht, aber er wollte auch nicht das Wenige verraten müssen, was er aufgeschnappt hatte.

»Und beide Male hast du versagt. Eine ziemlich klägliche Bilanz. Denn weitere Chancen wirst du in deinem Leben nicht mehr bekommen. Was haben die anderen jetzt eigentlich vor? Wie bekommen sie mit, ob du erfolgreich warst?«

»Wie die Pläne der anderen aussehen, weiß ich nicht. Wenn ich es wüsste, hätten sie mich wohl kaum auf so ein Himmelfahrtskommando geschickt. Und gesehen hätten sie es aufgrund der Explosion.«

Armedes nickte. Offenbar war er mit den Antworten zufrieden.

»Ich lasse dir noch ein gutes Essen bringen. Genieße es. Mehr Vergnügen wird es für dich nicht mehr geben.«

44

Bei einer letzten Gedankenkonferenz mit Aluna und Meister Kagami hatte Aluna ihnen zerknirscht von Alexanders Mission erzählt. Dass er nicht wieder aufgetaucht war, ließ weder für die Mission, noch für Alexanders Schicksal Gutes hoffen. Flavius konnte an Alunas Verhalten erkennen, dass ihr das Los ihres Sklaven nicht gleichgültig war. Offensichtlich hatte nicht nur er sich in seine Sklavin verliebt. Aluna schien es mit Alexander ebenso ergangen zu sein. Er konnte ihre Sorge gut nachvollziehen.

Tags darauf verließ Flavius an der Spitze einer Gruppe von fünfhundert Echsenreitern Nova-Veni. Nach wenigen Kilometern traf er mit seinen Reitern auf eine etwa gleichstarke Reitergruppe des Kaiserreiches Che-Min. Genau wie die Soldaten aus Nova-Veni waren auch die des Kaiserreiches in bunte Stoffe gekleidet. Zunächst war Flavius überrascht, weil er mit Ninjas gerechnet hatte.

»Wir werden auch von einigen Ninjas unterstützt«, berichtete ihm der Befehlshaber der kaiserlichen Reiterei. »Allerdings sind diese nur nach Einbruch der Dunkelheit auf Nachtläufern unterwegs. Wir werden sie daher nicht oft zu Gesicht bekommen.«

Damit sollte er recht behalten. Die Ninjas tauchten vor der Schlacht nur einmal kurz während einer nächtlichen Rast bei den Soldaten auf.

Dafür hatte Flavius eine Begegnung, die für ihn zwar nicht überraschend kam, ihm aber doch das Blut in den Adern gefrieren ließ. Als er sich in sein Zelt zurückzog, warteten dort bereits fünf grüne Panther. Sie musterten ihn aufmerksam, ohne zu blinzeln. Er wusste nicht, wie er sich ihnen gegenüber verhalten sollte. Für einen Moment dachte er lächelnd daran, ihnen etwas Milch bringen zu lassen, ließ es aber dann doch bleiben. Er war sicher, dass sie sich schon selbst mit allem versorgten, was sie benötigten. Und es waren schließlich keine Hauskatzen, sondern intelligente, wenn auch ziemlich fremdartige Wesen, mit denen er es hier zu tun hatte. Unsicher legte er sich auf seine behelfsmäßige Pritsche und schloss die Augen.

Im gleichen Moment nahmen sie mit ihm Kontakt auf. Zunächst verwirrte ihn, was er sah. Er schien gleichzeitig durch hundert Augen zu blicken. In dem Maße, wie er versuchte, von der Perspektive Abstand zu nehmen, erkannte er, was ihm gezeigt wurde. Die Brücke nach Noctur war fertiggestellt. Soldaten und Geschütze rollten über sie heran und sicherten den Brückenkopf, den Flavius mit seiner Reiterei zum Ziel hatte. Gleichzeitig sammelten sich im Süden ganze Herden hungriger Raptoren und pirschten sich an den Brückenkopf heran. Zwei Staubkrabbler, deren menschliche Illusion durch die Augen der Panther nur durchscheinend zu erkennen war, befehligten die immer größer werdende Armee aus Noctur. Ganz offensichtlich wurden die Reiter erwartet. Ein fürchterliches Gemetzel schien unausweichlich, wobei es aussah, als würden die eigentlichen Sieger die Raptoren werden. Sie brauchten bloß abzuwarten, bis sich die Schlacht der Menschen unter großem Blutzoll dem Ende neigte, um dann über die geschwächten Überlebenden herzufallen.

Die Vision verblasste wieder. Flavius hatte nicht nur die optischen Eindrücke, sondern auch gleich die taktische Einschätzung der Panther erhalten. Zu seinem Unbehagen teilte er diese Beurteilung der Lage. Er musste einen Weg finden, die Auseinandersetzung so zu beenden, dass die Kämpfe der Menschen untereinander vermieden wurden.

Als der Brückenkopf endlich in Sicht kam, wurde Flavius die Aussichtslosigkeit eines konventionellen Angriffs mit Reiterei noch einmal in aller Deutlichkeit bewusst. Die Soldaten Nocturs hatten ihr Lager kreisförmig rund um das Ende der Brücke herum mit Palisaden abgesichert. Die letzten fünfzig Meter vor dieser Mauer aus Baumstämmen waren von jeglichem Unterholz befreit worden. Das Lager hatte keine Ähnlichkeit mehr mit dem, das Flavius nach der Rettung von Letitia ausgespäht hatte. In regelmäßigen Abständen waren Lücken in der Umzäunung, durch die jeweils zwei oder drei Kanonen ragten. Selbst wenn man annahm, dass ihre Echsen die Palisaden nur wenige Male rammen mussten, um sie umzureißen, wäre ein Sturmangriff auf dieses zur Festung ausgebaute Lager außergewöhnlich verlustreich. Und dabei war die Gefahr, die von den lauernden Raptoren ausging, noch gar nicht berücksichtigt. Allenfalls die von ihm konstruierte und bei dem Piratenschiff bereits einmal erprobte Luftmine hätte – nahe an die Befestigung herangebracht – den Brückenkopf zerstören können. Allerdings wäre wahrscheinlich auch die Verankerung der Brücke dabei zerstört worden. Und die brauchte Flavius unbedingt intakt.

Nervös beobachtete Hector, einer der Kanoniere aus Noctur, die anrückenden Echsenreiter. Noch waren sie außer Schussweite. Trotzdem konnte man die massigen Tiere bereits gut erkennen. Zählen konnte man sie allerdings nicht. Sie stellten sich in vielen Reihen neben und hintereinander auf. Die Palisaden würden einem Ansturm nicht lange standhalten, zumal die meisten der Baumstämme aus Zeitgründen nicht richtig in der Erde verankert worden waren. Ihre einzige Chance war, so viele Tiere wie möglich abzuschießen, bevor sie die Befestigung erreicht hatten. Durch die langen Ladezeiten der Kanonen würde das allerdings nicht reichen. Falls die beiden Priesterinnen der Göttin nicht noch etwas in der Hinterhand hatten, würde dieser erste Aufenthalt außerhalb Nocturs auch sein letzter werden.

Behäbig setzten sich die Echsen der Angreifer in Bewegung. Allerdings ließ Hector sich nicht davon täuschen. Zwar wirkten die Tiere aufgrund ihrer schieren Masse schwerfällig, in Wirklichkeit mussten sie allerdings bereits eine ansehnliche Geschwindigkeit erreicht haben. Die ersten Tiere schienen metallene Schilde vor sich herzutragen. Das würde die Trefferchancen der faustgroßen Geschosse, die zu jeweils zwanzig aus jeder Kanone verschossen wurden, noch einmal deutlich verringern.

Als Hector und seine Kameraden endlich den Befehl zum Abfeuern der Geschütze erhielten, sah er seine Befürchtung bestätigt. Die Geschosse prallten wirkungslos an den Metallschilden ab. Und die Geschwindigkeit, mit der die Echsen auf die Barrikade zurannten, schien sich mit jedem Schritt zu erhöhen. Keine der Salven, die die Verteidiger abfeuerten, schien eine Wirkung zu zeigen. Die Priesterinnen beschworen eine Feuerwand, durch die die Echsenreiter jedoch einfach hindurchritten. Hastig flüchteten die beiden Priesterinnen in Richtung Brücke. Noch bevor sie sie erreichen konnten, verwandelten sie sich plötzlich in spinnenähnliche, schwarze Wesen, mit grotesken Beinen, die in messerscharfen Klauen endeten. Und kurz vor der Brücke erstarrten sie und rührten sich nicht weiter. Gleichzeitig erreichten die Echsenreiter die Palisaden und brachen einfach hindurch. Sie ritten wild umher, schienen dabei allerdings niemanden zu verletzen. Hector und die anderen Verteidiger starrten sie entgeistert an. Die wenigen Soldaten, die versuchten, die Angreifer mit Schwertern anzugreifen, schlugen einfach durch sie hindurch. Währenddessen stürmte eine weitere Welle von Echsenreitern heran.

Die Soldaten aus Noctur waren plötzlich wie paralysiert. Sie wussten nicht mehr, gegen welchen Feind sie kämpfen sollten. Sie erinnerten sich nicht einmal mehr, warum und wofür sie kämpften. Während dessen ritten immer mehr Echsenreiter durch die Lücken, die für die Kanonen gelassen worden waren. Verwundert stellte Hector fest, dass es in dem gesamten Kampf offenbar nicht einen einzigen Verletzten oder Toten gegeben hatte, wenn man mal von der Verwandlung der Priesterinnen absah.

»Soldaten von Noctur!«, ertönte eine außergewöhnlich laute Stimme. Der Mann zu dieser Stimme stieg von einer der Echsen.

»Wir sind gekommen, um euch von zwei gefährlichen Bedrohungen zu retten. Eine seht ihr hier.«

Er zeigte dabei auf die grotesken und etwa hüfthohen Spinnenwesen.

»Solche gefährlichen Wesen, die euch als Priesterinnen und als Göttin erscheinen, haben euch seit Generationen unterdrückt. In Wirklichkeit handelt es sich um Ureinwohner dieses Planeten, sogenannte Staubkrabbler, deren Fähigkeiten mit menschlicher Technik verstärkt wurden.«

Der Mann ging an die Spinnenwesen heran und riss ihnen einige Metallteile vom schwarzen Panzer.

»Verschwindet und lasst euch hier nie wieder blicken!«

Die Staubkrabbler schienen gegen ihren Willen südlich aus den Palisaden herausgedrängt zu werden. Dann rannten sie am Staubmeer entlang nach Südosten.

»Die zweite Gefahr«, erhob der Mann wieder seine Stimme, »ist eine Horde Raptoren, die sich außerhalb des Lagers versammelt hat.«

Hector begriff die Entwicklung nicht. Aber wie auch die anderen, störte ihn das nicht weiter. Schnell griff er zu Lanze und Schwert und war bereit, es mit jedem angreifenden Raptoren aufzunehmen. Die Kanonen waren für die Verteidigung nutzlos geworden, nachdem ihre gesamte Munition bei dem Versuch verschwendet worden war, die Echsenreiter aufzuhalten.

Eine seltsame Euphorie ergriff Hector, als er Seite an Seite mit den Echsenreitern die Befestigung gegen die plötzlich einfallenden Raptoren verteidigte. Diese Euphorie wich allerdings schnell einem dumpfen Fatalismus, als er erkannte, welche ungeheuren Mengen an Raptoren kreischend auf die Palisaden zugestürmt kamen. Bevor sie diese erreichten, schossen plötzlich grüne Blitze in die Raptoren und brachten damit deren Angriff so plötzlich zum Erliegen, wie er begonnen hatte. Mit wütendem Kreischen zerstoben die Raptor-Horden in südliche Richtungen. Statt dessen sah Hector überall dort Unmengen grüner Raubkatzen, wo gerade noch die Raptoren gewesen waren. Sie fraßen in aller Ruhe die Überreste der getöteten Raubreptilien. Einer der grünen Panther sprang mit einem mächtigen Satz über die Palisaden und landete neben dem Mann, der vorhin das Wort ergriffen hatte. Während Hector sich noch fragte, ob er das alles nur träumte, ergriff der Mann erneut das Wort.

»Soldaten aus Noctur, ihr werdet jetzt alle eure Waffen abgeben. In einigen Tagen könnt ihr wahrscheinlich wieder nach Noctur zurückkehren.«

45

Flavius war blendender Laune. Es war ihm durch seine Fähigkeiten und mit Unterstützung der Panther gelungen, den Brückenkopf unblutig einzunehmen. Die ersten, angreifenden Reiter waren nur Illusionen gewesen. Deshalb hatten ihnen die Kanonen der Verteidiger nichts anhaben können. Die Panther hatten ihm nicht nur die Kraft verliehen, die Staubkrabbler zu paralysieren, es war ihm auch möglich gewesen, den Willen jedes Soldaten aus Noctur zu kontrollieren. Diese Machtfülle war ungeheuerlich. Die beiden Staubkrabbler, denen er die Energiepacks abgenommen hatte, waren nicht länger gefährlich. Sie würden im Süden nach einer ruhigen Ecke im Staubmeer suchen, wie ihm die Panther versichert hatten. Erneut wurde ihm bewusst, dass die Panther in erster Linie daran interessiert waren, die Balance auf dem Planeten wiederherzustellen. Ein massives Vorgehen gegen die Staubkrabbler hätten sie nicht unterstützt. Lediglich bei Nyx, die sich als Göttin aufspielte, würden die Panther eine Ausnahme machen, auch wenn er nicht wusste, warum.

Jetzt war es vor allem anderen wichtig, das alte Raumschiff zu erreichen. Zweifellos führte die Brücke nicht nur nach Noctur, sondern auch zu diesem Hort fortschrittlichster Technik. Nur, wie sollte er schnell dorthin gelangen? Die Überquerung der Brücke, die sich in einem Bogen bis nach Noctur ziehen musste, würde selbst mit einer schnellen Reitechse ein bis zwei Wochen dauern. Dabei waren Verzögerungen durch das ständige Schwanken der Konstruktion noch nicht eingerechnet. Einen deutlich schnelleren Nachtläufer würde er nicht dazu bringen können, über diese Brücke zu laufen. Ihm schoss durch den Kopf, dass die Soldaten aus Noctur dieses Problem doch auch gehabt haben mussten. Dabei hatten sie nicht einmal Reitechsen hier.

Flavius ging zu der Brücke und schaute sie sich genauer an. Plötzlich blieb er wie angewurzelt stehen. Auf einem Teil der Brücke, den er vorher nicht hatte einsehen können, stand ein gedrungenes Fahrzeug. Seine Räder standen in Vertiefungen der Brückenoberfläche. Schienen! Ungläubig untersuchte Flavius das Fahrzeug. Offenbar hatte er die Bewohner Nocturs unterschätzt. Der Antrieb erfolgte mittels eines Elektromotors. Die Energie dafür kam aus einer solchen Zelle, wie er sie den beiden Staubkrabblern abgenommen hatte. So hatten die Soldaten aus Noctur also die Brücke überquert. Flavius ließ einen Techniker aus Noctur kommen, um ihm die Kontrolle des Fahrzeugs zu erklären. Es war kinderleicht. Ein Hebel schaltete zwischen vorwärts und rückwärts um, ein zweiter regelte die Energiezufuhr zum Fahren und Bremsen. Schob man ihn von sich weg, wurde das Gefährt schneller, ließ man den Hebel los, hielt es die Geschwindigkeit und zog man ihn zu sich heran, bremste es ab. Die Kontrollen waren so konstruiert, dass wirklich jeder mit ihnen umgehen konnte.

Nach kurzer Beratung mit dem Befehlshaber der kaiserlichen Reiterei und seinem Stellvertreter bei den Truppen aus Nova-Veni beschloss Flavius, alleine bis zum Scheitelpunkt der ins Innere des Staubmeers gebogenen Brücke zu fahren und zu erkunden, wie man den Zugang zum Raumschiff unter Kontrolle bekommen konnte. Vom Scheitelpunkt aus musste es eine Verbindung zum Raumschiff geben. Flavius fragte sich, ob sie bereits fertiggestellt war. Wahrscheinlich nicht, weil sie sonst sicher mit anderen Waffen konfrontiert worden wären, als sie den Brückenkopf einnahmen. Um so wichtiger war es, rechtzeitig den Zugang zum Raumschiff zu sichern. Als er wieder zur Brücke ging, um in das Schienenfahrzeug zu steigen, schubste ihn etwas am Oberschenkel. Ein grüner Panther stand neben ihm und stellte wortlos klar, dass er mitkommen würde. Sobald die Raubkatze nach ihm eingestiegen war, schob er den Energiehebel der Steuerung nach vorne. Langsam nahm das Gefährt Fahrt auf. Jedes Mal, wenn die Räder das Verbindungsstück zweier Brückenelemente passierten, hörte man ein klackendes Geräusch, das im permanenten Tosen des Staubmeers zwar kaum zu hören, aber als Erschütterung zu spüren war. Flavius ließ den Energiehebel los und beobachtete, wie die Brückenelemente an ihnen vorbeirauschten. Wie weit sie bereits vorangekommen waren, ließ sich nicht feststellen, da alle Brückenelemente gleich aussahen und nach vorne nur die leicht nach links gekrümmte Brücke zu erkennen war. Anfangs waren an den Seiten noch rote Markierungen angebracht gewesen. Diese hatte Flavius allerdings nicht weiter beachtet.

Jetzt kam wieder solch eine Markierung aus fünf roten Querbalken in Sicht. Was das wohl bedeutete? Kurz darauf kam eine Markierung mit vier Querbalken. Flavius zog den Energiehebel zu sich heran und verlangsamte die Fahrt. Drei Balken. Das Fahrzeug wurde immer langsamer und rollte schließlich nur noch in Schrittgeschwindigkeit. Zwei Balken. Weiter vorne konnte Flavius eine Änderung in der Schienenführung erkennen. Kurz vor dem letzten Balken hielt er das Fahrzeug an. Vor ihnen setzte sich die Vertiefung in der Brücke auf eine Scheibe fort. An einer Wand befand sich eine Kurbel. Die gegenüberliegende Wand des U-förmigen Brückenelements fehlte. Statt dessen führte eine abschüssige Querverbindung weiter ins Staubmeer hinein. Das musste der Weg zum Raumschiff sein. War er etwa doch schon fertiggestellt? Flavius fuhr mit dem Schienenwagen auf die Drehscheibe, stieg aus und drehte so lange an der Kurbel, bis der Wagen mit den Schienen in die Abzweigung hinein zeigte. Dann stieg er wieder ein und ließ das Fahrzeug anrollen. Diesmal sah er eine steigende Anzahl von Balken, während sich der Wagen von der Abzweigung entfernte. Der allgegenwärtige Lärm des Staubmeeres nahm immer weiter zu. Noch bevor wieder die erste Markierung aus fünf roten Balken auftauchte, sah Flavius bereits das Raumschiff vor sich aufragen. Der Lärm war inzwischen auch in dem Fahrzeug unerträglich. Selbst der sonst so stoische Panther wurde unruhig. Flavius verlangsamte die Fahrt und sah am Ende der

Strecke einen weiteren Schienenwagen stehen. Es musste bereits jemand zum Raumschiff gegangen sein.

Mit auf seine Ohren gepressten Händen näherte Flavius sich in Begleitung des grünen Panthers dem Raumschiff. Er kam dabei direkt auf eine Druckschleuse zu. Widerwillig nahm er eine Hand vom Ohr und betätigte einen großen Taster. Da es keine weiteren erkennbaren Knöpfe oder Hebel gab, musste dieser Taster den Eingang freigeben. Zumindest hoffte Flavius das. Tatsächlich schob sich eine Doppeltür auseinander und gab den Weg zu einem kleinen Raum frei. Mit flauem Gefühl schritt Flavius mit seinem grünen Begleiter hinein. Hoffentlich war das keine Falle. Insbesondere eine technische Zugangsbeschränkung könnte fatale Folgen haben, da Flavius sie auch nicht mit seinen Suggestivkräften überwinden könnte. Wieder war nur ein Taster zu erkennen, den er betätigte. Mit der sich schließenden Eingangstür verstummte der Lärm augenblicklich. Und nach kurzem Zischen öffnete sich eine Innentür. Irgendwie ging das zu einfach, dachte Flavius unbehaglich. Er befand sich in einem Raum, in den mehrere Gänge mündeten. Er entschied sich für einen, der tiefer ins Schiff hineinführen musste. So leise und vorsichtig wie möglich folgte er dem Gang. Nach der ersten Biegung blieb er jedoch abrupt stehen. Vor ihm lagen fünf Soldaten aus Noctur auf dem Boden. Der unangenehm süßliche Geruch von verbranntem Fleisch stieg ihm in die Nase. Mit dem Fuß drehte er einen der offensichtlich toten Körper um. Der Soldat hatte einen kreisrunden Brandfleck auf der Brust. Sein Gesicht war in einer schmerzverzerrten Maske erstarrt. Die Hände krallten sich in einen imaginären Gegner. Was immer diese Soldaten getötet hatte, musste schmerzhaft aber schnell gewirkt haben. Ein automatisches Verteidigungssystem? Zu erkennen war in dem Gang nichts, was darauf hindeutete.

Sollte er es in einem anderen Gang versuchen? Andererseits deutete die Anwesenheit der toten Soldaten darauf hin, dass die Richtung stimmte. Das hoffte Flavius jedenfalls. Der Panther sprang mit einem Satz über die toten Soldaten und verschwand lautlos im Gang. Mit einem flauen Gefühl stieg auch Flavius über sie hinweg und folgte dem Panther. Wenn die Soldaten keinem automatischen Verteidigungssystem zum Opfer gefallen waren, überlegte Flavius, dann musste es hier noch jemand anderen geben. Wie aufs Stichwort öffnete sich eine Seitentür und ein Mann unbestimmbaren Alters trat auf ihn zu. In den Händen hielt er etwas, das verdächtig nach einer Waffe aussah.

»Willkommen in meiner bescheidenen Behausung«, sagte er mit einem dünnen Grinsen. »Zumindest habe ich sie jetzt wieder in Besitz genommen. Flavius Secundus, nehme ich an.«

»Sie kennen mich?«

»Nicht persönlich. Aber ich habe schon viel von Ihnen gehört. Immerhin ist es Ihnen wiederholt gelungen, meine Pläne zu stören. Das passiert ausgesprochen selten. Aber ich denke, dass diese Unannehmlichkeiten sich nicht wiederholen werden.«

Flavius begann langsam damit, sich seitlich zu bewegen, während er seinem Gegenüber suggerierte, unverändert vor ihm zu stehen.

»Lassen Sie das bitte«, kam es in leicht genervten Tonfall von dem Mann, während seine Waffe sich dorthin bewegte, wo Flavius jetzt stand.

»Knien Sie sich hin und verschränken Sie Ihre Hände hinter dem Kopf. So ist es richtig. Glauben Sie mir, ich habe sehr viel Übung darin zu erkennen, wenn jemand versucht, meine Gedanken zu manipulieren. Jahrtausendelange Übung sozusagen.«

»Dann vermute ich«, überlegte Flavius, »dass Sie Armedes sind.«

Der Angesprochene verbeugte sich andeutungsweise, wobei er die Waffe unverändert auf Flavius gerichtet ließ.

»Gut unterrichtet und scharfsinnig, ganz wie es mir berichtet wurde. Eigentlich ist es schade, dass ich es mir nicht leisten kann, Sie am Leben zu lassen. Einen gleichwertigen Gesprächspartner findet man selten. Aber Sie sind mir zu gefährlich. Ich werde nicht riskieren, dass Sie meine Pläne erneut durchkreuzen, zumal ich jetzt so dicht vor dem Erreichen meiner Ziele stehe, wie noch nie.«

»Dann können Sie mir ja zumindest Ihre Ziele erläutern. So ganz habe ich sie nämlich immer noch nicht verstanden.«

»Versuchen Sie jetzt, Zeit zu schinden? Oder wird Ihr Wissensdurst auch von der Aussicht auf den Tod nicht getrübt? Egal, ein Schwätzchen zum Abschluss kann nicht schaden. Wer weiß, wann ich wieder Gelegenheit habe, mit meiner Genialität bei jemandem anzugeben, der sie versteht.«

Mit selbstironischem Lächeln lehnte sich Armedes bequem an den Rahmen der Tür, durch die er den Gang betreten hatte.

»Es stört Sie doch nicht, wenn ich etwas weiter aushole. Oder haben Sie es mit dem Sterben eilig? Nein? Gut. Dann fange ich einfach mal mit der Landung des Raumschiffs an, mit dem ich zu diesem Planeten gekommen bin. Dass ich noch zur Generation der Gestrandeten gehöre, dürften Sie bereits erkannt haben. Wahrscheinlich der letzte jener Zeit. Aber zurück zur Landung. Aus dem All sah der Landeplatz ziemlich vielversprechend aus. Eine große, glatte Fläche. Keine Flüssigkeit wie beim angrenzenden Salzmeer. Ich sehe, Sie verstehen, was ich meine. Ja, das Raumschiff ist im Staubmeer gelandet. Es war eine ziemlich unangenehme Überraschung, als die Triebwerke kurz vor der Landung den Untergrund aufwirbelten und die Staubwolke alle Navigationsinstrumente versagen ließ. Nach dem Abschalten der Triebwerke dauerte es noch drei Tage, bis sich der Staub gelegt hatte. Das Schiff ragte zur Hälfte aus der wieder glatt aussehenden Fläche heraus. Na ja, so richtig glatt war sie aus der Nähe besehen auch nicht. Zunächst konnten wir das Schiff nicht verlassen, da jeder sofort im Staub versank, der einen Fuß darauf setzte. Mit zwei mitgeführten Expeditionsfahrzeugen, die auf Ketten fuhren, konnten wir dann doch die Umgebung erkunden. Die existieren übrigens noch immer. Der Attentäter, den wir wegen Sato losgeschickt hatten und den Sie irgendwie ›umdrehen‹ konnten, hat sie gesehen, als er versuchte, den Generator zu zerstören. Ja, wir haben ihn rechtzeitig entdeckt und gefangen genommen. Nyx wird sich in Kürze mit ihm vergnügen, falls sie nicht bereits damit angefangen hat. Sein Tod wird allerdings deutlich unangenehmer werden als Ihrer.«

»Ich bin eben ein Glückspilz«, warf Flavius mit leichtem Sarkasmus ein. Während er interessiert zuhörte, versuchte er, die Kräfte der Panther zu mobilisieren, in der Hoffnung, dass Armedes diese nicht so leicht spüren konnte, wie seine eigenen.

»Sie haben gar keine Vorstellung, wie recht Sie damit haben. Aber zurück zu meiner Geschichte. Neben den beiden Kettenfahrzeugen gibt es übrigens auch noch einen Gleiter, der allerdings nicht benutzt wurde, da sein Start zu viel Staub aufgewirbelt hätte. Es gab einige Expeditionen zu Orten am Salzmeer und vereinzelt auch am Staubmeer. Bei einer dieser Erkundungen stieß man auf die Arachnoiden. Sie wissen doch, was sich hinter der ›Göttin‹ Nyx und ihren beiden Priesterinnen verbirgt, oder?«

Das Wort ›Göttin‹ hatte Armedes dabei wie ein Schimpfwort ausgesprochen.

»Den Namen für diese Spezies habe ich noch nicht gehört. Aber ich glaube, ich weiß, was Sie meinen. Schließlich haben wir zwei von diesen Wesen beim Brückenkopf vertrieben.«

Dass er sie mittels Gedankenkontrolle überwältigt und ihnen die Energiepacks abgenommen hatte, brauchte Armedes nicht zu wissen.

»Ach, Sie haben sie nicht getötet? Schade. Dann muss ich mich wohl noch darum kümmern. Na egal. Jedenfalls wurden diese spinnenähnlichen Wesen von einigen Wissenschaftlern entdeckt, und dabei wurde erkannt, dass die Viecher über Intelligenz verfügen. Nur mit der Kommunikation klappte es nicht richtig. Da die Arachnoiden sich untereinander wortlos verständigten, vermuteten die Forscher, dass sie irgendeine Art von telepathischer Verbindung hätten. Allerdings war diese nicht messbar. So kamen sie auf die Idee, die Gedankenkraft der Arachnoiden mit Elektronik so weit zu verstärken, dass diese in einen Messbereich kam. Die Forscher dachten, sie könnten so vielleicht einen Weg finden, mit den Biestern zu kommunizieren. Nyx hat immer einen tierischen Spaß daran, mir zu erzählen, wie einfach es war, den Wissenschaftlern diese alberne Idee zu suggerieren. Die Arachnoiden waren fasziniert von den technischen Möglichkeiten der Menschen und wollten sie für sich nutzen. Sobald sie die Forscher dazu gebracht hatten, sie mit Gedankenverstärkern auszurüsten, probierten sie aus, welche Möglichkeiten ihnen das bot. Und sie waren überrascht, wie weit ihre Kontrolle über die Menschen danach ging. Besonders Nyx, die damals bereits dabei war, hatte fast alle Forscher schnell im Griff. Auf dem Schiff bemerkte man, dass etwas nicht stimmte. Die meisten Wissenschaftler änderten ihr Verhalten mehr oder weniger offensichtlich. Und die wenigen, die Nyx nicht unter Kontrolle bekam, fielen irgendwelchen Unfällen zum Opfer. Vom Schiff kam der Befehl, die Forschungen unverzüglich abzubrechen und zurückzukehren. Als die Forscher sich weigerten, wurde gedroht, sie mit Gewalt zurückzuholen. Daraufhin liefen einige der aufgerüsteten Staubspinnen zum Schiff und versuchten, den Menschen dort per Suggestivkraft ihren Willen aufzuzwingen. Durch die Schiffswände hindurch konnten sie allerdings nur entweder viele Menschen ein wenig oder wenige Menschen vollständig in den Griff bekommen. Als die Schiffsbesatzung die Triebwerke starten wollte, um so die in der Nähe befindlichen Angreifer zu töten, gelang es diesen, einen Wartungstechniker der Luftversorgung unter Kontrolle zu bekommen. Der leitete ein tödliches Gas in die Luftzirkulation. Trotzdem gelang es der Besatzung noch, die Triebwerke auf geringer Leistung zu zünden. Die Arachnoiden starben durch die Triebwerke, die Besatzung durch das giftige Gas und der größte

Teil des Staubmeers wurde für Menschen und Staubspinnen unpassierbar.«

»Die ungeheure Strömung ist also eine Folge der noch immer laufenden Triebwerke des Raumschiffs?«

Das wusste Flavius zwar schon, aber das brauchte er Armedes ja nicht auf die Nase zu binden.

»So ist es.«

»Und welche Rolle spielten Sie dabei? Waren Sie einer der Forscher?«

»Nicht ganz. Ich war als Techniker für die Wartung der Energieanlagen der Expedition zuständig. Genau genommen bin ich das noch immer. Und das ist auch der Grund, warum ich noch lebe. Nachdem das Staubmeer auch für die Arachnoiden unpassierbar wurde und sie damit von ihrem natürlichen Lebensraum und ihrer Nahrung abgeschnitten waren, griffen sie die Menschen an. Außer Nyx vertrug allerdings keines der Biester Menschenfleisch. Sie starben daran. Als von der Expedition nur noch ich übrig war – Nyx hatte ziemlichen Appetit – wurde ihr klar, dass sie ohne meine Hilfe ihre Macht über Menschen schnell wieder verlieren würde. Sie wollte aber ihre gerade erst erschlossene Nahrungsquelle nicht aufgeben. Sie überredete mich – nicht schwer, für eine damals hüfthohe Spinne mit tödlichen Klauen – mit ihr zur nächstgelegenen Forschungsstation am Staubmeer zu ziehen und diese unter ihre Kontrolle zu bringen.«

»Noctur?«

»Genau. Dort hat sie dann im Laufe der Zeit ihre jetzige Gestalt angenommen. Sowohl die suggerierte als Göttin, als auch ihre physische. Inzwischen ist sie nämlich nicht mehr so klein, wie die beiden Arachnoiden, die Sie vertrieben haben. Sie ist jetzt zwei Meter hoch und etwa vier Meter breit. Das Menschenfleisch hat sie körperlich und auch in Bezug auf ihre Suggestivkraft wachsen lassen. Selbst ohne die elektronische Verstärkung ist sie inzwischen mächtiger als sie es früher mit der Verstärkung war. Ihr Ego ist allerdings noch weit mehr gewachsen. Inzwischen glaubt sie selbst zeitweise, dass sie eine Göttin sei. Obwohl es eigentlich meine Idee war, ihr diese Erscheinung zu geben. Das machte es leichter, die Menschen von Noctur unter Kontrolle zu halten. Sie bekommen damit einen Grund, die Situation hinzunehmen, wie sie ist.«

»Warum haben Sie dabei mitgeholfen?«

»Nun, einerseits ist eine riesige Spinne ausgesprochen überzeugend, andererseits wäre es nicht in meinem Interesse gewesen, wenn sie alle Menschen, die das Schiff vor der tödlichen Auseinandersetzung verlassen hatten, systematisch aufgefressen hätte. Ich bin zwar kein sehr geselliger Mensch, aber ganz ohne menschliche Gesellschaft hätte selbst ich mich nicht wohlgefühlt. Ich konnte sie überzeugen, dass es auch in ihrem Sinne ist, nur so viele Menschen zu fressen, wie sie zum Überleben brauchte. Die Bevölkerung Nocturs wuchs zur heutigen Größe und lieferte ihr so ständig Nahrung. Vielleicht eine kleine Anekdote am Rande. Wollen Sie wissen, wie Nyx zu ihrem Namen kam? Egal, ich erzähle es Ihnen trotzdem. Als ich die ersten Bilder eines Arachnoiden sah, fand ich, dass sie ›hässlich wie die Nacht‹ sind. Und als ich einen Namen für die monströse Spinne suchte, fiel mir halt ›Nyx‹ ein, die griechische Göttin der Nacht.«

»Ihr Wunsch nach Gesellschaft erklärt noch nicht, wieso Sie bis heute überlebt haben.«

»Stimmt. Nun, eine Zeit lang hatte mich Nyx in dem Glauben gelassen, dass sie mein Leben mit ihrer suggestiven Kraft verlängern würde. Inzwischen habe ich entdeckt, dass es eine Wirkung der Höhle ist, in der Nyx und ich uns meist aufhalten. Wie das genau funktioniert, habe ich zwar nicht herausfinden können, aber ich weiß jetzt, dass es nichts mit Nyx zu tun hat. Deshalb werde ich dort meine Residenz errichten, wenn ich die Kontrolle über alle Anwohner der beiden Meere übernommen habe.«

»Womit wir zu Ihren eigentlichen Plänen kommen. Klingt ein bisschen nach ›Weltherrschaft‹. Irgendwie größenwahnsinnig. Mal abgesehen davon, dass Sie dafür entweder Nyx kontrollieren oder ihre Fähigkeiten selbst erlangen müssten.«

»Größenwahnsinnig?«, lachte Armedes. »Es ist nur realistisch. Aber Sie haben recht. Ich müsste Nyx kontrollieren oder selbst über solch große Suggestivkraft verfügen. Da sich Nyx nicht kontrollieren lässt, bleibt nur die zweite Option. Außerdem muss ich Nyx loswerden. Und das ist gar nicht so einfach. Beim Austauschen ihrer Energiepacks hatte ich probiert, wie sie auf Stromschläge reagiert. Sie spürt sie nicht einmal. Für den Fall, dass es an der zu geringen Leistung der Energiepacks liegen könnte, hatte ich sie überredet, ihr eine direkte Energieübertragung vom Generator aus anzubauen. Das hatte nicht nur keinen Erfolg, sie wurde dadurch sogar noch mächtiger. Das heißt, mit so einer Waffe, wie ich sie gerade auf Sie richte, kann man Nyx nicht einmal kitzeln.«

»War Nyx nicht misstrauisch?«

»Oh doch. Und wie. Zumal sie weiß, dass sie mich nur sehr eingeschränkt kontrollieren kann. Deswegen hatte sie auch schon mehrfach versucht, andere Leute das Hantieren mit ihren Energiepacks lernen zu lassen. Aber ich habe mir nicht gerade Mühe gegeben, ihnen die Details beizubringen. Bisher sind alle ›überraschend‹ an irgendwelchen Stromschlägen gestorben, die sie sich am Generator oder an Nyx selbst geholt hatten. Und ich habe natürlich dafür gesorgt, dass das auch so bleibt. Deswegen hat sie mir auch eine Eskorte aus fünf treu ergebenen Soldaten mitgegeben, als ich endlich zum Schiff konnte. Sie haben sie ja im Gang liegen sehen. Weitere warten am Ende der Brücke auf mich, um mich zu überwältigen oder zu töten, falls ich irgendwas Verdächtiges dabei habe und es ihnen nicht freiwillig übergebe. Nun ja, nützen wird ihr das nichts, nachdem ich endlich alles um mich habe, was ich brauche.«

»Bleibt immer noch die Frage, wie Sie zu den suggestiven Fähigkeiten kommen wollen. Oder haben Sie sich einen dieser Helme gebastelt, wie Alexander ihn bei seinem Mordanschlag hatte?«

»Wirklich schade, dass ich zukünftig auf Unterhaltungen mit Ihnen verzichten muss. Es macht Spaß, sich mit jemandem zu unterhalten, dem man nicht jede Einzelheit erklären muss. Ja, ich habe mir so einen Helm angepasst. Nyx weiß sogar davon und hat sich darüber lustig gemacht. Was sie nicht weiß ist, dass alle anderen Helme einen Leistungsbegrenzer haben. Auf den habe ich bei mir natürlich verzichtet. Für eine Auseinandersetzung mit Nyx würde das zwar noch immer nicht reichen, aber sobald ich sie zu ihren Ahnen geschickt habe, wird es niemanden mehr geben, der meine Macht in Frage stellen kann. Sie natürlich auch nicht.«

Armedes nahm seine Waffe fester in die Hand.

»So sehr ich unsere Unterhaltung genossen habe, muss ich sie jetzt doch beenden. Die Opferzeremonie, in der der untreue Attentäter – wie sagten Sie doch gerade, war sein Name ... ach ja, Alexander – von Nyx genüsslich verspeist wird, müsste bereits begonnen haben. Und diese Zeremonie ist für meinen Plan zur Beseitigung der Arachnoiden-Mutation von zentraler Bedeutung. Sterben Sie wohl.«

Mit diesen Worten betätigte er den Abzug seiner Waffe und ein greller Blitz schoss mit lautem Entladungsgeräusch auf Flavius zu. Flavius hatte sich das ganze Gespräch über auf diesen Augenblick vorbereitet. Mit der Unterstützung der grünen Panther war es ihm gelungen, bei Armedes das Bild des knienden Gegenübers aufrecht zu erhalten, während er sich langsam und lautlos seitlich schob. Als Armedes den Abzug betätigte und auf sein Abbild schoss, ließ er dieses getroffen zusammenbrechen und sprang mit

gezogenem Dolch auf den Gegner zu. Bevor er ihn allerdings erreichen konnte, wurde Armedes ihm entgegengeschleudert. Der
Panther, der Flavius ins Raumschiff gefolgt war, hatte seine gifti-
gen Krallen in den Rücken von Armedes geschlagen und ihn nach
vorne umgerissen. Flavius sah, wie der Panther bei seinem Opfer
zu einem tödlichen Biss ins Genick ansetzte. Dann verlor Flavius
für einen Moment die Orientierung. Eine Flut aus Bildern, Erinnerungen und Fachwissen stürmte auf ihn ein. Offenbar nahm der
Panther Armedes nicht nur das Leben, sondern auch alle seine Erinnerungen. Und er ließ Flavius daran teilhaben. Schlagartig war
ihm nun klar, wie Armedes die übergroße Staubspinne töten
wollte.

46

Alexander wurde von Soldaten aus seiner Zelle geholt und auf den Platz vor dem Tempel gebracht. Nur einmal war er früher bei einer Opferzeremonie dabei gewesen. Und er hatte sie mit revoltierendem Magen fluchtartig verlassen. Diesmal war er das Opfer, das von Nyx langsam und qualvoll zu Tode gefoltert werden würde. Er hatte das Risiko gekannt, das er einging, als er diese Mission vorschlug. Trotzdem konnte er sich dem Entsetzen, das jetzt nach ihm griff, nicht entziehen. Er wusste, dass Nyx keine Gnade kannte. Nicht einmal auf Bewusstlosigkeit durfte er hoffen.

Die Kleider wurden ihm vom Leib gerissen, bevor die Soldaten ihn so auf einem breiten Brett festschnallten, dass er sich überhaupt nicht mehr rühren konnte. Die Scham wegen seiner Nacktheit war seine geringste Sorge. Eine sensationslüsterne Menschenmenge füllte langsam den Platz. Zartbesaitete Bewohner Nocturs blieben bei solchen Spektakeln allerdings aus gutem Grund zu Hause. Trommelwirbel setzte ein. Die Menge wurde totenstill. Und Nyx trat aus ihrem Tempel hervor. Sie schien nur Augen für ihn zu haben. Ihr höhnisches Grinsen ließ ihm das Blut in den Adern gefrieren.

»Ich hoffe, du freust dich auch schon so auf unsere kleine Show, wie ich es tue. Wir wollen doch den vielen Schaulustigen ein beeindruckendes Spektakel bieten. Mit einem Opfer, das sich bis zuletzt die Seele aus dem Leib schreit. Diesen Part übernimmst du doch sicher gerne für mich.«

Sie trat ganz dicht an ihn heran. Ihre langen, schwarzen Haare wehten in einem imaginären Wind, während ihre Augen gleißend weiß zu leuchten begannen. Alexanders Kehle war wie zugeschnürt.

»Ein kleines Geschenk habe ich auch noch für dich«, flüsterte sie ihm ganz leise zu. »Du darfst mich in meiner natürlichen Gestalt sehen. Fühle dich geehrt. Denn dieses Privileg wird außer Armedes nur meinen Opfern zuteil.«

Für Alexander wurde ihre Gestalt durchscheinend. Und er sah vor sich eine zwei Meter hohe und doppelt so breite Spinne, deren Beine in rasiermesserscharfen Klauen endeten.

»Ich werde dir gleich die Bauchdecke öffnen und der Reihe nach alle Organe entnehmen, die nicht unmittelbar lebenswichtig sind. Mache dir keine Hoffnung auf körpereigene Schmerzmittel. Diese werde ich blockieren. Genau wie jegliche Art von Bewusstlosigkeit. Du sollst mit allen Sinnen dabei sein, wenn ich dich langsam auffresse. Für die anderen wird es aussehen, als würden deine Organe und die Scheiben deiner Gliedmaßen, die ich Stück für Stück abschneide, verbrennen. Du darfst mir dagegen zusehen, wie ich sie verschlinge. Deine Lunge, das Herz und dein Hirn hebe ich mir als Nachtisch bis ganz zum Schluss auf.«

Sie fuhr mit ihren Klauen auf seinem Körper entlang und hinterließ dabei dünne, blutige Kratzer.

»So, und jetzt darfst du mit dem Schreien beginnen.«

Sie holte mit einer Klaue aus – und erstarrte plötzlich. Ein kurzes, dumpfes Brummen ertönte. Und ein Zucken durchlief die riesige Spinne. Aus dem Nichts erschien ein Fahrzeug schwebend neben Alexander. Erneut ertönte ein Brummen und Alexander sah eine dünne Flamme aus einer Öffnung des Gefährts auf Nyx zuzucken. Dabei rissen Teile ihres Exoskeletts aus ihrem monströsen Körper. Die Schaulustigen, die plötzlich ebenfalls die natürliche Gestalt Nyx' sahen, rannten schreiend auseinander. Noch dreimal ertönte das Brummen und Alexander begriff, dass es sich um eine sehr schnelle Folge von Schüssen handeln musste, da auch die Säulen des Tempels hinter Nyx unter einem Geschosshagel zersplitterten.

Die monströse Spinne lag mit zerstörter Körperhülle in einer graugrünen, zähen Flüssigkeit und regte sich nicht mehr. Das Fahrzeug – eigentlich war es wohl eher eine Flugmaschine – landete lautlos neben Alexander. Eine Luke öffnete sich und Flavius stieg heraus, gefolgt von einer eleganten, grünen Raubkatze. Mit präzisen Bewegungen durchschnitt Flavius alle Riemen, mit denen Alexander auf dem Brett fixiert worden war.

»Steige in den Gleiter. Ich werde hier noch für etwas Verwirrung sorgen, dann bringe ich dich erst einmal in Sicherheit.«

Benommen befolgte Alexander die Anweisungen. Aus einem Fenster des Gleiters sah er, wie Flavius sich einen Moment konzentrierte. Dann erschien ein riesiger Kopf über ganz Noctur. Er hatte ein strenges und bärtiges Gesicht.

»Bewohner von Noctur«, dröhnte es in den Köpfen aller Anwesenden, »eure Göttin Nyx ist unwiderruflich vernichtet. Sie wird euch nie wieder bedrohen. Alle ihre Anordnungen sind hiermit aufgehoben. Legt die Waffen nieder. Es werden Soldaten aus Bator und Nova-Veni kommen und vorübergehend die Ordnung sicherstellen. Wer sich ihnen widersetzt, wird bestraft. Wer kooperiert, hat nichts zu befürchten. Niemand wird euch für die Verbrechen der Göttin bestrafen. Die Zeit eurer Angst ist jetzt vorbei.«

Flavius stieg mit dem Panther wieder in den Gleiter. Der Kopf schwebte noch über Noctur.

»Sollte das jetzt eben Zeus sein?«, wollte Alexander mit einem dünnen Lächeln wissen.

Das Grinsen eines Lausbuben zeigte sich auf dem Gesicht von Flavius.

»Dieser kleinen Albernheit konnte ich nicht widerstehen. Außerdem dachte ich mir, dass es für die meisten Bewohner Nocturs vielleicht für den Anfang leichter ist, statt einer grausamen Göttin erst einmal einem Göttervater zu gehorchen. Weitere Auftritte als Gott habe ich allerdings nicht vor. Nur noch eine Kleinigkeit.«

Erneut dröhnte die Stimme in den Köpfen der Anwesenden.

»Als Zeichen dafür, dass Noctur jetzt von allen göttlichen Herrschaftsansprüchen befreit ist, wird ab sofort das Staubmeer aufhören zu toben.«

Flavius drückte einen Knopf am Armaturenbrett des Gleiters. Schlagartig erstarb das dumpfe Grollen, an das man sich in Noctur seit ewigen Zeiten gewöhnt hatte. Die Staubwand an der Küste des Meeres fiel in sich zusammen. Nur eine undurchdringliche Wolke hing still über der Fläche. Lächelnd dachte Flavius daran, dass die Menschen in Phinus und am Brückenkopf südlich davon jetzt wahrscheinlich mit offenen Mündern aufs Staubmeer hinausschauten. Der Fang der Staubfische in Phinus würde auf eine neue Technik umgestellt werden müssen. Aber die Staubboote waren ja ohnehin bei der Auseinandersetzung mit Noctur zerstört worden.

Der Zeus-Kopf über Noctur verblasste und Flavius ließ den Gleiter in die Höhe schießen.

»Woher können Sie eigentlich mit so einem Fluggerät umgehen?«

»Armedes hat mir, als er starb, all seine Erinnerungen und Fähigkeiten überlassen.«

»Armedes ist also gestorben?«

»Ja, beim Versuch, mich zu töten. Er wollte Nyx so töten, wie ich es jetzt getan habe. Allerdings erst, wenn sie ganz damit beschäftigt gewesen wäre, dich aufzufressen. Dieser Zeitpunkt schien ihm am aussichtsreichsten.«

»Sieht ihm ähnlich. Nun ja, eine Träne wird ihm sicher niemand nachweinen. Und Nyx sowieso nicht. Selbst diejenigen, die während ihrer Zeit in Noctur Einfluss und Macht hatten, lebten in

ständiger Angst vor ihr. Und das zu recht. Eines natürlichen To-
des starben in Noctur nur wenige.«

47

Als der Gleiter auf dem Grundstück der Residenz von Flavius landete, verursachte er eine Menge Aufregung. Zuerst kamen die Wachen aus dem Haus gestürmt. Als sie Flavius erkannten, senkten sie erleichtert ihre Armbrüste. Schaulustige standen mit offenen Mündern an den Eingängen zum Grundstück. Die Nachricht von diesem Ereignis würde sich wie ein Lauffeuer in Nova-Veni verbreiten. Letitia kam aus dem Haus gestürmt und umarmte Flavius.

»Entschuldigung, das war wohl ein ungebührliches Verhalten«, sagte sie danach und sank vor ihm auf die Knie.

»Komm hoch und begleite mich ins Haus. Brutus, im Gleiter ist noch ein junger Mann, der nichts anzuziehen hat. Versorge ihn mit dem Nötigsten. Er wird für kurze Zeit bei uns zu Gast sein.«

Als der grüne Panther mit einem lässigen Satz aus dem Gleiter sprang, hoben die Wachen alarmiert ihre Armbrüste.

»Keine Angst, der Panther wird euch nichts tun. Er darf mir ins Haus folgen, wenn er will. Ansonsten lasst ihn einfach in Ruhe. Er ist zwar friedlich, aber sehr gefährlich, wenn man ihn bedroht.«

Widerstrebend nahmen die Wachen ihre Waffen wieder herunter und gingen nach argwöhnischen Blicken zur Raubkatze wieder auf ihre Posten. Als der Panther mit einem ansatzlosen Sprung auf einen 30 Meter entfernten Baum sprang, entfernten sich schlagartig alle Neugierigen vom Grundstück. Brutus kam mit einem Umhang aus dem Haus und ging zum Gleiter, wobei er einen großen Bogen um den Baum machte, auf den der Panther gesprungen war. Kurz darauf verließ auch Alexander, in den Umhang geschlungen, den Gleiter, dessen Luke sich daraufhin selbsttätig schloss.

»Das war doch eines der Tiere, die dich mit besonderen Fähigkeiten ausgestattet haben, oder?«, wollte Letitia mit Blick auf den Baum wissen, als sie das Haus betraten.

»Es sind keine Tiere, sondern intelligente Bewohner dieses Planeten. Aber ansonsten hast du recht.«

»Wirst du mit der Flugmaschine gegen Noctur in den Krieg ziehen?«

»Der Krieg ist bereits vorbei, bevor er richtig begonnen hatte.«

Flavius erzählte der staunenden Letitia von den Ereignissen der letzten Tage. Später machte er sich auf den Weg zum Rat der Patrizier. Er hatte ihn einberufen lassen. Und in Anbetracht der Gerüchte, die kurz nach seiner Ankunft in Nova-Veni kursierten, hatte sich auch keines der Häuser gegen diese unplanmäßige Sitzung gesträubt. Als Flavius das Ratszimmer betrat, sprach Serenus, der Vorstand des einflussreichsten Hauses, ihn direkt an.

»Von der erfolgreichen Einnahme des Brückenkopfes und den außergewöhnlichen Umständen haben wir bereits gehört. Wann erfolgt der Angriff auf Noctur?«

»Die Göttin von Noctur ist bereits besiegt. Der Krieg ist vorbei. Wir haben gewonnen.«

Flavius fasste die Ereignisse in aller Kürze zusammen. Richtig glücklich schaute Serenus nicht aus.

»Ich nehme an, Sie erheben jetzt Anspruch auf den Vorsitz des Rates. Ich trete hiermit von diesem Amt zurück.«

»Mir wäre es lieber, wenn Sie es weiter bekleiden würden. Mir reicht im Prinzip die Position des Verteidigers von Nova-Veni, die ich bisher schon inne hatte.«

»Im Prinzip?«

»Es gibt da noch zwei Dinge, bei denen ich gerne freie Hand hätte – und die bisher auch noch von niemand anderem wahrgenommen wurden. Es stehen Verhandlungen mit Bator und dem

Kaiserreich Che-Min über die zukünftigen Handelsbeziehungen auf dem Salzmeer an. Bei der Gestaltung möchte ich die Vollmacht des Rates für die Ausgestaltung im Sinne Nova-Venis haben.«

Alle waren einverstanden, zumal Flavius in der Vergangenheit großes Geschick darin bewiesen hatte, die Interessen der Stadt zu vertreten.

»Und was ist der zweite Punkt?«, wollte Serenus wissen.

»Ich möchte offiziell in Nova-Veni die Verantwortung für die Erschließung der technischen Möglichkeiten des Raumschiffes haben, das im Staubmeer wieder erreichbar ist. Und ich strebe dabei eine Kooperation mit allen Gesellschaften am Salz- und Staubmeer an.«

»Warum denn das?«, wollte der Vertreter des Hauses Batavius wissen. »Warum sollen wir den anderen Zugriff geben, wenn wir es selbst in Besitz nehmen können?«

»Weil uns sonst ein weit schrecklicherer Krieg um das Schiff bevorsteht, als ich ihn gerade mit Noctur abwenden konnte. Alle würden verlieren, und wahrscheinlich würde das Schiff eher zerstört, als dass eine Partei es exklusiv nutzen könnte. Außerdem brauchen wir für die Erschließung der Technik viele Spezialisten unterschiedlicher Fachgebiete. Und wir sind nicht in jedem Fachgebiet führend.«

»Was ist, wenn wir nicht zustimmen?«, wollte Serenus wissen.

»Dann werde ich das Raumschiff eigenhändig zerstören.«

Es herrschte Totenstille im Ratssaal. Flavius ließ seine Worte wirken. Er brauchte seine Suggestivkraft nicht einzusetzen, um Zweifel an seinen Worten auszuräumen. Solche Zweifel hatte niemand.

»Ich sehe keine andere Möglichkeit«, fuhr Flavius schließlich eindringlich fort, »schweren Schaden von Nova-Veni abzuwen-

den. Entweder erschließen wir die Schiffstechnik in fairer Kooperation mit allen Menschen und zum Nutzen aller – oder wir sind
nicht reif für diese Möglichkeiten.«

Schließlich entschied der Rat einstimmig, Flavius genau die
Vollmachten zu geben, die er wollte. Was die Nutzung der Schiffstechnik bedeuten würde, war niemandem wirklich klar. So gesehen hatte niemand einen direkten Schaden von der Übereinkunft.
Andererseits sicherte sie jedem der Häuser die Ämter und Würden, die es bisher inne hatte. Es war eine Übereinkunft zum Nutzen aller.

»Wie war deine Ratssitzung?«, nahm Letitia den sichtlich er-
schöpften Flavius in Empfang.

»Anstrengend, aber erfolgreich. Ich frage mich, warum die
meisten Menschen so kurzsichtig in ihren Überlegungen sind.
Aber egal, mit ein bisschen Glück bekommen wir eine Zeit mit
Frieden und Wohlstand.«

»Wie langweilig«, scherzte sie.

»Dich juckt wohl das Fell. Vielleicht sollte ich mal wieder etwas
Zeit mit der Erziehung meiner Sklavin verbringen. Die Zeit ohne
Keuschheitsgürtel scheint dir nicht bekommen zu sein.«

Sie lächelte ihn schelmisch an. Gemeinsam gingen sie in sein
Schlafzimmer.

»Erinnerst du dich noch an deine erste Fahrt auf meinem
Schiff, als du mir ein Kissen an den Kopf geschleudert hast?«

Zögernd nickte sie. Als Reaktion darauf bekam sie seinerzeit
von ihm einige kräftige Schläge auf den Po.

»Ich glaube, es wird Zeit, dir mal wieder den Hintern zu ver-
hauen«, sagte er mit einem breiten Grinsen.

Ungläubig schaute sie ihn an. Es schien nicht so, als sei er über sie verärgert. Plötzlich fiel ihr wieder ein, dass er bei jener Gelegenheit andeutete, sie manchmal zu seinem Vergnügen schlagen zu wollen. Wollte er etwa jetzt damit anfangen? Ein flaues Gefühl breitete sich in ihrem Bauch aus. Ihr Herz raste.

»Zieh dich aus«, sagte er mit ruhiger Stimme, während er einen gefährlich aussehenden, dünnen Stab aus einem seiner Schränke holte.

Gebannt starrte sie auf den Stock, während sie sich unkonzentriert auszog. Flavius bog ihn etwas und ließ ihn wieder zurückschnellen. Mit zittrigen Händen entledigte sie sich ihrer letzten Kleidungsstücke.

»Bleib so stehen«, wies er sie an und verließ das Zimmer.

Was hatte er jetzt vor? Hoffentlich holte er nicht seine Bediensteten zusammen, damit sie bei ihrer Züchtigung zuschauen sollten. Sie erinnerte sich mit Schrecken an die Demütigung, die er ihr auf dem Schiff zumutete, nachdem sie sich seinen Anordnungen widersetzt hatte. Diesmal war sie doch gar nicht ungehorsam gewesen. Kurze Zeit später betrat er das Zimmer mit einem zerlegten Holzgestell. Im ersten Moment konnte Letitia nicht erkennen, was es war. Als er mit dem Zusammenbau begann, wurde ihr jedoch schnell klar, dass es sich um einen niedrigen Pranger handelte. Wenige Momente später stand das zusammengebaute Gestell mitten im Zimmer.

»Stell dich auf die Bodenplatte und lege die Arme und den Hals in die Aussparungen«, wies er sie an.

Sie musste sich tief nach vorne beugen, um seiner Aufforderung nachzukommen. Er klappte ein Brett über die Aussparungen und verriegelte es. Anschließend schob er ihre Beine weit auseinander und fixierte sie mit ihren Fußgelenk-Reifen an der Bodenplatte. Letitia konnte sich dadurch kaum noch rühren, während ihre Brüste frei nach unten hingen und leicht pendelten.

»Du siehst scharf aus in dieser Konstruktion«, raunte er ihr zu, während er an ihren Nippeln spielte.

Das flaue Gefühl in ihrem Bauch war jetzt für sie erkennbar eine Mischung aus Angst und Erregung, wobei letztere deutlich zunahm. Während eine seiner Hände weiterhin an ihren Brüsten spielte, wanderte die andere zu ihrem Hintern und streichelte ihn. Dann trat er einen Schritt zurück und betrachtete sie einen Moment. Sie sah, wie er zum Stock griff und aus ihrem Blickfeld verschwand. Angespannt wartete sie auf den ersten Schlag. Statt dessen spürte sie, wie er mit dem Stock an den Innenseiten ihrer Schenkel entlangstrich und leicht auf ihre Scham klopfte. Ein Stöhnen entfuhr ihr. Im gleichen Augenblick traf der Stock pfeifend ihren Hintern.

Erschreckt schrie sie auf.

»Ich fürchte, ich habe etwas vergessen«, hörte sie Flavius sagen.

Eine Schranktür klapperte. Kurz danach hielt er ihr einen Knebel vors Gesicht. Widerwillig öffnete sie ihren Mund. Flavius befestigte den Knebel so, dass sie ihn nicht wieder ausspucken konnte. Dann verschwand er aus ihrer Sicht. Sie spürte seine Hände über ihren ganzen Körper gleiten. Dann waren diese zärtlichen Hände plötzlich weg und der Stock traf erbarmungslos ihren Hintern. Diesmal dämpfte der Knebel ihren Schrei. Tränen schossen ihr in die Augen. Erneut streichelten sie seine Hände. Und wieder traf sie der Stock. Sie konnte allmählich nicht mehr zwischen Schmerz und Lust, Angst und Erregung unterscheiden. Sie schien jenseits von Raum und Zeit in ihren aufgewühlten Gefühlen zu schweben. Zu klaren Gedanken war sie nicht fähig. Zwischen Schreien und Stöhnen gab es keinen Unterschied mehr.

Nur am Rande bekam sie es mit, als die Schläge aufhörten. Flavius drang von hinten in sie ein und spielte mit ihren Brüsten. Sein Becken traf bei jedem seiner energischen Stöße ihren brennenden

Hintern. Es schien ihr, als würde dieses Schweben in einer anderen Sphäre nie aufhören. Eine seiner Hände spielte inzwischen an ihrer Lustperle, während Flavius tief in sie eindrang. Noch einmal steigerten sich ihre Empfindungen, um schließlich in einer Wolke aus Licht zu explodieren. Schemenhaft nahm sie wahr, wie Flavius sie aus dem Pranger befreite und auf sein Bett trug. Er legte sich mit zufriedenem Gesicht neben sie. Dann verlor sie lächelnd das Bewusstsein.

48

Am nächsten Tag schickte Flavius eine Depesche nach Phinus, in der die Stadt über die Ursache des veränderten Staubmeers unterrichtet wurde. Außerdem sagte er Hilfen bei der Konstruktion neuer Fahrzeuge für den Staubfischfang zu.

Die Truppen am Brückenkopf wurden angewiesen, gemeinsam mit den gefangenen Soldaten über die Brücke nach Noctur zu marschieren. Die Gefangenen sollten dort frei gelassen werden. Außerdem sei in Noctur für Recht und Ordnung zu sorgen.

Aluna und Meister Kagami unterrichtete Flavius per Boten über den Ausgang der Auseinandersetzung mit Noctur und unterbreitete ihnen den Wunsch, in einer gemeinsamen Konferenz auf dem Salzmeer Fragen der zukünftigen Handelsbeziehungen und der Erschließung der Schiffstechnik festzulegen. Aluna ließ ihre Teilnahme sofort bestätigen. Von Meister Kagami kam zwei Tage später die Rückmeldung, dass der Kaiser von Che-Min persönlich an den Verhandlungen teilnehmen werde.

»Ich werde in Kürze die Herrscherin von Bator treffen«, teilte Flavius Alexander mit. »Kann ich davon ausgehen, dass du mich freiwillig begleitest?«

»Ich würde Sie in Schwierigkeiten bringen, wenn ich das nicht wollte, nehme ich an. Keine Sorge, ich gehe freiwillig zu ihr zurück.«

Flavius war froh darüber. Einerseits hätte es seine Beziehung zu Aluna belastet, wenn er ihrem Sklaven die Flucht ermöglicht hätte, andererseits wäre es Alexander gegenüber, nach dem Risiko, das er eingegangen war, unfair gewesen, ihn gegen seinen Willen in die Sklaverei zurückzuführen. Allerdings hatte er ohnehin den Eindruck, dass das Verhältnis zwischen Aluna und Alexander dem seinen zu Letitia sehr ähnlich war.

»Sehr gut. Wir brechen morgen mit dem Schiff auf.«

49

Insgesamt verließen drei Schiffe am nächsten Morgen Nova-Veni. Sie segelten zu einem Punkt, der ungefähr in der Mitte des Salzmeeres lag. Dieser neutrale Ort war ideal für Verhandlungen, die ohne jede Vorbedingung und ohne Standortvorteile geführt werden sollten.

Als sie die vereinbarte Position fast erreicht hatten, sahen sie auch schon die Schiffe der anderen Parteien. Während die Schiffe aus Nova-Veni in erster Linie zweckmäßig aufgebaut waren, kam Aluna mit einem reich verzierten Flagschiff und zwei normalen Begleitschiffen. Gegen die drei prunkvoll hergerichteten Schiffe aus dem Kaiserreich sah allerdings auch ihr Flagschiff wie ein Fischerboot aus. Goldene Schiffe mit Drachenköpfen am Bug, schweren, dunkelroten Segeln mit Goldbrokat und jedes doppelt so breit wie Flavius' Segler. Für schnelle Fahrten waren diese schwimmenden Paläste nicht konstruiert. Soweit zum Thema ›Verhandlungen ohne Standortvorteil‹, dachte Flavius amüsiert. Alle Parteien waren sich schnell einig, die Verhandlungen auf den luxuriösen Palastschiffen zu führen.

»Haben Sie etwas über Alexander gehört?«, wollte Aluna von Flavius wissen, als beide auf dem zur Verhandlung ausersehenen Schiff eintrafen.

»Es geht ihm gut. Er befindet sich auf meinem Schiff.«

Die Erleichterung war Aluna deutlich anzusehen.

Die Verhandlungen über die Sachfragen erfolgten zunächst nur zwischen Aluna, Meister Kagami und Flavius. Der Kaiser würde erst bei der abschließenden Unterzeichnung der Verträge hinzukommen. Zunächst berichtete Flavius den beiden anderen, wie der unblutige Sieg über Noctur im Detail zustande gekommen war.

»Ich nehme an, Sie vertreten auch die Seefahrer von Kuza«, wandte Flavius sich lächelnd an Kagami.

»Jene Seefahrer werden sich genauso an die Vereinbarungen halten, wie alle anderen Parteien.«

Die Handelsfragen waren sehr schnell geklärt. Es würde keine Handelsbeschränkungen geben, auch für die ›Seefahrer‹ aus Kuza nicht. Im Gegenzug würden diese keine fremden Handelsschiffe mehr aufbringen. Nachdem auch die Spielräume für Hafengebühren abgesteckt waren, kam das zweite, heiklere Thema auf die Tagesordnung: die Erschließung der Schiffstechnik.

»Prinzipiell möchte ich einen diskriminierungsfreien Zugang aller zur freigegebenen Technik erreichen«, legte Flavius dar.

»Mich stören die zwei Worte ›prinzipiell‹ und ›freigegeben‹«, kam es umgehend von Aluna.

»Ich habe aufgrund der Wissensübertragung von Armedes einen Überblick über die Technik erhalten, die wir auf dem Schiff finden können. Natürlich kannte er sich nicht mit allem im Detail aus. Einige Errungenschaften, insbesondere Waffen- und Antriebstechnik, halte ich in der gegenwärtigen Situation unserer Gesellschaften für zu gefährlich, um sie allgemein verfügbar zu machen. Mein Vorschlag ist, dass wir von Fall zu Fall, zu dritt und einvernehmlich entscheiden, welche Technologie erschlossen und allgemein zugänglich gemacht wird. Es geht mir also nicht darum, einer Gruppe Vorteile zu verschaffen, sondern um das Verhindern negativer Folgen zu gefährlicher Technologie, indem wir sie allen vorenthalten.«

»Das hört sich vernünftig an. Bleibt nur die Frage, wie wir so ein Vorgehen verlässlich regeln.«

Diesmal dauerte es deutlich länger, bis sie zu Entscheidungen kamen, die für alle akzeptabel waren. Da alle drei sich vom

Grundsatz her vertrauten, gelang es ihnen aber schließlich, dieses schwierige Problem zu lösen. Die Ergebnisse wurden niedergeschrieben, um sie am nächsten Tag offiziell und feierlich zu unterschreiben.

»Wann kann ich Alexander sehen?«, wollte Aluna nach den Verhandlungen wissen.

»Kommen Sie doch gleich mit auf mein Schiff. Ich werde ihn rufen lassen.«

Als sie das Schiff betraten, stand Alexander bereits an Deck. Er trat vor Aluna und kniete vor ihr nieder.

»Verzeiht mir, Herrin, ich habe versagt.«

»Wenn ich mich da einmischen darf«, warf Flavius ein, »Alexander hat einen wichtigen und sehr gefährlichen Beitrag zum Erfolg der Mission geleistet.«

»Ich weiß«, antwortete Aluna sanft. Sie strich Alexander durchs Haar. »Steh auf, Alexander. Schau mir in die Augen. Ich gebe dich hiermit frei.«

»Ich möchte Ihnen lieber weiter dienen«, kam es leise von ihm.

»Das darfst du auch. Allerdings als freier Mann. Na ja, wie frei du wirklich bei mir sein wirst, kannst du dir wohl vorstellen. Aber du hast die Freiheit, deine Dienste bei mir jederzeit zu beenden. Ab sofort nennst du mich nicht mehr Herrin, sondern Aluna. Und du sprichst mich mit Du an.«

»Ja, Her ... Aluna.«

Beide lachten und gingen zu Alunas Flagschiff.

Letitia hatte die Szene aus einiger Entfernung beobachtet. Jetzt kam sie auf Flavius zu.

»Darf ich einen Wunsch äußern, Herr?«

»Nur zu.«

»Schenke mir bitte nie die Freiheit. Ich möchte genau das bleiben, was ich bin. Nämlich deine Sklavin.«

Flavius lächelte und nahm sie in den Arm.

»Der Wunsch sei dir gewährt. Und ich befehle meiner Sklavin, mich zukünftig mit Flavius anzusprechen, nicht mehr mit Herr.«

»Ja, Herr«, antwortete sie frech grinsend.

Seine Hand landete laut klatschend auf ihrem Hintern.

Zeitfracht Medien GmbH
Ferdinand-Jühlke-Straße 7
99095 Erfurt, Deutschland
produktsicherheit@kolibri360.de